韓国の讀者〻〻好

希望喜欢我〻〻作品

한국 독자 여러분 안녕하세요. 제 작품을 좋아하셨으면 하는 바람입니다.
쑤퉁

# 나 제왕의 생애

**MY LIFE AS EMPEROR**
by Su Tong

Copyright ⓒ Su Tong
Korean Translation Copyright ⓒ MUNHAKDONGNE Publishing Corp., 2018
All rights reserved.

Korean translation rights arranged through Peony Literary Agency.

이 도서의 국립중앙도서관 출판예정도서목록(CIP)은
서지정보유통지원시스템 홈페이지(http://seoji.nl.go.kr)와
국가자료공동목록시스템(http://www.nl.go.kr/kolisnet)에서 이용하실 수 있습니다.
(CIP제어번호: CIP2018034262)

# 나 제왕의 생애

쑤퉁 장편소설 — 김택규 옮김

문학동네

# 차례

제
1
부

我
的
帝
王
生
涯

# 1

부왕父王이 붕어한 날 아침, 서리와 이슬이 짙게 내리고 해는 동척산銅尺山 봉우리 뒤로 깨진 계란 노른자처럼 부윰히 떠 있었다. 나는 근산당近山堂 앞에서 아침 독서를 하다가 오구나무 숲속을 낮게 나는 백로떼를 보았다. 백로들은 근산당의 붉은 외부 통로와 검은 기와 위를 잠시 맴돌며 몇 마디 애처로운 울음소리와 몇 점의 깃털을 남겼다. 나는 내 손목과 돌 책상 그리고 서책 위에 흩뿌려진 백로의 묽고 흰 배설물을 보았다.

"새똥입니다, 공자님."

서동書童이 비단 천으로 내 손목을 닦아주며 말했다.

"가을이 깊어졌으니 궁으로 돌아가 책을 읽으셔야겠어요."

"가을이 깊어졌으니 섭국燮國의 재난도 머지않았구나."

바로 그때 부고를 전하려는 시종들이 근산당으로 다가왔다. 흰색 상복 차림의 그들은 흑표범이 그려진 섭왕의 깃발을 손에 들고 있었다. 그들이 쓴 두건이 바람에 나풀거렸다. 그 뒤로는 또 네 명의 시종이 빈 가마를 메고 있었다. 나는 그 가마를 타고 궁으로 돌아가야 한다는 것을 알았다. 그러고서 내가 존경하거나 싫어하는 이들과 함께 부왕의 장례를 치를 것이다.

나는 죽은 자가 싫었다. 죽은 자가 나의 아버지일지라도, 섭국을 삼십 년간 다스린 섭왕일지라도. 이제 그는 덕봉전德奉殿의 관에서 수천 송이의 국화꽃에 둘러싸여 있다. 그를 지키는 호위병들이 내 눈에는 마치 묘지의 측백나무들 같았다. 나는 덕봉전의 맨 위 계단에 서 있었다. 할머니인 황보皇甫부인이 나를 데리고 올라왔다. 나는 여기에 서고 싶지 않았다. 관과 이렇게 가까이 있고 싶지 않았다. 그러나 나의 배다른 형제들이 내 뒤에 줄줄이 서 있었다. 돌아보니 그들은 하나같이 적대적인 눈빛으로 나를 바라보고 있었다. 저들은 왜 늘 저런 눈빛으로 나를 보는 걸까? 나는 저들을 좋아하지 않았다. 내가 좋아하는 건 부왕이 선단仙丹을 만들던 거대한 청동 솥을 보는 일이었다. 그 솥을 내 눈에 담았다. 솥은 궁궐 벽 한쪽에 외로이 놓여 있었다. 여전히 밑에서 땔감이 타오르고 솥 안의 신수神水도 변함없이 뭉게뭉게 김을 뿜어올리고 있었다. 한 늙은 시종이 불속에 땔감을 보탰다. 나는 그가 손신孫信임을 알아보았다. 그가 자주 근산당 부근의 산비탈에 와서 나무를 베곤 했기 때문이다. 나를 보고는 만면을 눈물로 적시며 한쪽 무릎을 꿇고서 나무하는 칼로 궁궐 방향을 가리켜 말했었다.

"가을이 깊어졌으니 섭국의 재난이 머지않았습니다."

누군가 처마에 매달린 큰 종을 치자, 덕봉전 앞의 사람들은 일제히 무릎을 꿇었다. 그들이 무릎을 꿇으니 나도 그래야 했다. 그래서 나도 무릎을 꿇었다. 세월이 묻어 있지만 우렁찬 사의司儀*의 목소리가 정적 속에서 메아리처럼 울려퍼졌다.

"선왕의 유지를 받드시오!"

할머니 황보부인이 내 옆에 무릎을 꿇고 있었다. 나는 황보부인의 허리띠에서 늘어진 옥 노리개를 보았다. 표범 모양으로 조각된 노리개가 지금 내 바로 옆, 계단 위에 엎어졌다. 그쪽으로 주의가 쏠린 나는 손을 뻗어 몰래 노리개를 움켜쥐었다. 거기에 달린 줄을 끊을 셈이었다. 하지만 내 속셈을 눈치챈 황보부인이 내 손등을 누르고는 위엄 있는 말투로 가만히 속삭였다.

"유지를 들어야지, 단백端白."

그때 사의가 갑자기 내 이름을 말했다. 사의는 목소리에 더욱

---

* 행사나 제사를 진행하는 관리.

힘을 실어 조서의 유언을 읽었다.

"다섯째 아들 단백이 섭왕의 봉호封號를 이을 것이다!"

순간 덕봉전 앞에는 웅성거리는 소리가 넘쳐났다. 나는 고개를 돌려 어머니 맹孟부인의 만족스러워하는 미소를 보았다. 어머니 좌우의 비빈들은 표정이 각양각색이었다. 어떤 이는 무덤덤했고 어떤 이는 분노와 절망의 눈빛을 드러냈다. 나의 배다른 형제 네 명은 안색이 창백했다. 단헌端軒은 입술을 질끈 깨물었고 단명端明은 뭐라고 투덜거렸으며 단무端武는 두 눈을 부릅떴다. 단문端文만 평정을 유지하는 체하고 있었다. 하지만 나는 단문이 누구보다 괴로워하고 있음을 알고 있었다. 단문은 몹시도 왕위를 잇고 싶어했다. 부왕이 내게 섭왕의 자리를 넘겨주리라고는 생각도 못했을 것이다. 나도 마찬가지였다. 내가 이렇게 갑자기 섭왕이 될 줄은 꿈에도 몰랐다. 선단을 만드는 그 늙은 시종 손신이 내게 말하지 않았던가. 가을이 깊어졌으니 섭국의 재난이 머지않았다고. 그런데 부왕이 남긴 조서에는 어떤 내용이 쓰여 있을까? 사람들이 내게 부왕의 황금 옥좌에 오르라고 했다. 나는 그 모든 것이 무엇을 뜻하는지 몰랐다. 나는 열네 살이었다. 왜 나를 왕위 계승자로 택했는지 알지 못했다.

할머니 황보부인이 내게 앞으로 나아가 왕명을 받들라고 눈짓했다. 나는 한 걸음 앞으로 나섰다. 늙은 사의가 부왕의 흑표용관黑豹龍冠을 두 손으로 받쳐들고 있었다. 흔들거리는 몸으로 입가에는 침을 흘리고 있는 그를 보니 불안했다. 나는 발뒤꿈치를 약간 들고 고개를 들어 정수리에 흑표용관이 씌워지길 기다렸다. 조금 부끄럽고 어색했다. 그래서 또 담 쪽의 청동 솥으로 눈길을 돌렸다. 솥을 관리하는 늙은 시종 손신은 바닥에 앉아 꾸벅꾸벅 졸고 있었다. 더이상 부왕을 위한 선단이 필요 없는데도 청동 솥의 불은 여전히 타오르고 있었다. 왜 계속 태우는 거지? 내가 말했지만 아무도 듣지 못했다. 흑표용관이 어느새 느리고도 무겁게 내 정수리에 씌워졌다. 정수리가 서늘해진 느낌이 들었다. 곧 덕봉전 앞의 사람들 속에서 처절한 외침이 터져나왔다.

"단백이 아니야! 새 섭왕은 단백이 아니야!"

한 부인이 비빈들을 뚫고 나오는 것이 보였다. 단문과 단무의 어머니 양楊부인이었다. 그녀는 눈이 휘둥그레진 사람들 사이를 뚫고 계단을 올라 곧장 내 옆까지 달려왔다. 그러고는 광분하며 내 흑표용관을 빼앗아 가슴에 품었다.

"다들 들어라! 새 섭왕은 첫째 단문이다! 다섯째 단백이 아니다!"

양부인은 고래고래 소리를 지르며 품에서 종이 한 장을 꺼냈다.

"선왕의 진짜 유서는 내게 있다. 선왕은 새 섭왕으로 단백이 아니라 단문을 세우라 하셨다. 선왕의 유지가 조작됐다!"

덕봉전 앞이 다시 시끌시끌해졌다. 양부인이 흑표용관을 꽉 끌어안고 있는 것을 보고 나는 말했다.

"원하면 가져가요. 나는 본래 마음이 없었으니."

그러고는 혼란을 틈타 몰래 달아나려 했지만 황보부인이 내 앞을 가로막았다. 그리고 어느새 한 무리의 호위병들이 다가와 광분한 양부인을 사로잡고 입에 허리띠를 쑤셔넣었다. 나는 양부인이 호위병들에게 들린 채 소란스러운 덕봉전을 순식간에 빠져나가는 것을 보았다.

어안이 벙벙했다. 이 모든 게 무슨 일인지 정말 알 수가 없었다.


내가 즉위한 지 엿새째 되던 날, 부왕의 관이 궁궐 밖으로 나갔다. 출관 행렬이 위풍당당하게 동척산 남쪽 기슭으로 향했다. 그곳에는 역대 섭왕들의 능이 있었다. 요절한 내 친형 단승<sup>端冼</sup>도 그곳에 묻혔다. 나는 마지막으로 부왕의 존안을 뵈었다. 천하를 호령하던 그 부왕이, 용맹하고 오만하며 호탕했던 그 부왕이 이제는 썩은 나무토막처럼 관 속에 누워 있다. 나는 죽음이 두려웠다. 절대로 죽을 것 같지 않던 부왕이 너무도 명백히 죽어 썩은 나무토막처럼 거대한 관 속에 누워 있다니. 나는 관 속에 꽉 들어찬 부장품들을 보았다. 금과 은으로 된 기물과 비취, 마노 같은 각종 보물이 있었다. 그중에는 내가 좋아하는 물건도 많았다. 붉은색 보석이 박힌 청동 단검은 당장 몸을 기울여 집어들고 싶었다. 하지만 멋대로 부왕의 부장품을 취하면 안 됨을 알고 있었다.

행렬은 왕릉 앞 분지에 멈춰 서서 순장할 비빈들의 붉은 관을 실어오는 시종들을 기다렸다. 그들은 우리 뒤를 쫓아오고 있었다. 나는 말 위에서 비빈들의 붉은 관을 세어보았다. 모두 일곱 개였다. 순장될 비빈들은 지난밤 자정 무렵 흰 비단 천으로 목을 맸다고 했다. 비빈들의 관은 부왕의 능을 전후좌우로 둘러싸 상서로운 북두칠성 모양으로 놓일 것이다. 양부인도 이미 순장을 위해 숨졌다는 이야기를 들었다. 그녀는 죽기를 거부하고 궁궐 안을 맨발로 도망쳐 다녔지만 결국 시종 세 명에게 붙잡혀 흰 비단 천에 목을 졸렸다고 한다.

일곱 개의 붉은 관을 왕릉 위로 끌어올렸을 때, 한 관 안에서 쿵쿵 두드리는 소리가 나서 모두가 대경실색했다. 얼마 후 나는 그 관의 뚜껑이 천천히 들리고 양부인이 일어나 앉는 모습을 두 눈으로 똑똑히 보았다. 그녀의 산발한 머리에는 온통 톱밥과 적사赤砂*가 묻었으며 얼굴은 백지장처럼 하얬다. 며칠 전처럼 고함을 지를 힘은 당연히 남아 있지 않았다. 나는 양부인이 마지막

---

* 염화암모늄이 주성분인 광석으로, 한약재로 널리 쓰인다.

으로 사람들을 향해 부왕의 유서라는 그 종이를 흔드는 것을 보았다. 그러자 시종들이 그녀의 관에 재빨리 모래흙을 채운 뒤 관 뚜껑에 다시 단단히 못을 박았다. 내가 세어보니 모두 열아홉 개의 대못이었다.

섭국에 대한 내 모든 지식은 승려 각공覺空에게서 나왔다. 그는 부왕이 생전에 나를 위해 정해준 사부로서 학식이 깊고 무예가 뛰어난데다 거문고, 바둑, 서예, 그림에도 능했다. 근산당에서 고생스럽게 배움에 열중하던 시절, 각공은 내 옆에서 섭국의 이백 년 역사와 구백 리 영토에 관해 알려주었다. 역대 군왕의 업적과 전장에서 죽은 용사들의 이야기도, 섭국에 얼마나 많은 산맥과 강이 있는지도, 섭국의 백성들이 주로 기장 농사와 사냥, 고기잡이로 살아간다는 사실도 가르쳐주었다.

여덟 살이 되던 해, 나는 하얀 꼬마귀신들을 보곤 했다. 어두워져 불을 켤 때만 되면 그 꼬마귀신들은 내 책상 위로 뛰어오르고 바둑판의 네모 칸을 순서대로 뛰어넘어 나를 벌벌 떨게 했다. 각공은 이 소식을 듣자마자 달려와서 검을 휘둘러 꼬마귀신들을 쫓아냈다. 그래서 나는 여덟 살 때부터 나의 사부 각공을 존경하기 시작했다.

나는 각공을 근산당에서 궁궐로 오게 했다. 내 앞으로 와 엎드려 절을 하는 각공은 쓸쓸한 표정이었으며 한 손에는 책장이 너 덜너덜해진 『논어』를 쥐고 있었다. 가사는 낡아 여러 군데 구멍 이 났으며 삼베 신발은 온통 검정 얼룩투성이였다.

"사부님은 왜 『논어』를 갖고 입궁하셨습니까?"

각공이 말했다.

"폐하는 『논어』를 아직 다 읽지 않으셨습니다. 소승이 책장을 접어 표시를 해놓았으니 청컨대 마저 읽으십시오."

"나는 이미 섭왕이 되었는데 왜 여전히 공부를 하라고 귀찮게 구십니까?"

"폐하께서 공부를 더는 안 하신다면 소승은 수행을 하러 고죽 사苦竹寺로 돌아가겠습니다."

"그건 안 됩니다!"

나는 버럭 소리를 지르고 각공에게서 『논어』를 잡아채 침상 위에 아무렇게나 내던졌다.

"내 곁을 떠나지 마십시오. 사부님이 떠나면 누가 나를 위해 귀신을 쫓아주겠습니까? 그 하얀 꼬마귀신들은 지금 다 자랐을 겁니다. 내 침소에 파고들지도 모른단 말입니다."

양옆의 어린 궁녀들이 입을 가리고 웃었다. 내가 겁이 많다고 비웃는 게 분명했다. 나는 화가 나 촛대에서 타오르는 초 한 개를 뽑아 한 궁녀의 얼굴에 던졌다.

"웃지 마라!"

나는 매섭게 소리쳤다.

"누구든 또 나를 비웃으면 왕릉에 순장시켜버리겠다."

궁정의 국화가 가을바람 속에서 만개했다. 내 눈길이 닿는 곳
마다 죽음의 기운을 풍기는, 혐오스러운 노란색이 가득했다. 진
작에 정원사를 불러 궁정의 국화를 모조리 뽑아버리라고 했지만
그는 입으로만 그러겠다고 하고는 몰래 이 일을 나의 할머니 황
보부인에게 아뢰었다. 나중에야 나는 궁정 가득 국화를 심은 것
이 황보부인의 뜻이었음을 알았다. 그녀는 꽃 중에서도 국화를
유독 사랑했다. 더욱이 국화의 특이한 향기가 자신의 어지럼증
치료에 효과가 있다고 굳게 믿었다. 언젠가 나의 어머니 맹부인
도 조용히 내게 일러주었다. 황보부인이 가을마다 다량의 국화
를 섭취한다는 것이었다. 궁정요리사들에게 국화로 냉채와 탕을
만들게 하는데 그것이 황보부인의 병을 낫게 하고 오래 사는 비
결이라고 했다. 나는 그 말에 동의하지 않았다. 국화는 늘 내게
차갑고 경직된 시체를 연상시켰다. 국화를 먹는 일은 시체의 썩
은 고기를 먹는 것과 같아 도저히 참을 수 없었다.

종과 북이 일제히 울린다. 나는 조정에 나가 대소 신료들을 앞

에 두고 상소문을 점검한다. 이때 내 양쪽에는 각각 황보부인과 맹부인이 앉는다. 나의 의견은 모두 두 부인의 눈짓이나 암시에서 나왔다. 나는 기꺼이 그렇게 했다. 내 나이와 학식이 두 부인의 수렴청정을 배제할 만한데도 그랬다. 글귀를 따지고 고민을 하지 않기 위해서라도 기꺼이 그렇게 했다. 내 무릎 위에는 귀뚜라미 단지가 놓여 있었다. 단지 속 검은날개귀뚜라미의 맑은 울음소리가 무거운 분위기로 늘어지는 회의를 중단시키곤 했다. 나는 귀뚜라미를 좋아했다. 가을 날씨가 점점 서늘해져 시종들이 사납고 잘 싸우는 검은날개귀뚜라미를 산에서 더는 못 찾게 되는 것이 내 유일한 걱정이었다.

나는 나의 대소 신료들이 마음에 들지 않았다. 그들은 전전긍긍하며 내 앞으로 다가와 변경 군사들의 군량 문제와 산남山南 지역에 균전제均田制를 실시하는 계획을 고했다. 그들이 입을 다물지 않는 바람에 만약 황보부인이 자단목 지팡이를 치켜들지 않았다면 조회를 파하지 못했을 것이다. 성가셨지만 내게는 다른 방도가 없었다. 언젠가 각공이 내게 해준 말이 떠올랐다.

"제왕의 삶은 쓸데없는 쑥덕공론 속에 지나간답니다."

황보부인과 맹부인은 군신들 앞에서 단정하고 온화한 태도를 유지하며 서로 협력해 정사를 보좌했다. 그러나 매번 조회가 끝나고 나면 험악한 어조로 논쟁을 벌였다. 한번은 군신들이 막 항

양전恒陽殿을 나가자마자 황보부인이 맹부인의 뺨을 때렸다. 나는 소스라치게 놀랐고 맹부인은 뺨을 감싼 채 장막 뒤로 뛰어가 몰래 흐느껴 울었다. 내가 다가가자 그녀는 울면서 말했다.

"죽지도 않는 할망구 같으니. 빨리 뒈져버렸으면."

나는 굴욕과 복수심에 일그러진 얼굴을, 아름답지만 분노에 떠는 얼굴을 보았다. 내가 기억하기에 그 기이한 표정은 늘 내 어머니 맹부인의 얼굴에서 떠나지 않았다. 맹부인은 걱정과 의심이 많은 여인이었다. 죽은 나의 친형 단승이 독살되었다고 의심했고 그 원흉으로 선왕의 총비 대낭黛娘을 지목했다. 이 때문에 대낭은 열 손가락을 잘린 채 더러운 냉궁冷宮에 던져졌다. 나는 그곳이 잘못을 범한 비빈이 고통을 당하는 곳임을 알고 있었다.

나는 뒤편의 냉궁에 몰래 가본 적이 있다. 열 손가락이 잘린 대낭의 손을 보고 싶었기 때문이다. 냉궁은 확실히 음산하기 그지없었고 정원 곳곳에 이끼와 거미줄이 가득했다. 나는 나무창을 통해 잠든 대낭을 훔쳐보았다. 건초 더미 위에 잠든 대낭 옆에 낡고 망가진 변기통이 놓여 있었다. 냉궁에 가득한 악취는 바로 그 변기통에서 풍겼다. 대낭이 돌아누우면서 그녀의 한쪽 손이 내 눈에 정면으로 들어왔다. 그것은 건초 더미 위에서 힘없이 늘어져 창문으로 비쳐드는 한줄기 햇빛에 모습을 드러냈다. 마치 검은 전병 같았다. 표면의 짓무른 피딱지 위에 파리떼가 멋대로 내려앉았다.

대낭의 얼굴은 보지 못했다. 궁 안에는 여인들이 구름처럼 많아서 누가 대낭인지도 몰랐다. 누군가 내게 대낭은 비파를 잘 타는 여자였다고 알려주었다. 나는 그녀가 누구이든 간에 열 손가락을 잘렸으니 더는 비파를 탈 수 없겠다는 생각이 들었다. 앞으로 명절 연회에서 화원에 앉아 비파로 선경仙境이 펼쳐지듯 아름다운 음악을 연주할 미인이 또 있을까? 나는 대낭이 정말로 궁정 요리사를 매수해 내 친형 단승의 국에 비상砒霜을 넣었다고는 의심하지 않았다. 그래서 대낭이 왜 열 손가락을 잘렸는지 무척 미심쩍었다. 어머니 맹부인에게 물어봤었다. 맹부인은 한참을 망설이다가 답했다.

"나는 그 여자의 손이 싫었어."

이 대답은 나를 만족시키지 못했다. 각공에게 가서 물었더니 이렇게 답해주었다.

"간단합니다. 대낭의 손이 비파로 아름다운 음악을 연주할 수 있었기 때문입니다. 맹부인은 비파를 탈 줄 모르는데 말이죠."

내가 즉위할 때까지 오동나무 숲속의 냉궁에는 대략 열한 명의 폐위된 비빈이 유폐되었다. 밤이 되면 냉궁에서 들려오는 울음소리가 내 귓가에 맴돌았다. 나는 이 소리가 못 견디게 싫었지만 막을 방법이 없었다. 생사를 신경쓰지 않는 괴팍한 성정의 여인들인지라 낮에는 잠을 자고 밤만 되면 정신이 또렷해져 구슬픈 울음소리로 내가 자는 대섭궁大燮宮을 뒤흔들었다. 정말로 참을 수가 없었지만 시종들을 시켜 그녀들의 입에 솜뭉치를 쑤셔넣을 수도 없었다. 냉궁은 마음대로 출입할 수 없는 곳이었다. 사부 각공은 그냥 궁중의 일상적인 소리로 여기라고 조언했다.

"그 울음소리는 궁궐 밖 야경꾼이 울리는 징소리나 다름없습니다. 야경꾼이 징소리로 밤 시각을 알린다면, 냉궁의 비빈들은 울음소리로 새벽을 맞이하는 것이지요."

각공은 또 내게 말했다.

"폐하는 섭왕이십니다. 모든 것을 참는 법을 배우셔야 합니다."

나는 각공의 말이 이해가 가지 않았다. 내가 섭왕이면 왜 모든 것을 참아야 한단 말인가. 사실 정반대여야 하지 않는가. 내게는 내가 싫어하는 모든 것을 없앨 권한이 있었다. 오동나무 숲에서 들려오는 한밤중의 울음소리도 예외가 아니었다. 어느 날 나는 궁궐의 형리를 불러 물었다.

"저 여자들이 울음소리를 내지 못하게 할 방법이 없겠는가?"

형리가 답했다.

"혀를 자르면 됩니다."

"혀를 자르면 죽지 않겠는가?"

"잘 자르면 죽지 않습니다."

나는 그에게 명했다.

"그러면 가서 혀를 잘라라. 더이상 저 통곡소리를 듣고 싶지 않다."

이 일은 극비리에 진행되었다. 형리와 나 말고는 아무도 몰랐다. 형리는 나중에 피에 젖은 종이꾸러미를 들고 와 천천히 풀면서 내게 말했다.

"이제 여자들은 울음소리를 내지 못하게 되었습니다."

나는 종이꾸러미를 힐끗 보았다. 그 울기 좋아하는 비빈의 혀는 꼭 먹음직스러운 돼지혀찜과 비슷해 보였다. 나는 형리에게 은전을 상으로 내리며 분부했다.

"이 일은 절대로 황보부인에게 고하면 안 된다. 만약 물으시면 여자들 스스로 잘못해서 혀를 깨물었다고 말씀드려라."

그날 밤 나는 무척 불안했다. 과연 냉궁 쪽에서는 아무 소리도 들리지 않았다. 가을바람에 낙엽 스치는 소리와 간간이 울리는 야경꾼의 딱따기 소리 외에는 섭왕궁 전체가 쥐죽은듯 고요했다. 나는 침상 위에서 이리저리 몸을 뒤척였다. 내 명령으로 잘려나간 그 가련한 여인들의 혀가 떠올라 덜컥 무서운 생각이 들었다. 이제 어떤 소리도 내 귀를 괴롭히지 않는데도 더 잠을 이루기 어려웠다. 침상 밑에 있던 궁녀가 내 기척을 듣고 물었다.

"폐하, 볼일을 보시겠습니까?"

나는 고개를 저었다. 그리고 창밖의 아슴아슴한 등롱과 남빛을 띤 보라색 밤하늘을 바라보며 냉궁의 여인들이 울려 해도 소리를 못 내는 광경을 상상했다. 왜 이렇게 조용하지? 소리가 안 나도 잠을 잘 수가 없었다. 궁녀에게 말했다.

"가서 내 귀뚜라미 단지를 가져와라."

궁녀는 내가 아끼는 귀뚜라미 단지를 안고 왔다. 이후로 나는 매일 밤 검은날개귀뚜라미의 맑은 울음소리를 들으며 잠이 들었다. 하지만 또 걱정이 되었다. 가을이 끝나면, 그래서 내가 기르는 귀뚜라미들이 한바탕 눈이 내리고 난 뒤 죽으면 어떻게 긴긴밤을 보내야 하나.


나는 형리를 시켜 저지른 그 일 때문에 안절부절못했다. 슬멋슬멋 황보부인과 대신들의 눈치를 살폈지만 그들은 전혀 눈치채지 못한 듯했다. 어느 날 나는 황보부인에게 최근에 냉궁에 가본 적이 있는지 묻고서 넌지시 말했다.

"그 부인들이 스스로 혀를 깨물어 잘랐다고 합니다."

황보부인은 자애로운 눈빛으로 한참 나를 주시하더니 탄식을 했다.

"어쩐지 요 며칠 밤 너무 조용해서 잠이 안 오더군요."

"할머님은 그 부인들의 울음소리가 좋으셨나요?"

황보부인은 대답 대신 미소를 지으며 말했다.

"혀를 잘랐으면 자른 거지요. 다만 궁 밖으로 소문이 퍼져서는 안 됩니다. 이미 관련된 자들에게 일러놓았습니다. 누구든 소문을 퍼뜨리면 혀를 자르겠다고 말이지요."

가슴을 누르던 돌덩이가 사라진 듯했다. 알고 보니 황보부인이 벌하는 방식은 나와 똑같았다. 위안이 됐지만 한편으로 한 가닥 망연함을 느꼈다. 보아하니 나는 어떤 잘못도 저지르지 않은 셈이었다. 냉궁 여인 열한 명의 혀를 잘랐지만 황보부인은 내가 잘못했다고 생각하지 않았다.


선단을 만드는 거대한 청동 솥은 여전히 궁궐 벽 한쪽에 우뚝 자리하고 있었지만 솥 밑의 불은 꺼진 지 오래였다. 그래도 그 변색된 청동 솥을 어루만지면 아직도 따뜻한 느낌이 들었다. 돌아가신 선왕은 일 년 내내 선단을 복용했고 선단을 만들던 도사는 선왕이 머나먼 봉래국蓬萊國에서 큰돈을 주고 초빙한 사람이었다. 그러나 봉래국의 선단이 허약하면서도 방종했던 선왕의 목숨을 연장해주지는 못했다. 도사는 선왕이 붕어하기 전날 밤, 궁궐에서 도망쳤다. 결국 불로장생의 선단은 사람을 현혹하는 진흙 환약에 불과했다.

불을 관리하던 늙은 시종 손신은 백발이 성성했다. 나는 그가 스산한 가을바람 속에서 청동 솥 앞을 배회하며 타고 남은 나뭇재를 줍는 모습을 보았다. 내가 청동 솥 앞을 지나갈 때마다 손신은 두 손에 나뭇재를 받든 채 무릎걸음으로 다가와 말했다.

"불이 이미 꺼졌으니 섭국의 재난이 머지않았습니다."

나는 손신이 미치광이인 것을 알았다. 누군가 그를 궁에서 쫓아내려 했지만 내가 막았다. 나는 손신을 좋아했을 뿐만 아니라 그의 불길한 저주를 따라하는 것을 좋아했다. 손신이 받든 나뭇재를 한참 바라보다가 말했다.

"불이 이미 꺼졌으니 섭국의 재난이 머지않았구나."

웃으며 알랑대는 시종과 관리들에 둘러싸이면 나는 손신의 슬픔에 젖은 얼굴이 생각나곤 했다. 그러면 나는 그들에게 말했다.

"왜 실없이 웃느냐? 불이 이미 꺼졌으니 섭국의 재난이 머지않았다."

가을의 사냥터는 온통 황폐하여 관목 덤불과 잡초가 내 허리까지 자랐다. 짐승을 몰기 위해 비탈에 놓은 불길이 가물거렸고, 산토끼, 사슴, 노루가 온 산에 가득한 연기 속을 바쁘게 뛰어다녔다. 나는 동척산의 골짜기 이곳저곳에서 메아리치는, 사냥꾼들의 환호성과 활시위 소리를 들었다.

나는 매년 한 번 열리는 궁정 사냥을 보는 걸 좋아했다. 활을 들고 말을 채찍질하는 대열이 위용을 뽐냈다. 거의 모든 왕족 남자들이 참가했다. 키가 작고 갈기가 붉은 내 말 뒤로는 나의 배다른 형제들이 바짝 따라왔다. 나는 삼공자 단무와 그의 친형 단문을 보았다. 하나는 안색이 음울했고 하나는 의기양양했다. 문약한 이공자 단헌과 어리석은 사공자 단명도 보았다. 둘은 벌레처럼 졸졸 내 뒤를 따랐다. 그 밖에 나의 스승 각공과, 호위를 맡은 자색 옷의 기병대도 나를 수행했다.

바로 그 사냥터에서 내 제왕 생애의 첫 음모가 발생했다. 황갈색 노루 한 마리가 내 말 앞을 쌩하고 스쳐갔던 때로 기억한다. 노루의 아름다운 가죽이 관목 덤불 속에서 나타났다 사라졌다 하는 것을 보고 나는 말고삐를 풀어 쫓아갔다. 그때 뒤에서 각공의 고함소리가 들렸다.

"화살을 조심하십시오!"

나는 고개를 돌렸다. 때맞춰 독화살 한 대가 내 투구를 스치고 지나갔다. 순간 내 주변의 수행원들은 모두 놀라 식은땀을 흘렸다.

나 역시 깜짝 놀랐다. 각공이 서둘러 말을 몰고 달려와 나를 안아 자신의 안장 위에 태웠다. 나는 여전히 두려움에 떨며 투구를 벗었다. 투구에 꽂힌 기러기의 하얀 깃털이 화살에 맞아 부러져 있었다.

"누가 몰래 화살을 쏜 거죠?"

나는 각공에게 물었다.

"누가 나를 해치려는 건가요?"

각공은 한참 동안 사방의 숲을 묵묵히 둘러보다가 말했다.

"폐하의 원수지요."

"누가 내 원수입니까?"

각공이 웃으며 답했다.

"스스로 살펴보십시오. 가장 멀리에 숨은 자가 폐하의 원수입니다."

나는 나의 배다른 형제 네 명이 갑자기 사라진 것을 알았다. 분명 어느 은밀한 숲 뒤편에 숨었을 테다. 나는 대공자 단문이 그 화살을 쏘지 않았을까 의심했다. 우리 다섯 형제 중에서는 단문의 궁술이 가장 낫기도 했거니와 음흉하고 괴팍한 단문만이 이런 완벽한 암살 계획을 세울 수 있을 듯했다.

나팔수가 나팔을 불어 궁궐에 복귀할 시간임을 알리자, 단문이 제일 먼저 말을 달려 진영으로 돌아왔다. 단문의 어깨 위에는 노루 한 마리가 걸쳐져 있었고 말 등에는 산토끼와 꿩 대여섯 마리가 묶여 있었다. 활통에는 동물의 검은 피가 잔뜩 묻었으며 그의 하얀 두루마기에는 피가 점점이 물들었다. 그의 오만한 미소와 멋진 기마술을 보다 문득 이상한 생각이 들었다. 순장된 양부인의 말이 옳지 않았을까. 죽은 부왕을 꼭 닮은 단문은 새 섭왕에 어울리는데 나는 전혀 어울리지 않는다.

"폐하, 짐승을 좀 잡으셨습니까?"

단문이 말 위에서 차분한 어조로 내게 물었다.

"어찌하여 말 위에 아무것도 없는지요?"

"하마터면 화살에 맞을 뻔했다. 누가 그 화살을 쏘았는지 아느냐?"

내 물음에 그가 답했다.

"모릅니다. 저는 백 걸음 밖에서도 버들잎을 맞히는 솜씨인데 폐하께서 멀쩡하신 걸 보니 제가 쏜 화살은 아닌 듯합니다."

단문은 약간 허리를 숙였지만 여전히 오만한 표정이었다.

"네가 아니면 단무겠지. 화살을 쏜 자를 용서치 않을 것이다."

나는 이를 갈며 말했다. 그러고서 말채찍을 세게 휘둘러 곧장 사냥터를 떠났다. 가을바람이 귓가에 웅웅 울리고 골짜기의 잡초가 말발굽 아래서 비명을 질렀다. 내 마음은 가을날의 동척산처럼 을씨년스러웠다. 그 화살이 마음에 걸렸다. 그 화살은 나를 떨게 하고 화나게 했다. 맹부인이 대낭에게 그랬듯이 형리를 시켜 단문, 단무 형제의 손가락을 자르기로 마음먹었다. 그들이 내 앞에서 활을 쏘며 무예를 뽐내는 모양새를 더는 봐줄 수가 없다.


사냥터 사건은 궁내에 큰 파장을 불러일으켰다. 나의 어머니 맹부인은 이튿날 조회에서 울음을 터뜨리더니 단문과 단무 형제를 벌해 정의를 세워달라고 황보부인과 대신들에게 요구했다. 그런데 황보부인은 너그럽고 식견이 넓은 척하며 맹부인을 달랬다.

"나는 이런 일을 많이 보았네. 그렇게 놀라고 당황할 필요까지는 없겠어. 또한 추측만으로 단문과 단무에게 누명을 씌워서는 안 되느니라. 내게 다 방법이 있으니 진상이 밝혀지고 나서 범인을 응징해도 늦지 않다."

맹부인은 황보부인의 말을 들은 체 만 체했다. 황보부인이 일관되게 단문, 단무 형제를 비호한다고 생각했기 때문이다. 맹부인은 단문과 단무를 번심전繁心殿 앞으로 불러내 사람들 앞에서 심문해야 한다고 고집했다. 그러나 황보부인은 조정에 궁 안의 사적인 일을 끌고 들어와서는 안 된다며 불허했다. 명령을 전하는 환관은 섬돌 앞에서 당황한 표정으로 이러지도 저러지도 못했다. 그 모습이 어찌나 우스운지 그만 못 참고 깔깔 웃음을 터뜨렸다. 이에 맹부인과 대치중이던 황보부인의 자상한 얼굴이 대번에 일그러졌다. 황보부인은 자단목 지팡이를 들어 대신들을 물러가게 했다. 곧이어 나는 그녀의 지팡이가 호를 그리면서 맹부인의 쪽머리 위에 딱 떨어지는 것을 보았다. 맹부인은 날카롭게 비명을 지르더니 저잣거리의 상스러운 욕을 내뱉었다.

나는 놀라서 어리둥절했다. 번심전을 떠나던 대신들이 계단 위에서 저마다 뒤를 돌아보았다. 화가 난 황보부인이 온몸을 부들부들 떨었다. 황보부인은 맹부인에게 다가가 지팡이 끝으로 맹부인의 입을 찔렀다.

"이 입으로 뭐라고 욕을 했느냐?"

황보부인은 계속 맹부인을 찌르면서 말했다.

"당초에 내가 눈이 멀었지, 두부 장삿집 천한 계집을 한 나라의 왕후로 삼다니. 여직 그 더러운 입버릇을 못 고치고도 뻔뻔하게 이 번심전에 앉아 있는 게냐?"

맹부인이 흑흑 흐느껴 울기 시작했다. 황보부인의 지팡이가 맹부인의 입술을 마구 짓이겼다.

"앞으로 욕은 하지 않겠습니다."

맹부인은 울면서 소리쳤다.

"다들 작당해서 단백을 노리시지요. 제가 죽어야 안심하시겠어요."

"단백은 네 아들이 아니다. 단백은 섭국의 군주야!"

황보부인이 매섭게 꾸짖었다.

"또 체통을 못 지키고 난리를 치면 네 친정으로 쫓아보낼 테다. 너는 딱 두부를 만드는 일에나 어울리지 섭왕의 모후로는 어울리지 않아."

나는 두 사람의 말싸움에 싫증이 나서 혼란스러운 틈을 타 몰래 번심전을 빠져나왔다. 커다란 계수나무 아래를 지나는 찰나, 정면에서 전투복 차림의 병사 하나가 달려왔다. 병사는 나를 보더니 털썩 무릎을 꿇고 말했다.

"변경에 외적이 침입했습니다. 서쪽 전선 추卿 장군의 급보를 폐하께 올립니다!"

나는 병사의 손에 들린, 닭털 세 가닥이 꽂힌 서신을 힐끗 보고는 말했다.

"나는 관계없으니 그건 황보부인께 갖다드려라."

나는 훌쩍 뛰어올라 계수나무에서 향기로운 꽃가지를 꺾었다. 그러고는 꽃가지로 꿇어앉은 병사의 엉덩이를 찰싹 때렸다.

"나는 너희 일하고는 관계없다."

나는 걸어가며 말했다.

"너희는 온종일 이것저것 고해바치며 나를 머리 아프게 하지. 외적이 침입했다고? 물리치면 되지 않느냐?"

그러고는 궁 안을 무작정 걷다가 결국 선왕의 선단을 만들던 청동 솥 앞에서 걸음을 멈췄다. 석양빛을 받은 솥은 강렬한 자주색 광채를 뿜어냈다. 부글부글 끓는 물속에서 다갈색 환약 하나가 빙빙 도는 모습이 어렴풋이 보이는 것만 같았다. 불이 꺼진지 오래된 그 청동 솥에서 아직도 괴이한 약냄새와 타는 듯한 열기가 발산되는 듯했다. 붉은 용포龍袍가 금세 땀에 젖었다. 선왕의 청동 솥은 늘 그렇게 나를 땀흘리게 했다. 나는 꽃가지를 휘둘러 그 청동 솥을 쳤다. 그때 청동 솥 뒤에서 늙은 시종 손신이 유령처럼 불쑥 나타났다. 나는 놀라서 펄쩍 뛰었다. 손신은 여전히 슬프고 실성한 표정이었다. 그는 두 손으로 부러진 화살을 바치려 했다.

"어디서 이런 걸 주웠느냐?"

나는 의아해하며 물었다.

"동척산 사냥터에서 주웠습니다."

손신은 손가락으로 서북쪽을 가리켰다. 마르고 갈라진 그의 입술이 나뭇잎처럼 파르르 떨렸다.

"독화살입니다."

나는 사냥터에서 있었던 변고가 다시 떠올라 갑자기 풀이 죽었다. 몰래 화살을 쏜 자는 지금 황보부인의 비호를 받고 그 독화살은 뜻밖에도 미치광이 손신의 수중에 있다. 손신이 화살을 어떻게 손에 넣었는지도, 또 왜 그것을 내게 바치려 하는지도 알 수 없었다.

"버려라."

손신에게 말했다.

"나는 필요 없다. 누가 이 화살을 쏘았는지 아니까."

"화살이 이미 쏘아졌으니 섭국의 재난이 머지않았습니다."

손신은 부러진 화살을 살며시 떨어뜨렸다. 그의 눈에 다시 탁한 눈물이 고였다.

나는 늙은 미치광이 손신이 무척 흥미로웠다. 사물에 대한 그의 경계심이 내 의식을 새롭게 일깨웠다. 궁궐의 모든 시종들 중에서 내가 가장 좋아하는 사람은 바로 손신이었다. 황보부인과 맹부인은 이를 못마땅하게 여겼지만 나는 어릴 때부터 손신과 유난히 친하게 지냈다. 늘 그를 붙잡고 공터에서 사방치기를 하곤 했다.

"울지 마라."

나는 손수건을 꺼내 눈물을 닦아주고서 손신의 손을 쥐며 말했다.

"우리 사방치기나 하자. 오랫동안 못했으니."

"그러시지요. 섭국의 재난이 머지않았으니까요."

손신은 중얼거리며 왼쪽 무릎을 들고는 네모난 벽돌이 깔린 바닥에서 껑충껑충 뛰었다.

"하나, 둘, 셋……"

그가 또 말했다.

"섭국의 재난이 머지않았습니다."

단문과 단무 형제를 벌하려던 나의 계획은 실패했다. 어느 형리도 감히 그들에게 손을 대지 못했다. 며칠 뒤, 그들 형제가 손을 잡고 번심전 앞을 지나가는 모습을 보고 나도 모르게 의기소침해졌다. 모든 것이 황보부인의 방해 때문이었다. 내 마음속에는 황보부인에 대한 불만이 가득했다. 이렇게 일일이 황보부인의 뜻에 따라야 한다면 차라리 그녀를 섭왕 자리에 앉히는 게 좋을 듯했다.

내 울적한 심정을 헤아렸는지 황보부인은 금수당錦繡堂의 침소로 나를 불러 묵묵히 바라보았다. 화장이 씻긴 그 얼굴은 몹시 늙고 초췌해 보였다. 황보부인도 곧 동척산의 왕릉에 들어가는 게 아닐까 하는 생각마저 들었다.

"단백, 표정이 왜 그리 안 좋지?"

황보부인이 내 손을 꼭 쥐고 말했다.

"네 귀뚜라미가 죽기라도 했느냐?"

"뭐든 할머님 뜻에 따라야 하는데 왜 저를 섭왕으로 삼았죠?"

나는 버럭 소리를 질렀지만 무슨 말을 더 해야 할지 몰랐다. 황보부인이 별안간 침상에서 내려왔다. 놀라고 화난 표정을 보고 나는 무의식중에 뒤로 한 걸음 물러섰다.

"누가 너보고 그리 말하라 하더냐? 맹부인이냐, 각공이냐?"

황보부인은 매섭게 캐물으며 침상 옆의 지팡이를 움켜쥐었다.

나는 한 걸음 더 물러났다. 그 지팡이로 내 머리를 때릴까 두려웠다. 하지만 황보부인은 내 머리를 때리지는 않았다. 지팡이는 허공에서 한 바퀴 돌더니 어린 궁녀의 머리 위에 떨어졌다. 황보부인이 궁녀에게 말했다.

"너는 여기서 뭐하는 게냐? 어서 밖으로 나가지 못할까!"

어린 궁녀가 눈자위가 벌게져서 병풍 밖으로 물러나는 것을 확인하고 나는 못 참고 왈칵 울음을 터뜨렸다.

"사냥터에서 단문이 제게 화살을 쏘았는데 왜 그들을 벌하지 않으시죠? 각공 사부가 아니었으면 저는 그 화살에 맞았을 거예요!"

"나는 이미 벌을 주었다. 너의 형제 네 명에게 각기 세 대씩 매를 때렸어. 그래도 부족한 게냐?"

"부족해요!"

나는 또 소리를 질렀다.

"단문과 단무의 손가락을 잘라야겠어요. 앞으로 제게 다시는 화살을 못 쏘게 말이에요."

"정말 철없는 아이로구나."

황보부인은 나를 잡아당겨 침상 위에 앉힌 뒤 내 귀를 만지작거리며 다시 자애로운 미소를 지었다.

"단백, 왕에게는 인자함이 가장 중요하니라. 잔혹해서는 안 돼. 이 이치를 여러 번 이야기해줬는데 왜 번번이 잊는 게냐? 게

다가 단문과 단무는 우리 섭국의 적전嫡傳 세자이자 왕위 계승 후보가 아니었느냐. 그들의 손가락을 자르면 너는 조상의 영령 앞에 뭐라고 변명할 셈이냐? 궁 안팎의 관리와 백성들에게는 또 뭐라고 말하고?"

"하지만 대낭은 손가락을 잘렸잖아요. 독을 썼다는 이유로요."

"다르지. 대낭은 천한 계집이지만 단문 형제는 섭왕의 핏줄이 자 내가 아끼는 손자다. 함부로 손가락을 잃게 놔둘 수는 없어."

나는 고개를 떨군 채 황보부인 옆에 앉아 있었다. 황보부인의 치마에서 사향과 영지초 냄새가 섞여 풍겼고 용봉龍鳳 허리띠에 는 여전히 앙증맞고 영롱한 옥 노리개가 달려 있었다. 나는 당장 이라도 그 옥 노리개를 잡아뜯어 주머니에 쑤셔넣고 싶었지만 아쉽게도 그럴 용기가 없었다.

"단백, 아느냐? 우리 대섭궁에서는 왕을 세우는 것도 쉽고 왕 을 폐하는 것도 쉽다. 이 말을 꼭 기억해두기 바란다."

나는 황보부인의 마지막 당부가 무슨 뜻인지 알아들었다. 성 큼성큼 금수당을 나오고 나서 나는 조정 앞 국화밭에 퉤, 하고 침을 뱉었다. 죽지도 않는 할망구 같으니. 빨리 뒈져버렸으면. 나는 몰래 욕을 했다. 맹부인에게서 들은 욕이었다. 욕 한마디로 는 분을 다 풀지 못해 황보부인이 아끼는 국화밭에 뛰어들어가 노란색 국화 줄기를 마구 짓밟았다. 그런데 문득 고개를 들어보니 지팡이를 맞았던 그 궁녀가 처마 밑에 서서 놀란 눈으로 나를 바라보고 있었다. 궁녀의 이마 가장자리가 빨갛게 부풀어올랐다. 황보부인의 지팡이에 맞아 생긴 혹이었다. 황보부인이 인자함에 관해 훈계했던 것이 떠올라 속으로 피식 웃었다. 근산당에서 공부할 때 읽었던 잠언 한마디가 떠올랐다. 언행이 일치하지 않는 것이 사람의 화禍이다. 나는 황보부인이 바로 그 말의 좋은 예라는 생각이 들었다.

마침 단문과 단무가 금수당 앞의 월아문月牙門으로 걸어들어왔다. 나는 국화밭에서 뛰쳐나와 그들을 가로막았다. 그들은 내가 거기 있을 것이라고는 생각도 못했는지 놀란 표정을 지었다.

"여기는 무슨 일로 왔느냐?"

내가 거칠게 따졌다.

"할머님께 문안 인사를 왔습니다."

단문이 태연스럽게 말했다.

"왜 내게는 문안 인사를 오지 않느냐?"

나는 국화 가지를 휘둘러 그들의 아래턱을 쳤다. 단문은 아무 말도 하지 않았다. 단무는 울근불근해 나를 노려보았다. 내가 다가가 툭 밀자, 단무는 휘청하고 한 걸음 물러나더니 다시 똑바로 서서 째진 눈으로 나를 또 노려보았다. 나는 꽃송이를 떼어 단무의 얼굴에 던지며 말했다.

"계속 노려보면 네 눈을 후벼파버리겠다!"

그러자 단무는 고개를 돌려 꼼짝도 않고 그대로 서버렸다. 더는 나를 노려볼 엄두를 내지 못했다. 옆에 있던 단문의 얼굴은 창백해졌다. 단문의 눈에서 한 점 눈물이 반짝이더니 여자 같은 얇은 입술이 바짝 오므라들며 더 시뻘게졌다.

"내가 밀지도 때리지도 않았는데 너는 뭐가 그리 괴로운 거냐?"

나는 단문을 돌아보며 트집을 잡았다.

"배짱이 있다면 또 화살을 쏴보시지. 기다리겠다."

단문은 여전히 아무 말도 없이 단무를 끌고서 나를 피해 금수당 쪽으로 서둘러 걸어갔다. 어느새 황보부인이 바깥 통로에 서 있었다. 아마도 그곳에서 한동안 이쪽을 살폈던 것 같았다. 황보부인은 지팡이를 짚은 채 잠잠히 냉담한 표정을 짓고 있었다. 그녀가 내 소행을 맘에 들어하는지 아니면 못마땅해하는지 알 수가 없었다. 하지만 아무래도 괜찮았다. 지금 한바탕 화풀이를 했으니 손해는 아니었다.

# 2

 

 

내가 왕이 된 그해, 섭궁에는 환관이 몇 남지 않았다. 돌아가
신 부왕이 천성적으로 환관을 싫어했기 때문이다. 부왕은 환관
들을 차례로 궁 밖으로 쫓아낸 뒤, 사람을 풀어 민간의 미녀들을
무더기로 그러모았다. 섭왕궁은 미녀들의 천하가 되었고 부왕은
그 속에 빠져 마음껏 여색과 침상의 환락을 즐겼다. 나의 사부
각공의 말에 따르면 그것이 바로 부왕이 젊은 나이에 세상을 뜬
가장 중요한 원인이었다고 한다.

나는 어느 해 겨울 대섭궁 앞 붉은 담장 밑에서 죽은 환관들을
기억한다. 그들은 틀림없이 추위와 굶주림으로 목숨을 잃었다.
섭왕이 궁 안으로 불러주기를 기다리며 담 밑에서 겨울 한철을
버티다가 끝내 폭설이 오던 날, 희망을 잃고 십여 명이 서로 껴

안은 채 눈 속에서 숨을 거뒀다. 오랜 시간 나는 그들의 선택을 이해하지 못했다. 그들은 왜 시골에 내려가 기장을 심거나 누에를 치며 살지 않았을까. 왜 굳이 대섭궁 앞에서 헛되이 죽어갔을까. 이유를 묻자 각공은 그 일을 잊으라고 권하며 말했다.

"그들은 서럽고, 불쌍하고, 또 가증스러운 자들이었습니다."

내가 환관을 안 좋게 보았던 것도 각공 때문이었다. 나는 어릴 때부터 줄곧 환관이 내 시중을 들지 못하게 했다. 물론 내가 섭왕이 되기 전의 일이었다. 그런데 내가 섭왕이 된 해에 황보부인은 뜻밖에도 궁궐의 시종들을 대대적으로 갈아치웠다. 남부의 현縣 세 곳에서 삼백 명의 어린 환관들을 뽑아 입궁시키는 한편, 몸이 약하거나 성격이 온순하지 않은 궁녀들을 대거 쫓아내려 했다. 사부 각공도 황보부인의 퇴출자 명단에 있으리라곤 생각도 못하고 있었다.

각공이 궁을 떠난다는 소식을 나는 사전에 듣지 못했다. 그날 아침 나는 번심전에 앉아, 어린 환관 삼백 명이 번심전 밖에서 올리는 축복의 예를 받고 있었다. 나와 비슷한 나이의 소년 삼백 명이 바깥에 새까맣게 모여 무릎을 꿇은 모습을 보니 우습기 짝이 없었다. 하지만 황보부인과 맹부인이 내 양쪽에 앉아 있어서 감히 웃지 못하고 입을 막은 채 고개를 숙였다. 이윽고 고개를 들었을 때, 뒤쪽에 다른 사람이 무릎을 꿇은 것이 눈에 띄었다.

나의 사부, 승려 각공임을 똑똑히 알아보았다. 각공은 대학사大
學士의 예복 대신 검은 가사 차림으로 상반신을 꼿꼿이 세우고 있
었다. 나는 각공이 왜 그러고 있는지 몰라 자리에서 벌떡 일어섰
지만 황보부인에게 제지당했다. 그녀가 지팡이 끝으로 내 발을
누르는 바람에 움직일 수가 없었다.

"각공은 이제 네 사부가 아니다. 곧 궁을 떠날 것이니 그냥 작
별 인사를 하게 놔두어라."

황보부인이 말했다.

"지금 너는 내려가면 안 된다."

"왜죠? 왜 저분을 떠나보내는 거죠?"

나는 황보부인을 향해 고함을 질렀다.

"너는 벌써 열네 살이니 사부가 필요하다. 한 나라의 군주에게
는 재상이 필요하지, 까까머리 중은 필요치 않아."

"저분은 중이 아니에요. 부왕이 정해주신 사부님이란 말입니
다. 제 곁에 계셔야만 해요!"

나는 힘껏 고개를 저으며 말했다.

"환관은 필요 없습니다. 저는 각공 사부가 필요해요."

"하지만 내가 각공이 네 곁에 있는 걸 허락할 수 없다. 그는 이
미 너를 괴팍한 아이로 만들어놓았어. 앞으로는 너를 괴팍한 섭
왕으로도 만들어놓을 거야."

황보부인은 지팡이를 들어 바닥을 탕탕 내리치더니 금세 말투를 누그러뜨려 내게 말했다.

"나는 결코 그를 쫓아낼 생각이 없었지만 친히 그에게 의견을 물으니 궁을 떠나고 싶다더구나. 본래 네 사부가 될 생각이 없었다고 했어."

"아니에요!"

나는 미친듯이 소리를 지른 뒤, 다짜고짜 번심전 아래로 뛰어내려갔다. 내가 어린 환관 삼백 명의 질서정연한 대열을 뚫고 지날 때 그들은 나를 향해 존경어린 눈빛을 보냈다. 나는 각공을 부둥켜안고 엉엉 소리내어 울었다. 번심전 앞의 사람들은 이 갑작스러운 사태에 놀라 어리둥절했다. 내 울음소리가 사방의 정적 속에서 쟁쟁히 메아리치는 것이 들렸다.

"울지 마십시오. 폐하는 섭왕이십니다. 신하들 앞에서 우시면 안 됩니다."

각공은 가사 한쪽을 치켜들어 내 눈물을 닦아주었다. 그의 미소는 여전히 편안하고 담담했으며 그의 무릎은 여전히 바닥에 닿았다. 각공은 가사 소매 안에서 『논어』를 꺼냈다. 각공이 말했다.

"아직도 이 책을 다 못 읽으셨지요. 궁을 떠나며 유일하게 마음에 걸리는 일입니다."

"안 읽을 거예요. 사부님을 보내지 않을 거예요."

"역시 폐하는 아직 어린아이시로군요."

각공은 조용히 한숨을 쉬었다. 그의 날카로운 눈빛이 내 이마 위에 머물렀다가 나의 흑표용관을 스치고 지나갔다. 그러고는 우울한 목소리로 말했다.

"얘야, 어려서 왕이 된 것은 네 행운이자 불행이다."

그는 떨리는 손으로 내게 책을 건넨 뒤, 일어서서 두 소매로 가사에 묻은 먼지를 떨었다. 나는 그가 떠나려 한다는 것을 알았다. 이미 그를 만류할 수 없다는 것도 알았다.

"사부님, 어디로 가십니까?"

나는 그의 등에 대고 소리쳤다.

"고죽사로 갑니다."

각공은 멀리 서서 두 손을 합장한 채 잠시 하늘을 응시했다. 그의 마지막 대답이 희미하게 들려왔다.

"고죽사는 고죽림에 있고 고죽림은 고죽산에 있습니다."

나는 눈물을 철철 흘렸다. 이런 모습이 체통에 어긋남을 알았지만 나는 섭왕인 만큼 뭐든 하고 싶은 대로 할 권한이 있다고 생각했다. 울고 싶으면 우는 것이다. 황보부인이 뭐라고 내가 우는 걸 막는단 말인가. 나는 눈물을 닦으며 번심전으로 향했다. 어린 환관들은 여전히 말뚝처럼 양쪽에 무릎을 꿇고 있었다. 내 젖은 얼굴을 흘긋거리면서. 황보부인에게 복수하는 의미로 나는 환관들의 엉덩이를 마구 걷어찼다. 여기저기서 환관들의 신음소리가 흘러나왔다. 나는 그렇게 걸어가는 내내 발길질을 해댔다. 그들의 엉덩이가 무척이나 부드럽고 또 무척이나 혐오스럽다는 생각이 들었다.

각공이 떠나던 날 밤, 추적추적 빗방울이 떨어지기 시작했다. 나는 힘없이 창틀에 기대앉았다. 등불이 비바람 속에서 흔들거리고 정원의 파초와 국화의 시든 잎가지에서 쏴쏴, 소리가 났다. 이렇게 비가 오는 밤이면 젖은 사물들이 조용히 썩어간다. 서동이 『논어』를 읽는 소리가 날벌레처럼 밤의 빗소리 속을 떠돌았지만 나는 듣는 둥 마는 둥했다. 여전히 나의 사부 각공을, 그의 독특하고 지혜로운 말과 수척하고 빼어난 얼굴을, 그리고 그가 떠나면서 남긴 마지막 말을 생각했다. 생각하면 생각할수록 마음이 아팠다. 그들이 왜 내가 사랑하는 승려 각공을 쫓아냈는지 알 수가 없었다.

"고죽사는 대체 어디 있는 절이냐?"

나는 서동의 낭독을 끊고 물었다.

"아주 멉니다. 완국宪國 숭산崇山의 준령에 있는 듯합니다."

"도대체 얼마나 먼데? 마차로 며칠이나 걸리느냐?"

"저도 잘은 모릅니다. 폐하께서는 그곳에 가보고 싶으신가요?"

"그냥 물어본 거다. 내가 어디를 가고 싶든 난 가지 못한다. 황보부인이 내가 궁 밖으로 한 걸음이라도 나가는 걸 허락지 않으니까."

그 비 오는 밤, 나는 또 악몽을 꾸었다. 꿈속에서 하얀 꼬마귀신 한 무리가 내 침상을 에워싸고 잉잉 흐느껴 울었다. 그들의 몸은 마치 헝겊인형 같았으며 얼굴은 내가 아는 궁궐 사람들과 흡사했다. 누구는 순장된 양부인과 닮았고 또 누구는 손가락과 혀가 잘린 대낭과 닮았다. 놀란 나는 온몸이 땀으로 흠뻑 젖었다. 꿈에서 깼을 때, 창밖에서는 아직 빗소리가 들려왔다. 침상의 비단 이불 위에 하얀 꼬마귀신들의 그림자가 여전히 어른거렸다. 나는 기겁을 하여 침상을 쾅쾅 두드렸다. 침상 밑에서 졸던 궁녀들이 분분히 일어나 내 곁으로 몰려들었다. 그러고서 무슨 일인지 몰라 서로 쳐다보다가 한 궁녀가 내게 요강을 갖다 바쳤다.

"소변을 본 게 아니야. 빨리 침상 위의 꼬마귀신을 쫓아줘."

나는 계속 침상을 두드리며 궁녀들에게 고함을 쳤다.

"왜 멍하니 섰어! 빨리 쫓아줘!"

"꼬마귀신은 없습니다, 폐하. 달빛일 뿐입니다."

한 궁녀가 말했다.

"폐하, 그건 등불의 그림자입니다."

다른 궁녀가 말했다.

"이 멍청한 장님들. 너희는 하얀 꼬마귀신들이 내 무릎 위에서 팔딱팔딱 뛰는 게 안 보이느냐?"

나는 몸부림치며 침상에서 뛰어내렸다.

"어서 각공을 데려와라. 각공을 데려와 이놈들을 전부 쫓아내라고."

"폐하, 각공 사부님은 오늘 궁을 떠나셨습니다."

궁녀들이 전전긍긍하며 답했다. 궁녀들은 여전히 침상 위의 하얀 꼬마귀신들을 보고도 보지 못했다.

나는 그제야 제정신이 들었다. 이 비 오는 밤, 각공은 이제 완국의 고죽사를 향해 떠났고 나를 위해 다시는 귀신을 쫓아주지 못하게 되었음을 깨달았다. 각공이 이미 떠났으니 섭국의 재난이 머지않았구나. 머릿속에 별안간 늙은 미치광이 손신의 그 기괴한 예언이 떠올랐다. 슬픔과 분노가 교차했다. 궁녀들의 망연하고 졸린 표정이 끔찍하게 싫었다. 궁녀의 손에서 요강을 빼앗아 냅다 내동댕이쳤다. 사기 깨지는 소리가 비 내리는 어둠 속에 선명하게 울려퍼졌고, 놀란 궁녀들은 일제히 무릎을 꿇었다.

"요강이 깨졌으니 섭국의 재난이 머지않았다."

나는 손신의 말투를 흉내내 궁녀들에게 말했다.

"내가 하얀 꼬마귀신을 보았으니 섭국의 재난이 머지않았다."

하얀 꼬마귀신의 소란을 피하기 위해 나는 파격적으로 궁녀 두 명을 각각 내 양옆에서 자게 하고 또다른 두 명은 침상 밑에서 거문고를 뜯으며 나직이 노래를 부르게 했다. 그러자 하얀 꼬마귀신들은 천천히 모습을 감췄다. 정원의 빗소리도 잦아들었다. 처마의 낙숫물이 파초 잎 위로 가만히 떨어졌다. 나는 궁녀들의 몸에서 향기로운 지분 냄새를 맡았다. 동시에 창문 밖에서 식물과 가을 곤충들이 썩고 죽어가는 시큼한 냄새도 맡았다. 그것은 대섭궁의 영원히 변치 않을 냄새였다. 내 초기 제왕 생애의 어느 날 밤이었다.

또다른 괴이한 꿈속에서 나는 첫 사정을 경험했다. 꿈에 대낭이 나타나 비파를 안고 국화 밭에 앉아서 우아한 노래를 불렀다. 대낭은 곧 두 손을 나란히 들고 예쁜 발로 사뿐사뿐 걸음을 옮겼다. 반라의 모습을 한 대낭의 어깨에 걸린 비파가 눈처럼 하얀 골반에 부딪쳤다. 봄기운처럼 따스한 그녀의 얼굴에서 한 가닥 요염하고 방탕한 미소가 빛났다. 나는 그녀에게 소리쳤다.

"대낭, 그렇게 웃지 마."

하지만 대낭은 오히려 더 숨막힐 정도로 요염한 미소를 지었다.

"대낭, 다가오지 마!"

그러나 대낭은 집요하게 내게 손을 뻗었다. 손가락을 잃은 그 전병 모양의 손에서 피가 뚝뚝 떨어졌다. 그 손은 부드러우면서도 방자하게 내 신성한 하체를 건드렸다. 마치 손가락으로 여섯 가닥 비파 줄을 타는 듯이. 순간 나는 세상 밖에서 들려오는 듯한 음악을 들으며 온몸을 부르르 떨었다. 경악과 기쁨의 신음소리도 냈다.

아침에 일어나서 나는 축축해진 속옷을 손수 갈아입었다. 그리고 거기에 묻은 얼룩을 보며 궁녀에게 물었다.

"이게 뭔지 아느냐?"

궁녀들은 내 손에 들린 속옷을 뚫어져라 쳐다보면서 웃기만 하고 말을 안 했다. 나이 든 궁녀가 내 속옷을 받으며 비로소 입을 열었다.

"감축드립니다, 폐하. 이건 폐하의 자손들이랍니다."

궁녀가 청동 쟁반 위에 내 속옷을 올린 채 급히 물러나는 모습을 보고 외쳤다.

"잠깐 빨지 마라. 그게 뭔지 아직 자세히 못 봤다."

궁녀가 걸음을 멈추고 말했다.

"가서 황보부인께 아뢰어야 합니다. 그러라고 분부하셨거든요."

"별꼴이군. 이런 것까지 아뢰어야 하다니."

나는 툴툴거렸다. 어느새 궁녀들이 나를 씻기려고 향초香草를 띄운 뜨거운 물을 대야에 담아왔다. 그러나 나는 침상에 엎드린 채 꼼짝도 하지 않았다. 간밤의 꿈은 뭔지, 또 꿈속에 나타난 대

제1부  49

낭은 뭔지 생각했다. 이해가 안 갔다. 이해가 안 가서 더 생각하기 싫어졌다. 궁녀들의 수줍고 기뻐하는 표정을 보니 좋은 일인 듯했다. 궁녀들은 황보부인에게 상을 받을지도 몰랐다. 하지만 이 천한 계집들이 기쁘다고 해서 나도 기쁜 건 아니었다.

나는 조금도 기쁘지 않았다.

황보부인은 여덟 명의 궁녀를 내보내고 여덟 명의 환관을 들여 내 시중을 들게 했다. 그러고는 타협을 불허하는 말투로 내게 말했다.

"네가 원하든 원치 않든 이 궁녀들은 너의 청수당淸修堂을 떠나야 한다. 섭국의 역대 군주들처럼 너도 사춘기부터는 궁녀 대신 환관의 시중을 받아야 한다. 이것은 궁의 규칙이다."

황보부인이 이렇게 말하니 나로서는 방법이 없었다. 청수당에서 여덟 명의 궁녀와 눈물의 작별을 했다. 궁녀들이 하염없이 눈물 흘리는 모습을 보니 괴로웠다. 뭘 어떻게 보상해줘야 할지 생각이 나지 않았다. 그때 한 궁녀가 말했다.

"폐하, 앞으로 폐하를 뵙기 어려울 듯하니 오늘 폐하를 한번 만져보게 은혜를 베풀어주세요."

나는 고개를 끄덕였다.

"그러거라. 어디를 만지고 싶으냐?"

궁녀가 주저하며 말했다.

"폐하의 발가락을 만지게 해주시면 평생토록 폐하의 성은을 잊지 못할 것이옵니다."

나는 당장 신발과 양말을 벗어던지고 두 발을 높이 치켜들었다. 그 궁녀는 한쪽 무릎을 꿇고서 눈물을 글썽이며 내 발가락을 어루만졌다. 다른 일곱 명의 궁녀도 그 뒤에 서서 차례를 기다렸다. 이 특이한 의식은 되풀이되며 꽤 오래 이어졌다. 심지어 한 궁녀는 몰래 내 발등에 입을 맞춰서 나를 까르르 웃게 했다. 나는 궁녀에게 물었다.

"너는 내 발이 더럽지 않느냐?"

그녀가 흐느끼며 답했다.

"폐하의 발이 더러울 리가요. 폐하의 발은 소인의 입보다 더 깨끗합니다."

청수당에 새로 온 환관 여덟 명은 모두 어머니 맹부인이 세심하게 고른 이들이었다. 대체로 이목구비가 수려했으며 거의 다 맹부인의 고향인 채석현采石縣 출신이었다. 앞에서 말한 대로 나는 어려서부터 환관을 싫어했으므로 그들이 찾아와 머리를 조아릴 때 화난 얼굴로 냉대했다. 나중에 나는 그들에게 청수당 앞에서 갖가지 놀이를 해보게 했다. 당연히 사방치기도 하게 했다. 결과는 내 예상대로였다. 얼마 하지도 않아 다들 숨을 헉헉대며

땀을 비 오듯 흘렸다. 가장 어려 보이는 아이 하나만 계속 재미나게 놀았다. 사방치기를 할 때도 내가 모르는 솜씨를 꽤나 많이 선보였다. 그 아이의 얼굴은 여자애처럼 고왔고, 뛰어오르는 동작은 가볍고 활기차서 나는 모르는 저잣거리의 분위기가 물씬 풍겼다. 나중에 그 아이를 내 앞으로 불렀다.

"네 이름이 뭐냐?"

"연랑燕郎이라고 합니다. 아명은 쇄아鎖兒, 학명은 개기開祺이고요."

"나이는?"

나는 웃음을 터뜨렸다. 아이의 말주변이 꽤 좋다는 생각이 들었다.

"열두 살입니다. 양띠이고요."

"너는 밤에 내 침상 밑에서 자거라."

나는 연랑의 어깨를 잡아당겨 귓가에 대고 속삭였다.

"우리 매일 함께 놀자."

연랑은 수줍어서 얼굴이 빨개졌다. 연랑의 두 눈동자는 물처럼 맑았다. 까맣고 긴 눈썹 가장자리에는 붉은 반점 하나가 희한하게 톡 튀어나왔다. 나는 호기심에 손톱으로 반점을 떼어내려했다. 힘이 너무 과했던지 연랑은 아파서 펄쩍 뛰었다. 소리를 지르지는 않았지만 아파 죽을 것 같은 표정이었다. 연랑은 붉은 반점을 꽉 누른 채 땅바닥을 한 바퀴 굴렀다가 금세 민첩하게 일어났다.

"폐하, 소인을 용서해주십시오."

연랑은 이마를 땅에 조아리며 말했다. 퍽 재미나는 아이라는 생각이 들어 침상에서 훌쩍 뛰어내려 연랑을 잡아 일으켰다. 그러고서 궁녀들이 내게 했던 대로 손가락에 침을 묻혀 연랑의 붉은 반점에 발라주었다.

"그냥 장난친 거야."

나는 연랑에게 말했다.

"침을 발랐으니 안 아플 거야."

나는 얼마 안 가서 눈물을 머금고 청수당을 떠난 그 궁녀들을 잊었다. 그해 대섭궁에서는 인원 교체가 잦았다. 궁녀와 환관이 주마등처럼 획획 스쳐갔다. 그러나 내 생활은 전과 다를 게 없었다. 열네 살의 국왕에게는 누구를 좋아하거나 누구를 잊는 일 모두 손쉬웠다.


나는 거세된 연랑의 아랫도리가 어떤 모양일지 무척 궁금했다. 그래서 바지를 내려보라고 명했더니 연랑은 즉시 얼굴이 하얘져서는 제발 추태를 보이지 않게 해달라고 애걸하며 허리띠를 꼭 쥐었다. 하지만 나는 호기심을 억누르지 못하고 기어코 허리띠를 풀게 만들었다. 결국 연랑은 바지를 벗고서 울음을 터뜨리며 얼굴을 돌린 채 울먹이는 목소리로 내게 말했다.

"빨리 보셔야 해요, 폐하."

나는 연랑의 은밀한 부위를 자세히 살폈다. 연랑의 흉터는 남들과 달랐다. 불에 지진 듯한 검붉은 자국이 있었다. 왠지 모르게 냉궁에 갇힌 대낭의 손이 떠올라 흥이 싹 가셨다.

"너는 다른 자들과 다르구나. 누가 거세를 해줬지?"

나는 연랑에게 물었다.

"아버지가 해주셨습니다."

연랑은 울음을 그치고 말했다.

"제 아버지는 대장장이십니다. 제가 여덟 살 때 작은 칼을 만들어 거세해주셨어요. 저는 사흘 동안 깨어나지 못했습니다."

"왜 그랬지? 네가 환관이 되고 싶어했느냐?"

"모르겠습니다. 아버지는 제게 아파도 참으라고 하셨어요. 궁에 들어가 군왕을 따르면 먹고살 걱정은 안 해도 된다고요. 또 궁에 들어가면 부모님께 보답하고 집안을 빛낼 기회도 생긴다고 하셨죠."

"네 애비는 짐승이다. 언제든 그와 마주치면 내가 그를 거세해서 어디 아픈지 안 아픈지 맛을 보여줄 테다."

나는 또 말했다.

"됐다. 이제 바지를 올려도 돼."

연랑은 재빨리 바지를 올린 뒤 눈물을 거두고 살짝 웃었다. 그의 눈썹 옆 붉은 반점이 늘어진 발 사이에서 보석처럼 반짝였다.

가을이 끝나간다. 시종들은 땅바닥에 가득한 낙엽과 나뭇가지를 쓸었고 목수들은 누각의 창마다 가는 나무 막대를 대서 북쪽에서 몰아쳐올 모래바람에 대비했다. 장작을 운송하는 마차 몇 대가 후궁 옆문으로 들어와 똑같은 규격의 장작을 무더기로 내려놓았다. 대섭궁 전체가 겨울맞이로 분주했다.

나의 마지막 귀뚜라미가 십일월에 기척도 없이 죽으면서 나는 매년 한 번씩 돌아오는 슬픔에 젖었다. 곧장 시종을 시켜 죽은 귀뚜라미를 다 수습해 관 모양의 정교한 목함에 넣게 했다. 내가 그 귀여운 생명을 위해 준비한 물건이었다. 귀뚜라미 목함을 청수당 앞 정원에 묻기로 했다.

시종에게 정원 문을 닫게 한 뒤, 연랑과 함께 꽃밭에 구멍을 팠다. 구멍에 귀뚜라미들의 관을 넣고 진흙을 덮는데 담의 원형 화창花窓* 사이로 손신의 얼굴이 불쑥 나타났다. 놀란 연랑이 꺅

---

* 정원의 담장에 뚫린 장식 창. 다양한 도안의 틀을 설치해 그 사이로 밖의 풍경을 감상할 수 있다.

하고 소리를 질렀다.

"무서워하지 마. 미친 사람이니까."

나는 연랑에게 말했다.

"상관 안 해도 돼. 하던 일이나 계속 하자. 황보부인만 아니면 누가 봐도 괜찮아."

"저 사람이 저한테 돌멩이를 던집니다. 사납게 노려보면서."

연랑은 내 뒤에 숨으며 도움을 청했다.

"저는 저 사람을 모르는데 왜 저렇게 노려보는 거죠?"

나는 고개를 들어 늙은 미치광이 손신의 비탄과 연민에 찬 암회색 눈동자를 보았다. 결국 일어나서 화창으로 다가갔다.

"손신, 저리 비켜. 그렇게 몰래 훔쳐보면 안 돼."

손신은 내 훈계를 못 들었는지 갑자기 머리로 화창 틀을 쿵쿵 들이받았다. 나는 화가 나서 버럭 소리를 질렀다.

"손신, 지금 뭐하는 거야? 죽고 싶은 거야?"

손신은 그 우스꽝스러운 동작을 멈추더니 하늘을 향해 에취, 재채기를 하고는 말했다.

"섭국의 재난이 머지않았습니다."

연랑이 내 뒤에서 물었다.

"폐하, 저 사람이 뭐라고 그러는 거죠?"

"신경쓰지 마. 미치광이라니까. 만날 저 말밖에 안 해."

내가 말했다.

"가라고 할까? 다른 사람 말은 안 들어도 내 말은 듣거든."

"당연히 폐하의 말씀은 듣겠지요."

연랑은 궁금한 듯 손신 쪽을 기웃거렸다.

"저는 폐하가 왜 미친 사람을 궁 안에 두는지 궁금할 뿐입니다."

"옛날에는 미치광이가 아니었어. 전쟁터에서 죽음을 무릅쓰고 내 선조의 목숨을 구하기도 했지. 덕분에 무슨 죄를 저질러도 죽음을 면케 하라는 선대 섭왕의 친필 명을 받았어. 그래서 그가 아무리 미쳤어도 아무도 죄를 못 묻는다고."

나는 연랑에게 그런 은밀하고 기괴한 궁정의 비사를 들려주는 것이 좋았다.

"어때? 다른 사람보다 더 재미있는 사람 같지 않아?"

"모르겠습니다. 저는 어려서부터 미친 사람이 무서웠거든요."

연랑이 말했다.

"네가 무섭다니 내가 쫓아줄게."

나는 나뭇가지를 꺾어 화창 사이로 손신의 코를 찔렀다.

"가보라고. 청동 솥 있는 곳으로 돌아가."

과연 손신은 고분고분 화창에서 물러났다. 곧 자리를 뜨며 탄식했다.

"환관이 총애를 받으니 섭국의 재난이 머지않았구나."

조정에서 신하들의 알현을 받을 때만큼 참기 어려운 시간은 없었다. 이부, 예부, 병부, 형부의 상서尙書들이 승상 풍오馮敖를 둘러싼 채 번심전의 돌계단 제일 위에 섰고, 그 뒤로는 예관과 예복을 갖춘 문무백관이 있었다. 때로는 섭국 각 지역의 번왕藩王들도 알현을 하러 왔다. 옷에는 작은 흑표범 무늬가 수놓였다. 나는 그들이 내 아버지뻘, 심지어 할아버지뻘임을 알았다. 그들의 몸에도 선대 섭왕의 피가 흘렀지만 섭국의 왕위에 오르지 못했다. 선대 섭왕은 그들을 각기 북왕, 남왕, 동왕, 서왕, 동북왕, 서남왕, 동남왕, 서북왕으로 책봉했다. 어떤 이들은 이미 머리가 희끗희끗했지만 번심전에 들어와서는 내게 예를 행해야 했다. 나는 그것이 어쩔 수 없는 일임을 알았다. 그들이 속으로 원치 않아도 어쩔 수 없었다.

한번은 어느 번왕이 무릎을 꿇다가 방귀를 뀌는 바람에 그만 못 참고 깔깔 웃음을 터뜨렸다. 방귀를 뀐 사람이 동왕인지 동남왕인지는 잘 몰랐지만 어쨌든 숨이 넘어가도록 웃는 나를 위해 시종들은 내 허리와 등을 두들겨줘야 했다. 번왕은 난처한 나머지 얼굴이 돼지 간처럼 벌게졌지만 또 한 차례 방귀를 뀌고 말았다. 이에 나는 정말 기절할 것처럼 배꼽을 잡고 웃었다. 내가 옥좌에 앉아 크게 웃자 황보부인이 지팡이를 휘둘러 번왕의 엉덩이를 때렸다. 가엾은 번왕은 알아서 엉덩이 쪽 옷자락을 끌어올린 뒤, 더듬더듬 자신의 과오를 고했다.

"제가 폐하를 알현하려 밤낮없이 삼백 리 길을 오다가 중간에 감기가 든데다 돼지 족발 두 대를 먹었더니 이렇게 방귀를 못 참게 되었습니다."

그의 변명을 듣고 황보부인은 오히려 더 세게 매를 때리며 꾸짖었다.

"조정에서는 웃고 떠들어서는 안 되거늘 감히 방귀를 뀌다니!"

그것은 내 기억 속의 가장 재미난 알현이었다. 아쉽게도 그런 알현은 그때 한 번뿐이긴 했지만. 어쨌든 나로서는 황보부인과 풍오 등이 농지세와 징병제에 관해 상의하는 것을 듣느니 번왕의 방귀 소리를 듣는 편이 훨씬 재미있었다.

번심전 아래의 신하들이 들고 있었던 상소문이 사례감司禮監을 통해 하나하나 내 앞에 전달되어 왔다. 내가 보기에 그것들은 딱딱하고 무미건조한 헛소리에 불과했다. 나는 상소문을 좋아하지 않았다. 황보부인도 그렇다는 것을 나는 이미 간파했지만 그래도 황보부인은 사례감에게 상소문을 큰 소리로 읽게 했다. 한번은 사례감이 병부시랑兵部侍郎 이우李羽의 상소문을 읽게 되었다.

"오랑캐가 서쪽 국경을 여러 차례 침범해 수비대가 피를 뒤집어쓰며 전투를 벌인 게 벌써 열한 차례나 됩니다. 부디 폐하께서 이곳 서쪽으로 순행을 오셔서 병사들의 사기를 높여주소서."

처음으로 나와 직접 관련된 상소를 듣고는 자세를 고쳐 앉아 황보부인을 바라보았다. 하지만 황보부인은 내게 눈길도 주지 않았다. 잠시 생각에 잠겼다가 승상 풍오에게 의견을 물었다. 풍오는 반 자나 되는 하얀 수염을 쓰다듬으며 고개를 끄덕이면서 말했다.

"서쪽 오랑캐는 줄곧 우리 섭국의 숨은 우환이었습니다. 만약 그곳 수비대가 단숨에 오랑캐를 봉황관鳳凰關 밖으로 몰아낸다면 섭국의 영토 절반은 안전이 보장될 겁니다. 따라서 병사들의 사기를 높이기 위해서라면 폐하께서 서쪽으로 순행을 가실 필요도 있을 듯한데……"

풍오는 더 말을 하려다 멈추고 나를 슬몃 보고는 가볍게 헛기침을 했다. 황보부인은 눈썹을 찡그리며 못 참겠다는 듯 지팡이로 세 번 바닥을 내리쳤다.

"왜 우물쭈물하는가. 내가 그대에게 물으니 다른 사람 눈치를 볼 필요는 없다."

황보부인의 목소리에는 분노가 깃들었다.

"풍오, 계속 얘기하라."

풍오는 한숨을 쉬고 다시 말했다.

"다만 폐하가 아직 어리신 터라 오백 리나 되는 힘든 여정에 옥체를 상하시지나 않을까 염려스럽습니다. 불의의 사태가 날 수도 있고요."

이때 황보부인의 입가에 보일 듯 말 듯 한 가닥 냉소가 번졌다.

"그대의 뜻은 잘 알겠네. 그러면 이제 내 뜻을 얘기하지. 섭왕이 순행을 떠나도 중간에 골치 아픈 일이 벌어질 리는 없네. 궁에서 모반이 일어날 리도 없고 말이야. 이 늙은이가 대섭궁에 있는 한, 모두 안심해도 되네."

나는 그들의 난해하고 모호한 대화가 이해가 안 갔다. 그저 무시당했다는 생각에 반발심만 끓어올랐다. 그들이 내가 순행을 떠날 길일까지 상의해 정했을 때, 나는 느닷없이 언성을 높여 말했다.

"나는 안 갑니다. 안 가요."

"뭐가 어쨌다고?"

황보부인이 어리둥절한 눈으로 나를 보며 말했다.

"군왕은 허언을 해서는 안 된다. 내키는 대로 함부로 말해서는 안 돼."

"저더러 가라면 안 갈 거고 가지 말라면 갈 겁니다."

내 시위성 발언에 다들 눈을 휘둥그렇게 뜨고 입을 떡 벌렸다. 황보부인은 난처한 표정으로 승상 풍오에게 말했다.

"우리 왕이 어린데다 장난기가 심하네. 다 농담일 뿐이니 승상은 괘념치 말게."

화가 났다. 역대로 섭왕의 말은 모두 금과옥조로 여겨졌건만 황보부인은 나의 말을 농담으로 치부해버린 것이다. 그녀는 지혜롭고 자애로워 보이지만 실은 황당한 노인네일 뿐이었다. 나는 누구와도 더 다투고 싶지 않았고 어서 번심전을 빠져나가고만 싶었다. 그래서 뒤에 있던 시종에게 말했다.

"변기를 가져와라. 큰일을 보고 싶으니. 너희들도 냄새가 싫으면 멀찍이 떨어져라."

나는 일부러 황보부인이 들을 수 있게 말했다. 과연 그녀는 속임수에 걸려들었다. 고개를 돌려 혐오와 분노의 눈초리로 나를 노려보았다. 그러고는 어쩔 수 없다는 듯 탄식을 하고 지팡이로 세 번 바닥을 내리쳤다.

"오늘은 섭왕께서 옥체가 불편하시니 일찍 조회를 파합시다."

대섭궁 안에서는 나의 서쪽 지역 순행에 관해 얘기가 분분했다. 나의 어머니 맹부인은 특히나 염려가 많았다. 이 모든 게 음모여서 내가 궁을 떠난 뒤 위험한 일을 당하지 않을까 의심했다.

"그자들은 네 왕위를 노려. 틀림없이 갖은 수단으로 너를 해치려 할 거야."

맹부인은 울먹이며 내게 말했다.

"제발 조심해야 한다. 같이 갈 사람도 충성스럽고 믿을 만한 사람으로 고르고. 단문 형제 같은 놈들과 함께 가면 안 돼. 낯선 자는 더더욱 안 되고."

나의 서쪽 순행은 이미 기정사실이 되었다. 황보부인의 뜻이어서 누구도 바꿀 수 없었다. 나로서는 순행이 제왕의 으리으리한 유람으로 여겨져 이런저런 막연한 기대가 많았다. 나의 이천리 금수강산이 보고 싶었고 대섭궁 밖 세상이 어떤 모습인지도 궁금했다. 그래서 나는 별일 아니라는 듯이 고대 경전의 한 구절을 인용해 맹부인을 위로했다.

"제왕의 천명은 나라를 위해 목숨을 바쳐 그 영예로운 이름을 대대로 백성들 사이에 남기는 겁니다."

맹부인은 옛날 격언 따위에는 관심이 없었다. 그녀는 곧 저잣거리의 갖가지 상스러운 말로 황보부인을 저주했다. 사실 그것이 맹부인이 가장 좋아하고 즐기는 일이었다.

그즈음 나는 왠지 마음이 초조해서 이유 없이 시종들을 매질하곤 했다. 기쁨과 근심이 반반인 심정을 누구에게도 털어놓기가 어려웠다. 어느 날 나는 궁 안의 점술가를 불렀다.

"이번 순행의 화와 복을 점쳐다오."

점술가는 앞에 점대를 쌓아놓고 한참 부산을 떨다가 붉은 점대를 뽑아들고 내게 말했다.

"폐하의 이번 행차는 평안할 겁니다."

나는 좀더 캐물었다.

"뒤에서 화살이 날아올 일은 없고?"

점술가는 내게 아무렇게나 점대 하나를 뽑게 하고서 그 점대를 보고는 무척 신비로운 미소를 지었다.

"화살이 날아와도 북풍에 꺾일 터이니 폐하께서는 순행을 떠나셔도 됩니다."

# 3

섣달 초사흘 아침, 나의 순행 대열이 호호탕탕하게 덕휘문德輝門을 지났다. 궁궐 사람들이 높은 망루 위에서 수건을 흔들어 전송을 해주었고, 도읍의 백성들도 소식을 듣고 몰려와 궁문 옆 어도御道 양쪽으로 빽빽한 인파의 벽을 쌓았다. 백성들은 새 섭왕의 용안을 한 번 보기를 소원했지만 내가 탄 어가御駕는 노랗고 붉은 천으로 물샐틈없이 가려져 백성들은 아예 내 얼굴을 볼 수 없었다. 누군가 폐하 만세! 섭왕 만세! 라고 고래고래 지르는 소리가 들렸다. 그래서 어가 덮개의 창을 열고 바깥을 내다보려 했지만 어가의 호위를 맡은 금의위錦衣衛에게 제지당했다. 그는 잔뜩 긴장한 목소리로 말했다.

"조심하십시오, 폐하. 사람들이 밀집한 곳에는 늘 자객이 숨어 있습니다."

내가 언제 창을 열 수 있느냐고 묻자 그는 잠깐 생각하고서 답했다.

"도읍을 나간 다음에 여십시오. 폐하의 안위를 생각하면 창을 안 여시는 게 가장 좋습니다."

나는 대뜸 그에게 소리를 질렀다.

"네가 나를 답답해서 죽게 만들 셈이냐? 계속 창을 열 수 없으면 나는 순행을 떠나지 않겠다. 마음대로 바깥세상 사람과 풍경을 볼 수 없다면 순행이 무슨 의미가 있느냐?"

물론 이것은 내 머릿속에서 벌어진 일일 뿐이었다. 나는 그런 생각을 금의위에게 말해서는 안 되었다.

왕궁의 수레 대열은 도읍의 성문을 나온 후 속도를 올렸고 길 양쪽으로 구경 나온 백성들도 점점 줄어들었다. 바람이 광야에서 불어와 수레 위의 깃발을 펄럭였다. 공기 중에 코를 찌르는 비린내가 떠돌아 어디서 나는 냄새냐고 금의위에게 물었다.

"도읍 근교의 백성들은 가죽을 만들어 팔아 생활합니다. 매년 겨울에 접어들면 피 묻은 양가죽, 소가죽을 햇빛 아래 말리곤 하지요. 지금 길 양쪽을 보시면 각종 가축과 들짐승의 가죽이 널렸습니다."

이때 한 늙은 여자가 갑자기 수레와 말 사이로 나타났다. 앞쪽의 기마병과 어가 양쪽의 호위병들은 처음에는 그녀를 보지 못했다. 여자는 짐승 가죽을 몸에 덮은 채 길 왼쪽에 웅크렸다가 어느 순간 가죽을 벗어던지고 어가로 돌진해와 호위병들을 대경실색케 했다. 어가 밖에서 웅성거리는 소리를 듣고 내가 창을 열었을 때 호위병들은 이미 그 백발의 여자를 붙잡아 끌어내는 중이었다. 늙은 여인의 울부짖는 소리가 들렸다.

"우리 소아자小娥子, 소아자를 돌려주세요. 폐하, 은혜를 베푸셔서 소아자를 궁에서 풀어주세요!"

나는 금의위에게 물었다.

"왜 저렇게 소리를 지르는 것이냐? 소아자는 또 누구고?"

"소인은 잘 모르겠습니다. 아마 민간에서 선발된 궁녀인 듯합니다."

"소아자가 누구냐? 너는 소아자를 아느냐?"

나는 창 너머로 마차에 탄 궁녀에게도 물어봤다. 그 늙은 여인의 울음에 적잖이 마음이 흔들렸기 때문이다.

"소아자는 선왕을 시중들던 궁녀였는데 선왕이 붕어하신 후 순장되었습니다."

궁녀는 눈물을 글썽이며 답하고는 얼굴을 가린 채 흐느끼며 덧붙였다.

"저 불쌍한 모녀는 황천에서나 만날 거예요."

나는 소아자라는 낯선 궁녀의 얼굴을 떠올리려 애썼지만 전혀
기억이 나지 않았다. 그럴 만도 한 것이 대섭궁의 팔백 궁녀들은
모두 용모가 비슷비슷하게 예뻐서 분간하기가 어려웠다. 그녀들
은 무성한 꽃과 가지처럼 세 궁과 여섯 정원 사이에서 은밀히 자
라다가 활짝 피거나 시들어 어떠한 흔적도 남기지 않았다. 소아
자의 얼굴은 기억이 안 났지만 동척산 밑의 왕릉은 기억했다. 깊
은 땅속의 숱한 관과 시체들도. 순간 한 가닥 한기가 묘하게 콧
속을 파고들어 나는 재채기를 했다. 갑자기 어가 안이 춥게 느껴
졌다.

"폐하, 놀라셨군요."

금의위가 말했다.

"저 늙은 여자를 참수해야겠습니다."

"놀란 게 아니야. 시체가 생각났을 뿐이다."

나는 공작깃털 옷을 걸치고 노루가죽 복대를 매며 말했다.

"바깥은 궁 안보다 훨씬 춥구나. 작은 난로를 하나 준비하거
라. 수레 안에서 불을 쬐고 싶으니."


처음으로 섭국의 농촌을 보았다. 마을들은 산과 물 가까이에
자리잡았고 둥근 지붕의 초가집이 바둑돌처럼 연못과 숲 근처에
흩어져 있었다. 초겨울의 논밭은 황량했으며 뽕나무 가지에는 말

라비틀어진 나뭇잎이 매달렸다. 머나먼 산비탈 위에서는 나무꾼이 나무를 베는 소리가 빈 골짜기에 메아리쳤고, 국도 옆 샛길에서는 소금을 나르는 장사치가 덜컹덜컹 외바퀴 수레를 밀었다. 수레 대열이 지날 때마다 마을의 개와 사람들이 난리를 피웠다.

허름한 차림에 파리한 안색의 농부들이 길목에 모였다가 나를 보고 미친듯이 기뻐하면서 노인의 인솔에 따라 내게 삼고구배三叩九拜*의 예를 올렸다. 어가가 뽕나무 숲을 지나 마을을 벗어나도록 농민들의 경건한 의식은 계속되었다. 새까맣게 많은 사람들이 황톳길에 쿵쿵 이마를 찧는 소리가 마치 봄날의 천둥소리 같았다.

농촌은 가난하고 더러웠으며 농민들은 허기지고 가련했다. 섭국의 농촌에 대한 내 첫인상은 그 정도였다. 내가 상상하던 것과는 전혀 달랐다. 나는 나무 위에 올라가 있던 한 아이를 잊을 수 없다. 찬바람 속에서 해진 옷 한 벌을 달랑 걸친 채로 그애는 가장귀 위에 걸터앉아 어른들을 좇아 수레 대열을 향해 예를 행했다. 그런데 아이의 한 손이 쉴새없이 나무 구멍을 후벼팠다. 한참을 보고서야 알았다. 아이는 하얀 나무벌레를 잡고 있었다. 그

---

* 천자를 뵙거나 제사 때 조상에게 올리는 의식. 엎드려 이마를 땅에 세 번 조아리고 아홉 번 절을 한다.

애는 바로 그 하얀 나무벌레를 씹고 있었다. 나는 토할 것 같은 기분으로 금의위에게 물었다.

"저 아이는 왜 벌레를 먹는 게냐?"

금의위가 말했다.

"배가 고파서입니다. 집에 양식이 바닥나 어쩔 수 없이 벌레를 먹는 것입니다. 시골에서는 저렇게 닥치는 대로 배를 채우지요. 흉년이 오면 저런 벌레도 동이 나서 어쩔 수 없이 나무껍질을 벗겨 먹습니다. 나무껍질도 동이 나면 바깥에 나가 구걸을 하지요. 구걸을 하다가 정말 허기가 지면 길 위의 황토를 집어먹다가 배가 터져 죽습니다. 폐하, 방금 전에 보신 뼈다귀는 소뼈가 아닙니다. 실은 죽은 사람의 뼈입니다."

그가 죽은 자를 언급하자 나는 더이상 말하고 싶지 않았다. 사람들은 어딜 가나 내가 안 좋아하는 이 화제를 툭하면 입에 올렸다. 나는 금의위의 뺨을 냅다 올려붙였다.

"경고하는데 다시는 죽은 사람 이야기를 하지 마라!"

나중에 수레 대열이 월아호月牙湖를 지날 때에야 다시 기분이 좋아졌다. 석양 아래에서 월아호는 금빛 은빛으로 빛났다. 하늘과 물이 같은 색이었다. 호수 가득한 갈대가 바람 속에서 날리는데 부드러운 갈대꽃과 물새가 한데 어우러져 호숫가의 하늘은 반은 누런색, 반은 하얀색이었다. 나를 더 놀라고 기쁘게 한 것

은 물가에 서식하는, 고운 깃털의 들오리였다. 들오리들은 나무
바퀴와 말발굽에 놀라 곧장 내가 탄 어가를 향해 날아왔다. 나는
마부에게 어가를 멈추게 한 뒤, 활을 갖고 땅에 내려섰다. 곧 내
활시위 소리와 함께 머리가 하얀 들오리 한 마리가 땅바닥으로
떨어졌다. 나는 기뻐서 꺅꺅 소리를 질렀다. 그쪽에 있던 연랑이
어느새 눈치 빠르게 한손으로 그 들오리를 치켜들고 내 쪽으로
달려왔다.

"폐하, 암놈입니다!"

"품속에 간직해둬라. 행궁行宮*에 도착하면 삶아먹자."

내 말에 따라 연랑은 상처 입은 그 들오리를 품속에 넣었다.
연랑의 두루마기가 오리 피에 금세 빨갛게 물들었다.

내가 호숫가에서 이렇게 흥분했을 때 수레 대열은 모두 멈춰
서서 내가 사냥하는 광경을 바라보고 있었다. 안타깝게도 그뒤
의 몇 대는 다 빗나가서 신경질이 나 활을 홱 집어던졌다. 문득
지난날 근산당에서 읊던 시문 중에 지금 월아호의 경치와 어울
리는 구절이 있었던 것 같았다. 하지만 아무리 생각해도 떠오르
지 않아 엉터리로 두 구절을 지어냈다.

"월아호 기슭에 석양이 기우는데, 섭왕은 활을 당겨 들오리를

---

* 임금이 거동할 때 머무르는 별궁.

쏘네."

이에 나는 뜻밖에도 수행 온 문신들의 갈채를 받았다. 이때 대학사 왕호王鎬가 제안을 했다.

"양정凉亭에 가서 옛사람의 비석과 글을 살피시는 게 어떤지요."

나는 흔쾌히 그러자고 했다. 그런데 양정 밑에 도착하고 보니, 청석비의 비명碑銘은 거의 닳았고 정자 기둥에 문인들이 남긴 글씨도 비바람에 다 지워지고 없었다. 더 이상한 일은 양정 한쪽의 반죽斑竹 숲에 웬 초가집 한 채가 생긴 것이었다. 월아호에 와봤던 관리들은 모두 입을 모아 수상쩍은 일이라고 말했다. 누군가 곧장 가서 사립문을 열어보고는 집안에 아무도 없다고 고했다. 그런데 이어서 등을 비추며 살피다 깜짝 놀라 외쳤다.

"벽에 누가 글을 남겼습니다. 폐하, 어서 와보십시오!"

나는 앞장서서 초가집에 들어가 관솔불에 의지해 벽에 남겨진 그 기괴한 글자를 보았다. '섭왕독서처燮王讀書處'라는 다섯 글자였다. 나는 승려 각공의 필체임을 한눈에 알아보았다. 각공이 고죽산으로 가면서 내게 남긴 마지막 가르침인 것이 분명했다. 그래서 나는 시종들에게 대충 에둘러 말했다.

"호들갑 떨 필요 없다. 한 승려의 악필에 불과하니까."

호숫가의 그 초가집 아래에서 검은 옷의 승려가 눈 오는 밤에 길을 재촉하는 광경을 상상했다. 여위고 창백한 각공의 얼굴은 벌써 흐릿해져 잘 떠오르지 않았다. 공부를 목숨처럼 여기는 그 승려가 이미 먼 고죽사에 도착했는지, 추운 방 외로운 불빛 아래에서 해지고 곰팡이 핀 서경書經을 소리 내어 읽고 있을지 알 길이 없었다.

저녁에는 혜주惠州의 행궁에서 묵었다. 그즈음 혜주 지역에는 돌림병이 돌아 지역 관리들이 행궁 사방에 쑥을 태워놓고 있었다. 연기가 모락모락 피어오르고 매캐한 냄새가 퍼져서 나는 쉴 새없이 재채기를 했다. 내가 자는 정전正殿은 문과 창 사이마다 천까지 쑤셔넣어 숨이 막힐 듯 답답했다. 그래야 돌림병이 행궁에 침입하는 일을 막을 수 있다고 했다. 나는 불만이 가득했지만 어떻게 해소할 길이 없었다. 이런 재수없는 곳에서 밤을 보내게 될 줄은 미처 생각지 못했다. 그러나 시종들은 이곳이 서쪽의 봉황관을 순행하기 위해 반드시 거쳐가야 하는 길목이라고 말했다.

연랑과 함께 실뜨기를 하며 놀고서 나는 그에게 함께 자자고 했다. 그에게서 나는 특유의 박하향처럼 맑은 향기가 그윽하고도 기분좋았다. 그 향기가 혜주 행궁의 탁한 공기를 완화시켜주었다.

품주品州에 도착한 날은 마침 선달 초여드레, 납팔절臘八節[*]이었다. 멀리 품주성에서 명절날의 요란한 악기 소리와 노랫소리가 들려왔다. 나는 품주가 섭국에서도 매우 부유한 지역임을 익히 들어서 알았다. 덕과 명성이 높은 서왕 소양昭陽이 섭왕에게 받은 이 영지를 잘 다스려, 품주의 백성들은 비단과 상업으로 번영을 누렸다. 수레 대열이 품주 성문에 다가갈 때 눈을 들어 보니 성문 위쪽에 '품주복지品州福地'라고 새겨진, 금을 주조해 만든 현판이 걸려 있었다. 전해지는 얘기에 따르면 생전에 선왕이 자기 숙부인 서왕 소양에게 그 현판을 달라고 했다가 완곡히 거절을 당했다. 그래서 나중에 기마부대를 파견해 심야에 잠입하게 했는데 결국에는 다들 구름다리를 오르다가 분분히 화살에 맞아 떨어졌다고 한다. 그 밤, 서왕 소양이 친히 성루에 올라 현판을 훔치려는 자들을 독화살로 쏘아 죽였다는 것이다.

서왕 소양과 대섭궁 사이에 오랜 세월 마찰이 있었기 때문에 어가를 수행하는 문무 신하들은 신중에 신중을 기했다. 그들은 내 수레 대열을 대상隊商처럼 꾸며 품주성으로 들어갔다. 수레 대열은 일부러 우회하여 고즈넉한 골목과 거리를 잇따라 거쳐 마침내 화려하게 꾸며진 품주 행궁에 닿았다. 서왕 소양은 뜻밖에도 내가 왔다는 사실을 아직 몰랐다.

---

* 조상과 신령에게 제사를 지내고 풍작과 안녕을 기원하는 중국의 전통 명절.

나는 품주성의 흥청대는 명절 분위기 때문에 행궁 안에서 안절부절못하다가 결국 연랑과 둘이 미복微服*을 입고 몰래 나가보기로 했다. 서왕의 지대한 정치적 업적 이면에 어떤 비리가 있는지 조사할 생각은 없었다. 납팔절에 민간에서 어떤 오락을 즐기는지, 또 품주의 백성들이 어떻게 화기애애하게 살아가는지 보고 싶었을 뿐이다. 하늘이 어둑어둑해질 무렵, 나와 연랑은 각자 검은 옷을 입고 몰래 행궁 뒷문으로 빠져나갔다. 연랑은 옛날에 아버지를 따라 품주성에 와 쇠그릇을 팔았다면서 길잡이를 자청했다.

공방 몇 군데에서 이따끔 실 뽑는 소리가 들릴 뿐, 품주성 사람들 모두가 거리에 나와 있었다. 거리를 잇는 돌길이 겨울날 석양빛에 반들반들하게 빛났다. 연랑은 나를 데리고 왁자지껄한 대종정大鐘亭 쪽으로 향했다. 도중에 가게 문을 바삐 닫는 술집을 보았는데 얼굴이 불콰한 주인이 걸상 위에 올라서서 문 앞 장대에 걸린 휘장을 내리고 있었다. 주인장이 우리를 향해 휘장을 흔들며 소리쳤다.

"빨리 가보시오. 용춤, 뱀춤 추는 사람들이 곧 대종정을 지나갈 거요."

---

* 지위가 높은 사람이 신분을 숨기고 민심을 살피러 갈 때 입는 검박한 옷.

품주성에서 나는 난생처음 이 리 넘게 길을 걸었다. 연랑이 내 손을 끌고 대종정의 인파 속을 비집고 들어갔을 때 내 발바닥에는 이미 물집이 잡혔다. 아무도 나와 연랑을 신경쓰지 않았다. 광란의 인파가 대종정 앞 공터에 넘실거렸고 나는 조금 큰 듯한 삼베신이 남에게 밟혀 벗겨질까 계속 염려되었다. 난생처음 일반 백성 사이에 낀 채 놀이패를 쫓는 사람들의 물결에 이리저리 흔들렸다. 연랑의 팔을 꼭 잡았지만 언제 그를 놓칠지 몰라 조바심이 났다. 연랑은 미꾸라지처럼 민첩했다. 나를 데리고 인파 속을 자유자재로 헤치고 다녔다.

"폐하, 무서워하지 마세요. 납팔절에는 늘 이렇게 사람이 많답니다."

연랑이 내 귀에 대고 말했다.

"폐하께 재미난 걸 다 보여드리죠. 먼저 뭍의 걸 보고, 다음에는 물위의 것을, 마지막에는 시장을 보여드릴 거예요."

이번 잠행을 통해 나는 크게 견문을 넓혔다. 품주성의 시끌벅적한 분위기는 혜주성의 답답함과는 너무나 대조적이었다. 선왕의 숙적인 서왕 소양이 이렇게 밝고 활달한 성을 다스린다고 생각하니 은근히 걱정이 되었다. 이곳에서 나는 품주 납팔절의 유명한 기예를 직접 감상했다. 춤과 연주, 투호, 공차기, 찻물로 그림 그리기, 통나무 밟기, 줄타기, 쟁반 돌리기, 노래 부르기, 새

날리기, 꼭두각시 놀이, 칼 삼키기, 불 토하기, 바퀴 굴리기, 연 날리기, 폭죽 등 십여 가지가 넘었다. 이 모든 것이 연랑이 말한 뭍의 기예였다. 연랑은 이제 나를 끌고 호숫가로 놀잇배 구경을 가려고 했다.

"거기가 사람이 더 많아요. 납팔절에는 배에서 신기하고 진귀한 물건을 팔거든요."

나는 공중에서 줄을 타는 광대를 뚫어져라 바라봤다. 이제 그만 가야 하나 망설이는데 곡마단 장막 뒤에서 검은 얼굴의 사내가 나오더니 나를 보고 눈을 반짝였다.

"얘야, 몸이 아주 날래 보이는구나."

사내가 손을 뻗어 내 허리를 꽉 움켜쥐는 바람에 아파서 으악, 소리를 질렀다. 검은 얼굴의 사내가 남쪽 지방 사투리로 말했다.

"얘야, 나랑 같이 가자. 네게 줄타기를 가르쳐주마."

나는 사내를 보며 웃었지만 연랑은 옆에서 얼굴이 하얘졌다.

"폐하, 어서 도망쳐요."

연랑이 내 손을 끌고 곡예를 보던 구경꾼들 속에서 빠져나왔다.

"놀라서 죽을 뻔했습니다."

한참을 도망친 뒤에야 연랑은 내 손을 놓았다. 연랑이 여전히 질린 표정으로 말했다.

"곡마단은 사람을 유괴해요. 폐하가 정말 유괴라도 당했으면 저는 끝장이 났을 거예요."

"그게 뭐 어때서? 줄을 타는 게 왕 노릇보다 더 멋있어 보이는 걸. 그거야말로 영웅이잖아."

나와 줄타기꾼의 차이를 생각해보고서 진지하게 말했다.

"나는 섭왕보다 줄타기꾼이 더 좋아."

"폐하가 줄타기를 하시면 저는 통나무 밟기를 하겠습니다."

연랑이 말했다.

"너는 어떻게 나이든 궁녀처럼 아부를 그리 잘 떠느냐?"

나는 연랑의 뺨을 꼬집었다. 연랑은 즉시 부끄러워하며 얼굴이 발그레해졌다. 나는 또 말했다.

"또 얼굴이 빨개지는구나. 너는 어떻게 계집애처럼 그리 부끄럼을 잘 타냐?"

연랑은 입술을 깨물었다. 눈빛이 꼭 놀란 새끼 사슴 같았다.

"소인은 백번 죽어 마땅합니다. 앞으로 다시는 부끄러워 얼굴을 붉히지 않겠습니다. 그런데 폐하께서는 또다른 곳을 구경하고 싶지 않으신가요?"

"가자. 이왕 나온 김에 실컷 놀아보자."

나와 연랑은 마지막으로 품주성 서쪽의 향류호香柳湖 기슭으로 갔다. 호숫가에는 과연 선경 같은 풍경이 펼쳐져 있었다. 무수히 많은 놀잇배 위에서 기녀들이 춤을 추고 노래 부르며 악기를 연주하는데, 사공들은 온갖 진귀한 물건을 내놓고 손님을 끌어들였다. 색색의 장식물이 달린 막대, 연극 소품, 꽃바구니, 그림 부채, 오색 깃발, 물고기 모양 사탕, 꽃다발, 흙으로 빚은 인형 등이 즐비했다. 호숫가의 좌판에도 보석, 모자, 빗, 오색 천, 뿔비녀 같은 장신구가 가득했다. 혼이 쏙 빠질 지경이었지만 돈을 안 갖고 나와 발만 동동 굴렀다. 그때 연랑이 은밀하게 말했다.

"폐하께서 뭐든 갖고 싶다고만 하시면 소인이 돈 한 푼 없이도 손에 넣겠습니다."

나는 뱃머리의 알록달록한 흙 인형 몇 개를 가리켰다.

"저게 갖고 싶다. 네가 가져다줘."

"그러면 여기에 꼼짝 말고 계십시오."

나는 커다란 버드나무 아래에 서서 미심쩍어하며 그러겠다고 했다. 얼마 후 연랑이 사람들을 헤치고 나를 향해 걸어오면서 품속에서 뭔가를 하나씩 꺼냈다. 흙 인형이었고 모두 네 개였다. 연랑은 인형들을 손에 들고서 헤헤 웃었다.

"훔친 거야?"

나는 그제야 깨닫고 흙 인형들을 넘겨받으며 연랑에게 물었다.

"사람들이 저렇게 많이 지키고 섰는데 어떻게 훔친 거지?"

"눈도 손도 발도 빠르거든요."

연랑이 빙그레 웃으며 머리를 긁적였다.

"셋째 형한테 배웠습니다. 제 셋째 형은 못 훔치는 게 없답니다. 한번은 백정 눈앞에서 돼지 한 마리를 훔치기도 했어요."

"그런 재주가 있다고 왜 나한테 말하지 않았지? 진즉에 알았으면 황보부인의 옥 노리개를 훔쳐오라고 했을 텐데. 아니면 품주성 성문 위의 황금 현판을 훔쳐달라고 했든가."

그 두 가지는 내가 가장 좋아하는 물건이었다. 나는 농담 반진담 반으로 연랑에게 그렇게 말했다.

"그건 안 됩니다. 목이 달아날 거라고요. 소인은 절대 못합니다."

연랑은 호숫가 쪽을 돌아보더니 내 옷깃을 잡아끌었다.

"폐하, 어서 가시죠. 사공이 알고 쫓아올까 두렵습니다."

행궁으로 돌아오는 길에는 연랑이 나를 업고 걸었다. 나는 이미 더 걸을 수가 없었기 때문이다. 우리는 환락의 거리를 뚫고 지나갔다. 문득 섭왕이 품주에 행차했다고 행인들이 떠드는 소리가 들렸다. 나는 연랑의 등 위에서 입을 막고 몰래 웃었다. 맹세하는데 그날은 내 열네 해 인생에서 가장 즐겁고 자유로운 하루였다. 잠시 후 나는 연랑에게 말했다.

"나중에 서왕 소양을 쫓아내고 내 섭국의 도읍을 이곳 품주로 옮겨와야겠어."

연랑이 내 몸 밑에서 낄낄거리며 웃었다.

"그러면 정말 재밌겠네요. 제가 매일 폐하께 흙 인형을 훔쳐다드리겠습니다."

그 알록달록한 인형 네 개는 나중에 순행 길에서 하나씩 잃어 버렸다. 또한 훗날 수많은 섭국의 도회지를 지나면서 품주성의 요란한 납팔절의 기억도 점차 엷어졌다. 그러나 어둑어둑한 겨울 오후에 질척거리는 시골의 좁은 길을 흔들거리며 지날 때면 공중에서 줄을 타던 그 줄타기꾼이 떠오르곤 했다. 그의 붉은 망토와 검은 가죽장화, 분방하고 야성적인 웃음과 자유롭고 민첩한 동작 그리고 밧줄 한 가닥 위에서 산속의 영양처럼 치닫던 걸음걸이가 눈앞에 어른거렸다. 남쪽 지방 사투리를 쓰던 검은 얼굴의 사내도 자꾸 떠올랐다. 사내는 내게 말했다.

"얘야, 나랑 같이 가자. 네게 줄타기를 가르쳐주마."


서쪽 변경에 첫눈이 내렸다. 희디흰 눈이 끝없는 광야와 황량한 성을 덮었다. 매년 전란이 그치지 않아 백성 대부분이 이주하는 바람에 인적이 드물었다. 사방 백 리 안에서 개 짖는 소리를 듣기 힘들었다. 이곳을 다스리는 서북왕 달어達漁가 주색을 탐하기로 유명하다는 것을 일찍부터 알았다. 과연 서북왕의 관저에는 크고 작은 술항아리가 헤아릴 수 없이 많았고 깊이를 모를 거대한 술 저장고도 있었다. 관저에 가득찬 술냄새에 현기증이 날 지경이었다. 서북왕 달어의 추악하고 벌겋게 부푼 얼굴을 보자

원숭이 엉덩이가 떠올랐다. 서북왕을 만나자마자 그의 얼굴을 가리키며 말했다.

"원숭이 엉덩이를 본 적이 있소? 당신 얼굴이 딱 원숭이 엉덩이를 닮았구려!"

이 말을 듣고 달어는 껄껄 너털웃음을 터뜨렸다. 전혀 불쾌한 기색을 보이지 않았다. 그는 곧 무희들을 불러 대전에서 노래하며 춤을 추게 했다. 파란 눈에 코가 오뚝한 오랑캐 여인도 몇 명 있었다. 서북왕 달어는 술을 마시면서 손뼉을 쳐 박자를 맞췄다. 그러다가 술냄새 풍기는 얼굴을 내게 갖다대며 귀엣말을 했다.

"폐하, 저 오랑캐 여자들이 마음에 드시지 않습니까? 폐하께 드릴 테니 도읍으로 데려가십시오."

나는 고개를 흔들었다. 그 무희들은 모두 배를 드러내고 있었는데 배에 반짝이는 붉은 가루와 금박을 발라서 몸을 비틀 때마다 무척 야하고 아름다워 보였다. 나는 갑자기 깔깔 웃었다. 또 원숭이 엉덩이가 생각났기 때문이다. 달어는 이번에는 표정을 숨기지 못했다. 얼굴을 들고 눈을 부릅뜨더니 자기 시종에게 나지막이 투덜댔다.

"빌어먹을 섭왕 같으니. 아는 게 원숭이 엉덩이밖에 없나."

나는 본래 이튿날 봉황관에 가서 수비대의 장병들을 만날 계획이었다. 그러나 이튿날 거위 털처럼 큼지막한 눈발이 날리면서 날씨가 몹시 추워졌다. 나는 서북왕의 양털 침대 속에서 몸을 웅크린 채 관저 밖으로 한 걸음도 나서려 하지 않았다. 이때 창밖에서는 시종들이 눈을 맞으며 수레와 마차를 준비했고 참군參軍 양송楊松은 내게 떠나자고 독촉을 하러 와서 호되게 혼이 났다.

"네가 나를 얼려 죽이려는 게냐? 지금은 안 간다. 눈이 그치고 해가 나오면 갈 거야."

바깥의 눈보라는 수그러들기는커녕 갈수록 심해졌다. 그런데도 참군 양송은 또 언제 떠날 거냐고 물으러 왔다가 내 노여움을 샀다. 나는 보검을 뽑아 그를 겨누며 소리쳤다.

"또 와서 나를 재촉하면 네 목을 베어 책임을 물을 테다. 오늘은 날씨가 너무 추워서 떠나고 싶지 않단 말이다!"

양송은 고개를 숙인 채 내 침상 밑에 서 있었다. 그의 눈에서 눈물이 흘러나왔다. 나는 그가 슬픈 어조로 하소연하는 소리를 들었다.

"봉황관의 장병들은 지금 목을 빼고 폐하를 뵙기를 고대합니다. 지금 폐하의 뜻이 하룻밤에 세 번 바뀌면 분명 장병들의 사기도 하룻밤에 세 번 바뀔 것입니다. 만약 오늘 팽국彭國의 선전포고가 하달된다면 봉황관은 지키기 어렵습니다."

나는 양송의 간언이 이해가 가지 않았다. 나중에 양송이 눈밭에서 말을 어루만지며 통곡하는 소리를 들었을 때는 그가 미쳤다는 생각까지 들었다. 이게 무슨 울 일이라는 건지, 내가 한 번 뜻을 바꿨다고 정말 봉황관을 잃으리라고는 믿지 않았다.

점심 때 나는 호골주虎骨酒 한 잔을 마시고 사슴고기와 과일을 먹었다. 그래서인지 몸이 훈훈해졌다. 서북왕 달어와 바둑 한 판을 두었다. 결과는 내 압승이었다. 바둑알 하나를 달어의 들창코에 쑤셔넣으며 말했다.

"숙부는 정말 멍청하오."

달어는 딸꾹질을 한 번 하더니 내게 반박을 했다.

"제가 멍청하긴 합니다만 멍청한 사람은 귀한 운명을 타고났지요. 섭왕의 자손은 다 멍청하다는 소문을 듣지 못하셨습니까? 역대의 군왕들은 대부분 멍청해 주색을 밝혔지요."

나는 그의 황당한 논리를 바로잡았다.

"나는 주색을 탐하지 않으니 전혀 멍청하지 않소."

달어는 또 껄껄 웃으며 말했다.

"폐하는 겨우 열네 살이지 않습니까. 폐하도 천천히 멍청해지실 겁니다. 똑똑하기만 하면 왕위를 지키기 어려우니까요."

달어의 말이 거슬려 얼굴을 찌푸리며 자리를 박차고 일어났다. 그래도 달어는 내 뒤에서 계속 지껄였다.

"화를 거두십시오, 폐하. 다 술김에 한 소리이니 또 한 판 승부를 겨룹시다."

나는 돌아보며 말했다.

"내가 이미 이겼지 않소. 당신과 더이상 이런 멍청한 바둑 같은 건 두고 싶지 않소."

달어가 또 소리를 질렀다.

"폐하, 그러면 제가 백 년 묵은 명주를 대접하겠습니다."

나는 급기야 신경질을 냈다.

"날 좀 가만 놔두시오. 나는 당신의 그 술냄새가 싫단 말이오!"

서북왕 달어가 대접한 호골주와 사슴고기 때문에 몸에 열이 나서 견딜 수가 없었다. 어쩔 수 없이 눈보라 치는 바깥으로 나갔다. 이제 봉황관으로 가도 될 듯했다. 그런데 이상하게도 눈밭에는 수레와 말만 있을 뿐 사람이 보이지 않았다. 곁에 있던 연랑에게 물었다.

"양 참군은 어디로 내뺐느냐?"

연랑의 대답에 나는 깜짝 놀랐다. 참군 양송이 멋대로 일부 기마병을 이끌고 봉황관의 수비대를 도우러 갔다고 했다.

"왜 전투가 시작된 걸 몰랐지? 언제 전투가 시작됐느냐?"

연랑이 답했다.

"폐하가 서북왕과 바둑을 두실 때 시작됐습니다. 지금 양梁 어사御史와 추 장군은 망루 위에서 전황을 살피고 있습니다."

연랑이 큰 우산을 들고서 나를 망루 위로 인도했다. 전투를 살피던 사람들은 내게 가장 높은 자리를 내주며 서북쪽에서 피어오르는 봉화를 가리켰다. 이때는 눈이 잠시 갠 상태였다. 멀리 산골짜기에서 수많은 깃발이 구름 그림자처럼 오락가락하고 나팔 소리, 말발굽 소리가 은은하게 들렸다. 그 밖에는 아무것도 보이지 않았다.

"잘 보이지도 않는데 어떻게 양쪽의 대치 상황을 분간하는가?"

내 물음에 표기대장군驃騎大將軍* 이충李冲이 초조한 목소리로 답했다.

"폐하, 양쪽 군대의 깃발이 어떻게 나아가고 물러서는지만 보면 어느 쪽이 우세한지 압니다. 지금 우리 섭국의 흑표기黑豹旗가 밀리는 걸 봐서는 전황이 좋지 않습니다. 봉황관이 함락되면 초주焦州도 곧 위험하니 폐하께서는 돌아갈 채비를 하셔야 합니다."

"그러면 나는 언제 수비대를 만나지?"

이충의 입가에 쓰디쓴 미소가 떠올랐다.

"상황을 보니 폐하의 순행은 이쯤에서 마쳐야 할 듯합니다. 전투가 한창일 때 장병들을 돌아보기는 어렵습니다."

망루에 선 채 나는 어찌할 바를 몰랐다. 변경의 전투에 관해 나는 아무것도 알지 못했다. 다만 내가 멋대로 뜻을 한 번 바꾸

---

* 중국 고대의 관직명으로, 반란 진압을 위해 임명된 비상설직.

어 심각한 결과를 낳았음을 감지했다. 하지만 나는 이 서북쪽 변경의 재수없는 날씨를 탓해야 한다고 생각했다. 날씨가 그렇게 춥고 나빠진 게 내 책임은 아니지 않는가. 내가 망루를 내려가려 할 때 이번 순행의 총책임자인 양 어사가 이충에게 물었다.

"봉황관에서 여기까지 거리가 얼마나 됩니까?"

"이십팔 리쯤 됩니다."

양 어사는 자기도 모르게 소리를 지르더니 망루 위에 빽빽이 모여 관전을 하던 시종들을 아래로 내몰았다.

"다들 어서 내려가라. 속히 돌아가도록 수레와 말을 준비해라!"


참군 양송의 간언은 불행히도 적중했다. 저물녘이 되자 첫 패잔병 부대가 갑옷과 투구를 내던진 채 서쪽 숲에서 철군해왔다. 나의 거대한 수레 대열은 바로 이때 다급히 서북왕의 관저를 빠져나왔다. 서북왕 달어의 수레들이 그 뒤를 따랐는데 나는 그의 처첩들이 곱게 장식한 수레 위에서 한덩어리가 되어 흐느끼는 소리를 들었다. 그런데 달어는 준마 위에서 자기 시종에게 벽력같이 소리를 질렀다.

"술항아리를 수레에 실어라!"

그러고는 채찍으로 몇몇 낭패한 시종들을 후려치며 또 소리 쳤다.

"어서 내 술항아리를 수레에 실으라니까!"

서북왕 달어가 역시 주색을 밝히는 데 명불허전이라는 생각이 들었다.

도로 옆의 귀리 밭에서 이따금 병사들의 버려진 시체가 눈에 띄었다. 철수 도중에 숨을 거둔 이들이었다. 부상병과 군수품 운송을 맡은 관리가 말의 부담을 줄이기 위해 막 숨이 넘어간 부상병들을 수시로 내던진 것이다. 그 시체들이 잘린 나무토막처럼 눈 온 뒤의 귀리 밭에 나뒹굴었다. 피비린내가 옅게 떠돌았다. 문득 동척산의 왕릉에 순장된 비빈과 궁녀들이 떠올랐다. 비교해보면 그 순장된 여자들이 차라리 운이 좋은 편이었다. 어가에서 귀리 밭의 시체들을 한 구 한 구 세어보았다. 서른일곱 구까지 세고 막 서른여덟 구째 시체를 세다가 깜짝 놀라 소리를 질렀다. 그 시체가 갑자기 눈 녹은 진흙 속에서 기어 일어났기 때문이다. 한 손을 힘들게 치켜든 채 뭐라고 고함을 지르려는 듯했지만 아무 소리도 들리지 않았다. 얼굴은 피투성이였고 붉은색 전포戰袍가 병기에 찢겨 붉은 천조각이 바람에 펄럭였다. 다른 한 손으로는 노출된 복부를 눌렀는데, 알고 보니 그가 누른 것은 자줏빛 창자 한 가닥이었다. 창자가 예리한 칼에 찔려 끊겼던 것이다.

"토할 것 같아."

나는 입을 막은 채 옆의 연랑에게 말했다. 연랑이 두 손바닥을 펼쳐 치켜들었다.

"폐하, 제 손에 토하십시오."

내가 연랑의 손바닥 위에 웩웩 구토를 하고 있을 때, 역시 내 옆에 있던 금의위가 투구로 얼굴을 가린 채 울음을 참는 소리가 들렸다. 나는 의아해서 물었다.

"왜 우는 게냐?"

금의위는 울음을 뚝 그치더니 귀리 밭에서 창자를 누르고 있는 사람을 가리켰다.

"폐하, 참군 양송입니다. 청컨대 은혜를 베푸셔서 참군 양송을 궁으로 데려가주십시오."

나는 다시 창에 다가가 그 사람을 보았다. 과연 자기 멋대로 봉황관을 도우러 달려간 참군 양송이었다. 지금 그는 비틀비틀 눈밭에 서 있었고 끊어진 창자가 손가락 사이로 늘어져 하얀 눈 위를 피로 물들였다. 피투성이 상처 속에 묻힌 양송의 두 눈을 보았다. 슬프고 한스럽고 절망한 눈이었다. 입술이 달싹거렸지만 소리가 나지 않았다. 그의 고함이나 신음을 듣지 못했다. 내가 놀랐는지도, 겁을 먹었는지도 분간이 안 갔다. 어쨌건 몸을 움츠리며 금의위를 향해 짧고도 납득이 안 가는 외마디 말을 내뱉었다.

금의위는 온몸을 부르르 떨며 안색이 창백해졌다. 그리고 믿지 못하겠다는 눈빛으로 나를 바라보았다.

"죽여라."

나는 금의위가 멘 화살통을 두드리며 되풀이해 말했다. 금의
위는 활에 화살을 걸었지만 우물쭈물하기만 했다.

"빨리 쏴라. 감히 내 명령에 맞서면 너까지 죽여버릴 테다."

금의위가 고개를 돌리고 흐느끼며 말했다.

"수레가 흔들려서 못 맞힐까 두렵습니다."

나는 당장 그에게서 활과 화살을 빼앗았다.

"쓸모없는 것들. 내가 쏘는 걸 보라고."

결국 나는 창에 기댄 채 죽어가는 양송에게 연속으로 화살 세
대를 쏘았다. 한 대가 이상하리만큼 정확히 양송의 가슴에 박혔
다. 양송이 눈밭 위에 엎어졌을 때 앞뒤의 말과 수레에서 놀란
함성이 울려퍼졌다. 아마도 나를 수행한 자들 모두가 그 피에 물
든 사람이 양송임을 이미 알고서 조용히 내 지시를 기다린 듯했
다. 내 세 대의 화살에 몇몇은 틀림없이 경악하고 다른 몇몇은
틀림없이 안도해 다행으로 여겼을 것이다.

"죽였다."

나는 활과 화살을 거둔 뒤, 눈을 크게 뜨고 입을 벌리고 있던
연랑에게 말했다.

"양송은 직무를 유기한데다 지금은 전투의 패장이니 죽어 마

땅하다."

"폐하, 정말 궁술이 뛰어나십니다."

연랑은 낮은 어조로 내 비위를 맞췄다. 연랑의 자그마한 얼굴은 두려움과 아첨이 뒤섞인 표정으로 가득했다. 그는 두 손으로 아직도 내가 토한 오물을 받쳐들고 있었다. 나는 연랑이 내 말을 따라하는 소리를 들었다. 전투의 패장이니 죽어 마땅합니다.

"무서워하지 마, 연랑. 나는 내가 싫어하는 사람만 죽이니까."

나는 연랑의 귀에 대고 말했다.

"나는 내가 죽이고 싶으면 누구든 죽여. 그렇지 않으면 왕 노릇하기가 싫을 거야. 너도 죽이고 싶은 사람이 있으면 나한테 말하렴. 그런 사람이 있어, 연랑?"

"없습니다, 폐하."

연랑은 고개를 쳐들고 한참 골똘히 생각하다가 내게 말했다.

"폐하, 저와 실뜨기나 하시지요."


서쪽 순행 길은 팽국 군대의 기습으로 끊겼다. 아마도 그렇게 된 가장 주된 책임은 나 자신에게 있었다. 위풍당당했던 서쪽 순행은 낭패를 당해 꽁무니를 빼는 것으로 우스꽝스럽게 끝이 났다. 나를 따라간 문무 관원들은 말과 수레 위에서 서로를 헐뜯고 원망의 말을 토했다. 마부들은 명을 받들어 밤낮으로 길을 재촉해 어떻게든 빨리 위험한 지역을 벗어나고자 했다. 나는 우울한 표정으로 어가 안에 앉아 있었다. 문득 궁을 떠나기 전, 점술가가 해준 이야기가 떠올랐다. 화살이 날아와도 북풍에 꺾일 겁니다. 확실히 화살 한 대가 계속 내 행방을 은밀히 뒤쫓는 듯했다. 그런데 북풍이 어디서 불어오고 어떻게 화살을 꺾을지는 알 수 없었다. 점술사의 말은 허튼소리인지도 몰랐다.

팽국이 봉황관과 주변의 오십 리 산지를 점령했다는 소식을 배주裴州의 역참에서 들었다. 팽국 군대는 서북왕 달어의 관저를 불사르고 헤아릴 수 없이 많은 술항아리를 깨부쉈다. 이 소식을 듣고 달어는 대성통곡을 했다. 머리를 부여잡고 데굴데굴 구르면서 팽국 왕 소면昭勉의 고환을 잘라 술을 담가 먹겠다고 울부짖었다. 나는 달어가 비통해하는 모습을 보면서도 아무 느낌이 없었다. 내가 봉황관으로 순행을 떠났던 것은 그저 즐기기 위해서였다. 지금은 봉황관이 팽국의 수중에 떨어졌으니 무사히 궁궐로 돌아가는 일만 남은 셈이었다.

나는 역대 군왕들이 천하를 순행할 때 겪은 갖가지 위험이 생각나 두렵기도 하고 가슴이 뛰기도 했다. 배주 역참의 마구간 뒤에서 나와 연랑은 그 순행 기간 중 가장 재미나는 놀이를 했다. 나는 연랑과 옷을 바꿔 입은 뒤, 연랑에게 금관과 용포 차림으로 역참 주변을 한 바퀴 돌고 오라고 했다.

"정말로 누가 나한테 몰래 화살을 쏘는지 한번 봐야겠다."

말을 채찍질해 질주하는 연랑의 자태는 그야말로 제왕처럼 위엄이 넘쳤다. 연랑 역시 섭왕이 돼보는 그 놀이에 흠뻑 빠졌다. 나는 건초 더미 위에 앉아 무슨 일이 일어나는지 주의깊게 살폈다. 분주히 말에게 먹이를 주던 시종들은 뜻밖에도 전혀 그 놀이를 눈치채지 못했다. 진짜 섭왕은 지금 건초 더미 위에 엎드려 있다는 사실도 모른 채 연랑의 말 아래에서 차례로 절을 올렸다.

"화살 같은 건 없습니다, 폐하."

연랑이 한 바퀴를 돌고 온 뒤, 나에게 아뢰었다. 그의 작은 얼굴에는 호기심이 불러온 희열이 가득했다. 연랑이 내게 물었다.

"마을에도 한번 갔다와볼까요, 폐하?"

"내려라."

나는 연랑을 거칠게 말 등에서 끌어내리고 빨리 옷을 바꿔 입게 했다. 잠깐 옷을 바꿔 입었을 뿐인데도 내게 금관과 용포가 얼마나 중요한지 절감했다. 건초 더미 위에서 연랑이 말 타는 모습을 지켜보며 느낀 당혹감과 울적함을 뭐라고 형용해야 할지 모르겠다. 섭왕의 복장을 다른 사람이 차려입어도 똑같이 어울리고 위풍당당하다는 사실을 깨달았다. 환관의 노란 옷을 입으면 환관이 되고 제왕의 용포를 입으면 제왕이 된다. 그것은 실로 무시무시한 체험이었다.

연랑은 내가 왜 놀이를 멈추는지 의아해했다. 옷과 신발을 벗으면서 의혹의 눈초리로 나를 살폈다. 나는 빨리 벗으라고 매섭게 다그치며 말했다.

"황보부인이 이 일을 알면 너는 죽은 목숨이다."

연랑은 겁에 질려 울었다. 나중에 나는 연랑이 오줌을 지려 바지가 축축해진 것을 알았다. 그나마 용포는 먼저 벗어 내게 건넨 뒤여서 다행이었다. 만약 용포도 오줌에 젖었다면 그 결과는 상상조차 할 수 없었으리라.

배주에 하루 머물면서 나는 열병에 걸렸다. 연랑과 옷을 바꿔 입고 놀았던 게 원인 같았다. 역참의 건초 더미 뒤에서 옷을 바꿔 입을 때 한기가 내 허약한 몸에 파고들었던 모양이다. 하지만 나는 다른 사람에게 그 일을 이야기하지는 않았다. 순행을 따라온 어의가 내게 환약 하나를 복용하게 하면서 이튿날이면 멀쩡해지리라 장담했다. 그 환약은 비린내가 진동했다. 동물이나 사람의 피로 빚어 만든 것이 아닌지 의심이 들었다. 겨우 반은 먹고 반은 토했는데 이튿날 배주성을 나설 때까지도 온몸이 불편했다. 문무 관원들은 이를 알고 놀라서 수레 대열을 멈춘 채 어의의 진맥을 기다렸다. 어의는 또 내게 그 검붉은 환약을 주었고 나는 그것을 발로 차버렸다. 그러고는 어질어질한 와중에도 어의에게 고함을 질렀다.

"왜 나한테 피를 먹이는 거야! 나는 피를 먹고 싶지 않다고!"

어의는 깨진 환약을 수습한 뒤, 양 어사에게 뭐라고 귓속말을 했다. 잠시 후 수레 대열은 다시 길을 떠났다. 그들은 밤낮으로 달려 속히 품주에 가기로 결정했다. 서왕 소양의 궁궐에 섭국에서 의술이 가장 뛰어난 태의太醫 세 명이 있다는 소문 때문이었다.

품주성에 머무는 며칠 동안 나는 혼수상태로 병상에 누워 있느라 내 옆에서 놀랄 만한 사건이 벌어진 것을 전혀 몰랐다. 그 사이 서왕 소양이 태의 세 명과 함께 여러 차례 내게 들렀지만 나는 그들의 얼굴과 서로 나눈 대화가 기억나지 않았다. 나중에야 태의 양동楊楝이 탕약에 독을 넣은 일을 연랑에게서 들었다. 은폐된 그 일을 몰래 폭로할 때 연랑은 무척 긴장한 표정이었다. 그 일에 대해 어떠한 단서도 흘리면 안 된다고, 안 그러면 목숨을 잃는다고 협박을 당했기 때문이다. 그날 아침 서왕궁은 쥐죽은듯 고요했다. 엷은 햇빛이 창을 통해 들어와 갓 회복된 내 몸을 가시처럼 아프게 찔러댔다. 나는 베갯머리의 보검을 치켜들어 옆에 있던 탁자를 박살냈다. 놀란 연랑이 바닥에 주저앉아 애걸했다.

"죄를 물으실 때 부디 제 이름은 거론하지 말아주십시오, 폐하."

나는 양 어사 등을 불렀다. 그들은 화난 내 표정을 통해 사태를 짐작하고 일제히 침상 아래 엎드려 내 심문을 기다렸다. 흰 장포와 검은 장화 차림에 긴 수염을 기른 서왕 소양만 문가에서 한쪽 무릎을 꿇고 있었다. 손에 뭔가를 든 듯했다.

"서왕 소양, 손에 뭘 들었소?"

나는 검으로 소양을 가리키며 물었다.

"태의 양동의 머리입니다."

이렇게 말하면서 서왕 소양은 두 손을 번쩍 들었다. 과연 그것은 피로 뒤범벅이 된 사람 머리였다. 서왕 소양의 눈에 영문 모를 눈물이 그렁그렁했다.

"제가 직접 양동의 머리를 취하여 이렇게 폐하를 뵙고 용서를 빌러 왔습니다."

"그대가 양동을 시켜 나를 독살하려 하였소?"

나는 사람 머리를 보지 않으려고 몸을 돌렸다. 또 구토를 할까 두려웠기 때문이다. 이때 서왕 소양이 피식, 비웃는 소리가 들렸다. 나는 화가 나 홱 고개를 돌렸다.

"뭐가 우습소? 감히 나를 비웃는 거요?"

"현명하신 폐하를 제가 어찌 감히 비웃겠습니까. 단지 어린 폐하가 세상일에 어두워 암습을 막기 어렵고 동서남북을 판별하기 어려움을 탄식했을 뿐입니다. 만약 제가 독살을 사주했다면, 또 정말로 군주를 시해할 마음을 먹었다면 굳이 제 관저에서 일을 벌였겠습니까? 군이 제 태의의 손을 빌릴 필요도 없겠지요. 납팔절에 폐하가 미복을 입고 놀러 나가셨을 때가 더 좋은 기회 아니었겠습니까?"

잠시 말문이 막혔다. 지난번 내가 품주성에서 놀러 나갔던 일을 그는 훤히 알고 있었다. 나는 다른 관리들을 둘러보았다. 다들 초조한 표정으로 침묵을 지켰다. 덕과 명성이 높은 서왕 소양의 심기를 건드릴까 두려운 듯했다.

"태의 양동은 왜 나를 해하려 한 거요?"

잠시 후 나는 마음을 가라앉히고 물었다.

"칼을 쥔 자는 필히 칼에 다치기 마련입니다, 폐하. 태의 양동은 참군 양송의 친형으로서 그들 형제는 정이 두터웠습니다. 양동이 폐하가 초주에서 공로가 큰 양송을 활로 쏴 죽인 것을 알게 됐습니다."

서왕 소양의 얼굴에 다시 비통한 기색이 떠올랐다. 그의 형형한 눈빛이 나를 압박해왔다.

"양송은 멋대로 병사들을 데리고 봉황관의 수비대를 도우러 갔습니다. 비록 폐하의 윤허를 얻지는 않았지만 나라를 위한 용감한 일이었고 패했지만 영예로웠습니다. 이 소양은 폐하가 왜 양송을 귀리 밭에서 쏴 죽이셨는지 잘 모르겠습니다."

마침내 태의 양동의 사연을 알게 됐지만 서왕 소양의 날카로운 질문에는 답하지 못했다. 더욱이 그의 위협적인 눈빛에 부끄럽기도 하고 화도 나서 들고 있던 보검을 그에게 집어던졌다.

"꺼져라! 내가 누구를 죽이든 무슨 상관이란 말이냐?"

서왕 소양은 하늘을 우러러 길게 탄식을 한 뒤, 혼잣말을 했다.

"섭왕이 어린데도 이렇게 포악하니 섭국의 재난이 머지않았구나."

말을 마치고서 그는 양동의 머리를 들고 물러갔다. 나는 그의 말이 매우 익숙했다. 생각해보니 늙은 미치광이 손신의 비통한 말과 일치했다.

품주성을 나가기 전, 보기 드문 겨울비가 왔다. 어가가 형장 앞을 지날 때 보니 빗줄기 너머 형장에는 인적이 드물고, 장대위에 걸린 사람 머리들은 깨끗이 비에 씻겨 마치 살아 있는 듯했다. 사형수 다섯 명의 머리 사이에서 황갈색 사람 가죽이 펄럭였다. 사람들이 나에게 그것이 태의 양동의 가죽이라고 말해주었다. 서왕 소양은 내게 양동의 머리를 바친 뒤, 양동의 가죽은 형장에 걸어 공개하고 머리와 가죽이 없는 시체는 후히 장사 지내묘지에 묻었다.

기이하게도 양동의 가죽이 돌연 장대에서 떨어져 정확히 내어가 지붕 위에 내려앉았다. 나를 비롯해 보던 사람 모두가 그 우연의 일치에 기겁을 했다. 사람 가죽의 화난 듯한 형상과 지붕을 덮던 소리가 내게 깊은 인상을 남겼다.

　정신없이 도읍으로 돌아가는 길에 나는 무수히 꿈을 꾸며 잠꼬대를 했다. 꿈속에서 양씨 형제가 계속 내 뒤를 쫓았다. 양송은 붉은 창자를 눌렀고 양동은 자신의 가죽을 흔들며 동생의 뒤에서 달렸다.

　"자객이다, 자객이야!"

　나는 깊이 잠든 상태에서 몇 번이고 소리쳤다. 나중에는 한 무리의 여자들도 양씨 형제와 합류했다. 여자들은 혀가 잘린 텅 빈 입을 벌리거나 분홍색 손가락을 길 위에 버렸다. 다 해진 치마를 입고 산발한 머리를 흩날리는 모습이 마치 광분하던 하얀 꼬마 귀신들과 흡사했다. 기억도 희미해진 양부인과 대낭을 보았다. 그들은 새된 목소리로 내게 뭐라고 소리쳤다. 양부인이 달리면서 외쳤다.

　"너는 섭왕이 아니야. 섭왕은 내 아들 단문이야."

　대낭이 나를 쫓는 모습은 무척이나 요염했다. 대낭의 비단치마가 바람에 펄럭였다. 대낭은 눈처럼 하얀 가슴과 엉덩이를 드러낸 채 내게 소리쳤다.

　"폐하, 내게로 오세요."

내가 미약한 소리를 내는 듯했다. 탄식과 신음이 뒤섞인 소리에 불과했다. 두 여자에게 말하고 싶었다.

"오지 마. 더 가까이 오면 죽여버리겠어."

하지만 갑자기 아무 소리도 낼 수 없었다. 나는 발밑의 놋쇠 난로를 힘껏 찼고 금의위의 얼굴을 할퀴어 긴 상처를 남겼다. 어가 안의 사람들은 어찌할 바를 몰라했다. 나중에 그들은 내가 혼수상태에서 같은 말을 되풀이해 외쳤다고 말해주었다.

"죽어라!"

# 4

청수당에서 병으로 누워 있던 날들은 적적하고 무기력했다. 매일 겨울바람 소리가 귀를 채웠고 나뭇가지 흔들리는 소리가 그 겨울을 더 처량맞게 했다. 어머니 맹부인은 항상 내 침상 옆에 와서 상태를 살피거나 몰래 눈물을 흘렸다. 그녀는 궁궐의 어떤 자가 이 기회를 이용해 정변을 일으킬까 두려워했다. 황보부인이 이 틈에 함정이나 흉계를 마련할까 의심하기도 했다. 나는 맹부인의 끝없는 수다가 지겨웠다. 때로 그녀는 새장 속의 앵무새를 연상시켰다. 무희들이 화롯가에서 음악에 맞춰 춤을 추었고 악사들은 밖에서 악기를 연주했다. 하지만 그들의 노력은 다 헛수고였다. 나는 여전히 극도로 초조했고 두려웠다. 무희들의 긴 소매와 얇은 옷깃 그리고 금은 비녀 너머로 피가 뚝뚝 떨어지는 창자들이 청수당 안에서 회오리치듯 춤을 추고 수많은 사람 가죽이 악기 소리 속에서 낮게 날아다니는 듯했다.

"죽어라, 죽어라, 죽어라!"

나는 갑자기 검을 들고 무희들 사이로 뛰어들어 닥치는 대로 휘둘렀다. 놀란 무희들이 머리를 감싸쥐고 줄행랑을 쳤다. 태의 는 내가 사악한 독에 중독되어 빨리 호전되기는 힘들 것이라고 말했다. 꽃 피는 봄이 와야 비로소 회복될 것이라고.

조회를 거른 지 이레가 되었다. 황보부인은 시험 삼아 내게 말 을 걸었다. 나는 여전히 같은 말만 되풀이했다. 죽어라! 황보부 인은 크게 실망했다. 순행 길에 나를 병들게 한 죄를 물어 나를 수행했던 관리들을 궁으로 불러 일일이 벌을 내렸다. 순행 총관 양 어사는 궁에 올 면목이 없어 그날 자기집에서 금을 삼키고 자 결했다. 여드레째 되던 날, 황보부인은 승상 풍오와 상의하여 병 든 나를 데리고 조회를 열기로 결정했다. 내가 조회중에 함부로 입을 놀리는 것을 막기 위해 그들은 기상천외한 방법을 고안했 다. 내 입을 천으로 틀어막고 내 두 손을 옥좌에 결박했다. 그렇 게 하면 조회에 온 관원들은 내 얼굴은 볼 수 있지만 내 말은 들 을 수 없었다.

가증스러운 할망구, 가증스러운 시종들 같으니. 그들은 정말 죄수를 다루는 방법으로 나를 다뤘다. 이 위풍당당한 대섭왕을 말이다.

그렇게 그해 겨울, 처음으로 엄청난 치욕을 당했다. 입에 천을 물고 옥좌에 앉아 문무백관의 인사를 받을 때, 내 눈에는 굴욕과 분노의 눈물이 그렁그렁했다.

섭국의 지도는 이미 화공에 의해 다시 그려졌다. 초주와 봉황관 일대의 백 리 영토가 새로 일어난 나라인 팽국의 수중에 들어갔기 때문이다. 성이 장張씨인 화공은 섭국의 새 지도를 그린 뒤, 종이 자르는 칼로 자기 손가락을 잘라 지도 속에 함께 말아서 바쳤다. 궁 안은 이 일로 한동안 의론이 분분했다.

아직 핏자국이 가시지 않은 새 지도를 보았다. 섭국의 영토는 본래 큰 새와 닮았는데 부왕 재위 시절에 큰 새의 오른쪽 날개가 동쪽의 서국徐國에게 잘렸고 이번에는 왼쪽 날개가 나 때문에 잘렸다. 이제 나의 섭국은 죽은 새처럼 더는 날지 못할 듯했다.

오랜 병을 이기고 일어난 그날은 날씨가 맑고 따스했다. 태의의 권고로 후궁의 숲에 가서 온갖 새들의 노래를 들었다. 말을 회복하는 데 도움이 될 것이라고 했다. 숲속에는 그네 몇 개가 걸려 있었다. 팔색조와 산까치 몇 마리가 그네 위에 앉아 꼭 사람처럼 주위를 두리번거리고 있었다. 나는 새들이 짹짹 우는 소리를 몇 번 따라했다. 과연 성대가 시원하게 뚫리는 듯했다. 그날 아침은 참으로 묘했다. 그후로 새들을 무척이나 사랑하게 됐다.

측백나무와 홰나무의 울창한 숲 너머로 누군가 냉궁에서 피리를 부는 소리가 들렸다. 그 애달픈 소리가 맑고 차가운 물처럼 궁궐 담장 위로 넘실거렸다. 그네 위에 앉아 있던 나는 피리 소리에 온몸이 힘없이 흔들리다 무너지는 듯했다. 정말 숲속의 한 마리 새가 되어 날아가고 싶었다.

"날자!"

나는 갑자기 크게 소리쳤다. 그것은 오래 앓아온 내가 입 밖으로 뱉어낸 두 음절이었다.

"날자!"

내가 계속 흥분해서 소리치자 숲속에 있던 시종들도 따라서 외쳤다. 그들은 놀라고 기쁜 표정이었다.

잠시 후 나는 밧줄을 붙잡고 그네 위에 섰다. 두 팔을 편 뒤, 그네 위를 몇 차례 오갔다. 품주성에서 보았던 줄타기꾼이 생각났다. 자유롭고 멋진 그 모습은 잊을 수 없는 기억으로 남았다. 그 줄타기꾼을 흉내내 다시 몇 차례 그네 위를 오갔다. 그네가 내 발밑에서 쉴새없이 흔들거렸지만 내 균형 감각은 놀라웠다. 나는 진짜 줄타기꾼처럼 내 몸을, 그리고 허공에 뜬 그네를 자유자재로 다뤘다.

"너희는 내가 뭘 하고 있는 것 같으냐?"

나는 밑에 있던 시종들에게 소리쳤다.

그들은 멀뚱멀뚱 서로를 쳐다보았다. 정말로 모르는 것 같았다. 그들은 단지 내 병세가 순식간에 사라진 것을 놀라워할 뿐이었다. 얼마 후 연랑이 침묵을 깨고 신비하고 찬란한 미소를 지으며 말했다.

"폐하는 줄을 타고 계십니다. 폐하는 지금 줄을 타고 계십니다!"


나의 배다른 형제 단문의 소식을 들은 지 벌써 한참이 되었다. 내가 서쪽 순행에서 돌아온 그 이튿날, 단문은 자신의 활과 화살, 제자백가의 책들을 챙겨 동척산 밑의 근산당으로 들어갔다. 단문이 데리고 간 사람은 시종 몇 명과 서동뿐이었다. 근산당은 내가 즉위 전에 공부를 하던 곳이어서 맹부인은 단문이 그곳을 택해 공부하기로 한 데에 꿍꿍이속이 있을 거라고 생각했다. 단문은 이미 혼인할 나이가 지났는데도 혼인을 미루고 무예와 손자병법에 빠져 지냈다. 맹부인은 단문이 몇 년 동안 줄곧 섭왕의 양위에 불만을 품고 틀림없이 반역을 꿈꾼다 생각했다. 하지만 황보부인은 생각이 달랐다. 황보부인은 모든 황자와 황손들에게 관용과 자비의 태도를 취했다.

"단문을 궁에서 내보내마."

나중에 황보부인은 내게 말했다.

"같은 산에 두 마리 호랑이가 있을 수는 없지. 너희 형제는 본래 화목하지 못했으니 함께 섞여 다투기보다는 하나를 내보내는 게 낫겠다. 나도 어른으로서 쓸데없이 신경쓰고 싶지 않고."

나는 상관없다고 말했다.

"단문이 궁에 있든 없든 저와는 상관없습니다. 단문이 또 몰래 저를 해치려고만 안 하면 단문이 어디에 있든 막지 않을 거예요."

나는 정말 아무 상관 없었다. 단문과 단무 형제의 적개심은 분수를 모르는 무모한 생각일 뿐이었다. 지고무상의 황보부인에게 도움을 받지 않는 한, 그들은 내 털끝 하나도 건드릴 힘이 없었다. 물론 단문의 음울한 얼굴과, 그가 대춧빛 준마를 타고 활로 짐승을 쏘아 맞히던 위용을 떠올리면 내심 괴이한 염려와 질투가 느껴지기는 했다. 나와 단문을 놓고 어떤 심각한 착오가 있지는 않았을까 의심이 들었다. 때로는 순장된 양부인이 옳은 말을 한 것이 아닐까도 싶었다. 양부인은 내가 가짜 섭왕이고 단문이 진짜 섭왕이라고 말했다. 나는 내가 진짜 섭왕 같지 않았다. 단문이 나보다 더 진짜 섭왕 같았다.

그것은 말 못할 내 마음의 병이었다. 나는 이처럼 스스로를 비하하는 의심을 누구에게도 말하면 안 된다는 것을 잘 알고 있었다. 가장 가까운 연랑에게도 예외가 아니었다. 하지만 위태로워 보여도 진정한 위험은 없었던 내 제왕의 생애 초반에 그러한 의

심은 커다란 바위가 되어 깨지기 쉬운 내 왕관을 누르며 내 정신에 영향을 끼쳤다. 그래서 나는 괴팍하고 고집 센 소년 천자가 되었다.

나는 예민했다. 나는 잔인하고 난폭했다. 노는 데만 열중했다. 사실 유치하기까지 했다.


맹부인은 시종일관 단문의 궁궐 밖 행적을 주시했다. 밀정을 보내 나무꾼으로 변장시켜 멀리서 근산당의 동정을 감시하게 했다. 밀정은 단문이 아침에는 글을 읽고 낮에는 무예 수련을 하며 밤에는 촛불을 켜놓고 있다가 잠이 든다고 보고했다. 그의 말에 따르면 모든 것이 정상이었다. 그런데 어느 날 밀정이 황급히 영춘당迎春堂으로 달려와 단문이 새벽녘에 서쪽으로 떠났다는 소식을 전했다. 맹부인은 과연 그럴 줄 알았다고 말했다. 단문이 품주의 서왕 소양에게 몸을 의탁하러 갔으리라 추측했다. 소양의 총비 양씨는 단문 형제의 이모였다. 따라서 단문이 서쪽으로 도망친 것은 그의 야심을 보여준다는 것이었다.

"너는 필히 놈을 막아야 한다. 안 그러면 호랑이를 산에 풀어주는 것이나 다름없어."

맹부인은 단문과 서왕이 결탁한 뒤에 일어날 수 있는 갖가지 폐단을 내게 일러주었다. 그러면서 몹시 초조한 눈빛으로 이 일을 절대 황보부인이 알게 해서는 안 된다고 거듭 당부했다. 안 그러면 그 가증스러운 할망구가 훼방을 놓으리라는 것이었다.

나는 맹부인의 의견에 따랐다. 궁궐 깊은 곳에 사는 맹부인은 궁내의 큰일들에 관해 깊고 독창적인 견해를 보이곤 했다. 나는 맹부인이 자신의 권력을 나의 왕위와 결부시키는 것을 잘 알고 있었다. 그녀는 지혜의 절반은 황보부인과의 대결에 썼고 나머지 반은 나의 왕위를 지키고 감시하는 데 썼다. 왜냐하면 그녀는 나의 생모이고 나는 지고무상의 섭왕이기 때문이었다.

기마병들이 유엽柳葉강의 나루터에서 단문을 막아섰다. 그때 단문은 미친듯이 날뛰며 나룻배에 오르려 했다고 한다. 단문은 무릎에도 못 미치는 높이의 강물에서 뒤돌아 기마병들에게 화살 세 대를 쏘았고, 사공이 놀라 강 한가운데로 나룻배를 저어가는 바람에 끝내 배에 오르지는 못했다. 단문은 배를 몇 걸음 쫓아가다가 다시 나루터의 기마병들과, 기수가 들고 있는 흑표기를 돌아보았다. 그의 얼굴에 비장하고 절망적인 빛이 스친 뒤, 그의 몸이 갑자기 강물로 가라앉았다. 익사를 하려는 것이었다. 이에 깜짝 놀란 기마병들이 일제히 말과 함께 강물에 뛰어들어 흠뻑 젖은 단문을 건져올렸다.

붙잡혀오는 길에 단문은 한마디도 하지 않았다. 길가의 백성들 중 누군가 그의 얼굴을 보고 궁궐의 첫째 왕자 단문임을 알아보았다. 원정을 마치고 궁으로 돌아가는 길인 줄 알고 가로수 위에 올라가 폭죽을 터뜨렸다. 폭죽 소리와 환호성이 울릴 때 단문은 눈물을 줄줄 흘렸다. 동척산 기슭의 근산당으로 돌아올 때까지 단문의 음울한 얼굴에서는 눈물이 마르지 않았다.

　단문이 근산당에 갇혀 있을 때 나는 그를 보러 갔다. 고적한 근산당은 사람만 바뀌었을 뿐 풍경은 예나 다름없었다. 겨울이라 해오라기는 온데간데없고 건물 앞 늙은 나무들에는 마른 가지가 빽빽했으며 계단 위에는 며칠 전 내린 눈이 남아 있었다. 단문은 찬바람 속에서 홀로 돌의자에 앉아, 아무 원한도 없는 표정으로 내가 오기를 기다리고 있었다.

　"지금도 품주로 도망치고 싶으냐?"

　"저는 도망칠 생각이 없었습니다. 품주에 가서 새 활과 화살을 사고 싶었을 뿐입니다. 품주에 가야만 최고의 활과 화살을 살 수 있다는 건 폐하도 아실 겁니다."

　"활과 화살을 사려 했다는 건 핑계겠지. 실은 반란을 꾀한 거잖아. 네가 무슨 생각을 하고 있는지 알아. 부왕께서 내가 아니라 네게 왕위를 넘겼다고 생각해왔잖아. 너도 그렇게 생각했고 단무도 그렇게 생각했지. 나는 안 그랬어. 아무 생각도 없었어. 하지만 지금 섭왕은 나야. 내가 너의 군주라고. 나는 네 음울한 눈빛이 싫어. 번뜩이는 원한도 싫고. 망할 오만과 경멸은 더 싫고. 알겠어? 때로는 정말 네 눈을 파버리고 싶다니까."

"알겠습니다. 폐하가 싫으시면 제 눈뿐만 아니라 제 심장도 능히 파버릴 수 있으시겠죠."

"똑똑하군. 하지만 나는 네가 너무 똑똑해서 싫어. 네가 그 똑똑한 머리를 내 왕위 찬탈에 쓰면 더 싫겠고. 정말 그러면 네 똑똑한 머리를 잘라버릴 테다. 개나 돼지의 머리처럼 말이야. 개가 되고 싶으냐, 돼지가 되고 싶으냐?"

"폐하께서 굳이 저를 사지에 몰아넣으시겠다면 저는 기꺼이 자결해 치욕을 피하겠습니다."

단문은 벌떡 일어나 근산당 안으로 들어가더니 곧 검을 들고 밖으로 나왔다. 이에 호위병들이 즉시 앞으로 몰려가 단문의 거동을 면밀히 주시했다. 나는 단문의 눈처럼 하얀 안색과 입가의 보일 듯 말 듯한 미소를 보았다. 그는 서늘한 빛을 반짝이는 자동紫銅 단검을 높이 치켜들었다. 순간 그 서늘한 빛에 정신이 아득해졌다. 내 눈앞에 순행길에 보았던 살육의 장면이 다시 펼쳐졌다. 참군 양송이 창자를 누른 채 귀리 밭에 서 있었다. 그의 형 양동의, 눈을 부릅뜬 피투성이 머리도 보였다. 심한 현기증 때문에 나는 한 호위병의 품속으로 쓰러졌다.

"안 돼. 저자를 죽게 두지 마라. 죽은 자라면 구역질이 나니까."

나는 기어드는 목소리로 말했다.

호위병들이 다가가 단문의 단검을 빼앗았다. 단문은 나무에 기댄 채 겨울 햇빛을 뒤집어쓰고 있는 동척산의 봉우리를 바라보았다. 기쁘지도 슬프지도 않은 표정이었다. 나는 그의 미간에서 이미 작고한 선왕의 그림자를 보았다.

"살아도 안 된다 하시고 죽으려 해도 막으시니 폐하는 대체 제가 뭘 하기를 바라십니까?"

단문이 하늘을 향해 길게 탄식했다.

"아무것도 하지 마라. 벽을 보고 책만 읽어라. 이 근산당에서 열 걸음 밖으로 나가지 마라."

근산당을 떠나기 전, 나는 검으로 큰 측백나무 밑에 선을 그었다. 거기까지가 내가 단문에게 정해준 활동 범위였다. 그러고서 무심코 측백나무를 훑어보다 깜짝 놀랐다. 측백나무의 단단한 껍질에 울퉁불퉁한 흰 반점이 가득했기 때문이다. 화살이 꽂혔던 흔적이었다. 근산당에서 단문이 얼마나 힘써 와신상담하는지 보여주는 증거였다.

떠들기 좋아하는 시종들이 단문을 감금한 일을 금세 퍼뜨렸다. 황보부인은 대로했지만 나를 꾸짖지는 않았다. 맹부인만 지팡이로 세 대를 때렸다. 전례 없는 비난과 질책을 당한 맹부인은 수치스러운 나머지 하마터면 영춘당 뒤편의 우물에 몸을 던질

뻔했다.

이 일이 벌어진 뒤, 궁 안팎의 조정 중신들은 앞다퉈 궁에 들어와 간언을 했다. 간언의 내용은 대부분 황실 형제의 분쟁에 따른 폐단이었다. 승상 풍오만 현실적인 건의를 올렸다. 단문의 혼사를 속히 정하여 그의 위험천만한 생활을 안정시키자 했다. 풍오의 건의에서 가장 중요한 내용은 단문이 결혼한 뒤의 조치였다. 풍오는 단문을 변경의 장군으로 임명해 궁내에서 분쟁이 일어날 소지를 없애자고 했다. 풍오는 머리와 수염이 다 하얬지만 목소리는 쩌렁쩌렁했다. 두 왕조에 걸쳐 승상을 지낸 그의 권위는 대단했고 황보부인도 그를 신뢰했다. 풍오가 청산유수처럼 간언을 쏟아낼 때 황보부인은 연신 고개를 끄덕였다. 풍오의 건의는 금세 받아들여질 것이다.

나는 방관자가 되었다. 황보부인의 결정에 관여하고 싶지도 않았고, 관여할 수도 없었다. 다만 단순한 호기심으로, 황보부인이 단문에게 어떤 여자를 골라줄지는 조금 궁금했다. 대섭궁은 선왕이 남긴 수많은 비빈들을 여전히 돌봤다. 그들 중 가장 늙고 못생긴 여자를 골라 단문에게 짝지어주고 싶었다. 허나 천륜에 어긋나 불가능했다. 맹부인은 증오심에 몸을 떨며 내게 말했다.

"두고 보렴. 저 죽지도 않는 암늑대는 틀림없이 자기 친정 여자를 단문에게 들이밀 거야. 조만간 이 대섭궁은 황보 가문의 천하가 될 거라고."

맹부인의 예측은 얼마 안 가 사실로 입증되었다. 단문은 과연 이부상서 황보빈의 여섯째 딸을 아내로 맞았다. 황보부인의 조카손녀로 얼굴이 검고 눈이 살짝 사시였다. 단문을 반강제로 혼인시킨 일을 두고 궁내에서는 소문이 분분했다. 늙은 궁녀들은 왕년의 총아 단문이 이제 노부인의 꼭두각시가 되었다고 탄식했고 나이 어린 궁녀들과 환관들은 혼인식 날, 창과 복도 뒤에 숨어서 군것질거리를 씹으며 낄낄거렸다.

나는 단문의 불행이 고소하면서도 내심 동병상련의 기분을 느꼈다. 처음으로 단문이 가엽다는 생각이 들었다. 세상에, 사팔뜨기 여자와 결혼하다니. 나는 연랑에게 말했다.

"그 여자는 내 시녀로도 못 쓰는데 단문은 참 재수가 없구나."

단문의 혼인식은 측궁側宮의 청란전青鸞殿에서 열렸다. 역대 섭왕의 유훈에 따라 군왕은 신하의 혼례와 상례에 참석할 수 없었다. 혼인식 날, 나는 청수당에 박혀 있다가 측궁에서 들려오는 타악기와 현악기 소리를 듣고 호기심을 참지 못해 연랑을 데리고 후원 쪽문을 통해 측궁으로 잠입했다. 청란전 앞의 위병들이 나를 알아보긴 했지만 그들은 내가 연랑의 어깨 위에 올라서는 것을 어안이 벙벙한 표정으로 보고만 있었다. 연랑이 천천히 몸을 곧추세우자 나도 천천히 위로 솟아올랐다. 그렇게 나는 창틀을 통해 청란전 안의 혼인식을 똑똑히 훔쳐보았다.

큰북이 다시 울렸다. 붉은 촛불에 비친 사람들은 마치 주사朱砂 빛깔의 유채화 같았다. 왕족과 귀족의 비대한 그림자는 유령처럼 보였고 화려한 예복과 장신구에서 맹목적인 환락의 분위기가 풍겼다. 나는 사람들 속에서 맹부인을 보았다. 짙은 화장을 한 그녀의 얼굴에는 가식적인 미소가 넘쳤다. 황보부인은 지팡이를 쥐고 의자에 앉아 있었는데 늘어진 목의 군살을 연신 좌우로 흔들고 있었다. 그것은 일종의 고상한 질병이었다. 황보부인은 그렇게 목을 흔들면서 자신이 친히 안배한 혼인식을 더없이 편안하고 자애롭게 감상하고 있었다.

마침 신랑 단문이 신부의 붉은 면사를 벗겼다. 단문의 손이 허공에서 한참을 주저하다가 면사를 홱 벗겼다. 이윽고 단문의 얼굴에 실망과 낙담의 표정이 숨김없이 드러났다. 신부의 눈동자는 언제나처럼 양쪽 가장자리로 기울어져 있었다. 그래서 그녀의 수줍어하는 표정이 무척 우스꽝스러워 보였다. 나는 청란전 밖에서 웃음을 터뜨리고 말았다. 내 주책없는 웃음소리에 놀란 사람들이 일제히 창밖을 두리번거렸다. 순간 나는 혼인식 날에도 변함없이 음울하고 창백한 단문의 얼굴을 보았다. 단문이 창쪽을 쳐다볼 때 그의 입술이 달싹거렸다. 나는 그가 뭐라고 말하는지 듣지 못했다. 어쩌면 아무 말 안 했을 수도 있다.

나는 연랑의 어깨 위에서 훌쩍 뛰어내려 부리나케 청란전을 벗어났다. 측궁에서 봉의전鳳儀殿으로 가는 길에는 혼인을 축하하는 등롱이 숱하게 걸려 있었다. 나는 아무렇게나 등롱 하나를 떼어 들고 청수당까지 내처 달렸다. 내가 너무 빨리 달려서 연랑이 계속 천천히 가라고 소리쳤다. 연랑은 내가 넘어질까 걱정했다. 하지만 나는 등롱을 든 채 나는 듯이 달렸다. 뭐가 그렇게 두려웠을까. 뒤에서 악기 소리가 쫓아오는 것 같기도 했고, 그 무시무시한 혼인식이 쫓아오는 것 같기도 했다.

밤에 진눈깨비가 내리기 시작했다. 나는 옥좌에 앉아 훗날의 내 혼인을 멍하니 상상했다. 공허하고 쓸쓸했다. 청수당 밖의 등롱이 진눈깨비 속에 흔들려 불꽃이 일렁였다. 궁 밖에서 삼경三更*을 알리는 야경꾼의 딱따기 소리가 울렸다. 단문이 이미 사팔뜨기 신부의 손을 잡고 신방에 들었을 것이라 추측했다.

하얀 꼬마귀신들이 다시 내 꿈속에 나타났다. 이제야 나는 그들의 모습을 똑똑히 보았다. 남루한 차림에 온몸이 하얀 여자 귀신들이었다. 귀신들은 내 침상에서 춤을 추며 노래를 불렀다. 사람을 유혹하는 그 음탕한 여자 귀신들은 피부가 수정처럼 매끄럽고 반짝반짝 빛났다. 나는 더이상 두려워하지 않았다. 승려 각

* 밤 열한시에서 새벽 한시.

공을 부르라고 소리치지도 않았다. 꿈속에서 나는 어떤 욕정을 느꼈다. 몽정을 했고 일어나서 손수 속옷을 갈아입었다.

단문은 얼마 후 광유대장군光裕大將軍에 봉해져 기병 삼천 명과 병졸 삼천 명을 데리고 초주로 떠났다. 변경을 지키며 팽국의 확장과 침입을 막아내는 임무를 맡겼다. 단문은 번심전에서 관인官印과, 자신이 요구했던 선왕의 구주보도九珠寶刀를 받았다. 단문이 무릎을 꿇고 성은에 감사할 때, 나는 그의 허리띠에 흑표범 무늬의 옥 노리개가 달려 있는 것을 발견했다. 그것은 황보부인의 선물이자, 내가 그렇게 여러 번 달라고 했는데도 얻지 못한 가보였다. 순간 나는 자존심에 큰 상처를 입었다. 그래서 조정 대신들이 단문에게 축하와 작별 인사를 하고 있을 때 소매를 떨치고 번심전을 나와버렸다.

황보부인이 이랬다저랬다 변덕을 부리는 이유가 뭔지 알 수가 없었다. 자손들에게 일일이 은혜를 베푸는 그 권모술수가 너무 싫었다. 이미 바람 앞의 촛불 같은 나이이건만 왜 아직도 대섭궁의 온갖 일들을 애써 제어하려는 걸까? 심지어 나는 황보부인과 단문이 모종의 결탁을 한 것이 아닐까 의심이 들었다.

저들은 어쩌려는 것일까?

나는 이 문제를 한림원의 대학사 추지통鄒之通에게 물었다. 추지통은 학식이 깊고 문장이 탁월한 유생이었다. 하지만 내 질문 앞에서 그는 혀가 굳어 아무 말도 하지 못했다. 황보부인이 두려워서라는 것을 나도 알았다. 각공이 궁에 있다면 좋았을 텐데. 그가 머나먼 고죽산에 들어가버린 것이 안타까웠다.

누군가 휘장 뒤에서 흐느꼈다. 누구일까? 휘장을 걷어보니 연랑이었다. 너무 울어 눈이 이미 퉁퉁 부었다. 연랑은 즉시 울음을 그치고서 무릎을 꿇었다.

"왜 우는 게냐? 누가 너를 괴롭혔느냐?"

"폐하께 감히 심려를 끼치면 안 되는데 소인이 그만 통증을 못 참았습니다."

"어디가 아픈데? 태의를 불러 진료해주마."

"제가 어찌 감히 그러겠습니까. 통증은 곧 지나갈 것입니다."

"대체 어디가 아프냐니까?"

연랑의 애처로운 표정에서 수상쩍은 기미를 발견한 나는 확실히 진상을 밝히고자 얼굴을 찌푸리며 으름장을 놓았다.

"감히 나를 속이고 입을 다물면 형리를 불러 곤장을 먹여줄 테다!"

"뒤가 아픕니다."

연랑이 얼른 손가락으로 엉덩이 쪽을 가리키더니 또 흐느끼기 시작했다.

나는 멍해졌지만 연랑이 에둘러 말하는 것을 듣고 비로소 이
해했다. 예전에 단무가 도읍의 배우와 추잡한 관계라는 소문을
들은 적이 있었다. 대학사 추지통은 그것을 일컬어 단수斷袖*의
나쁜 풍조라 일컬었다. 하지만 나는 단무가 그 일을 궁 안에서까
지 벌일 줄은 생각도 못했다. 더구나 내가 총애한 지 오래인 연
랑에게. 단문, 단무 형제가 또 한 차례 시위를 벌인 것이라는 생
각이 들었다.

나는 대로하여 당장 단무를 청수당에 불러 죄를 묻겠다고 했
다. 이에 연랑의 작은 얼굴이 하얗게 질렸다. 연랑은 바닥에 엎
드려 이 일을 퍼뜨리지 말아달라고, 자신이 조금 다친 것은 하찮
은 일일 뿐이라고 말했다.

"이 일이 새나가면 소인은 목숨이 위태로울지도 모릅니다."

연랑은 내 발밑에 엎드려 마늘 찧듯 이마를 바닥에 쿵쿵 부딪
쳤다. 이런 비굴한 모습에 나는 돌연 혐오감이 들어 연랑의 엉덩
이를 냅다 걷어찼다.

"저리 비켜라. 나는 네 억울함을 풀어주려는 게 아니다. 단무

---

* 남색의 다른 말. 한나라 애제(哀帝)가 신하인 동현(董賢)을 사랑하여 아침에 일
어날 때 품에 잠든 동현이 깰까봐 자기 소매를 잘랐다는 고사에서 유래.

는 언제나 거들먹거리고 잘난 체를 했지. 진즉부터 그놈을 벌줄 생각이었다."

형리들이 내 분부에 따라 청수당 앞에 궁형宮刑을 행할 도구를 가져다놓았다. 모든 준비가 끝나자 어명을 전하러 간 시종이 돌아와 내게 아뢰었다.

"넷째 왕자께서는 지금 목욕을 하고 옷을 갈아입고 계십니다. 곧 당도하실 것입니다."

시종들이 몰래 키득거리는 가운데 단무가 청수당 앞에 다다랐다. 그가 성큼성큼 형구刑具가 놓인 앉은뱅이책상 앞으로 오는 것을 보고 나는 작은 칼 하나를 집어 만지작거렸다.

"너희는 뭐하고 있는 게냐?"

나는 아무렇지도 않게 옆의 형리에게 물었다. 형리는 아무 대답도 못했고 내가 막 계단 아래로 내려가려는데 연랑이 날카롭게 소리쳤다.

"폐하가 노하셨습니다. 넷째 왕자께서는 어서 도망치세요!"

이 소리를 듣고 단무는 놀라 안색이 싹 변했다. 나는 그가 돌아서서 줄행랑을 치는 것을 보았다. 단무는 가죽신을 지르신은 채 자기 앞을 막는 시종들을 밀치고 달렸다.

"노태후 마마, 저를 구해주세요!"

단무는 그렇게 계속 소리치며 달아났다. 낭패스럽고 우스꽝스러운 광경이었다. 시종들이 잠시 뒤쫓다가 돌아와 내게 고했다.

"넷째 왕자님이 정말로 노태후 마마의 금수당으로 달아나셨습니다."

단무에게 은밀히 궁형을 가하려던 내 계획은 수포로 돌아갔다. 나는 비밀을 폭로한 연랑에게 화풀이를 했다. 연랑이 왜 그런 비굴한 짓을 했는지 이해가 가지 않았다.

"괘씸한 놈 같으니. 단무 대신 혼 좀 나봐라."

나는 연랑에게 채찍 삼백 대를 가하라고 형리에게 명했다. 연랑이 나를 배반한 벌이었다. 하지만 연랑이 맞는 모습을 차마 볼 수가 없어 씩씩대며 실내로 들어갔다. 잠시 후 휘장 너머에서 가죽채찍이 살을 때리는 소리가 연이어 들렸다.

나는 정말 연랑의 비굴함이 이해가 가지 않았다. 대장장이 아버지의 비천한 혈통 때문일까? 비천한 출신 때문에 비천한 인격을 가지게 된 걸까? 채찍 소리가 계속 이어졌다. 연랑의 신음소리와 여자처럼 흐느끼며 외치는 소리도 들렸다.

"소인의 아픔은 작은 일이지만 사직社稷의 일은 큰일입니다."

그는 이렇게도 말했다.

"폐하와 넷째 왕자님이 원수가 되는 걸 막았으니 소인은 죽어도 여한이 없습니다."

나는 마음이 움직였다. 여리여리한 연랑이 혹시 맞아 죽지 않을까 겁이 나 형리에게 매를 그치게 했다. 연랑은 형틀에서 굴러 떨어져 간신히 절을 하며 성은에 감사했다. 그의 동그란 얼굴은 여전히 붉게 상기되어 있었고 두 뺨에는 뜨거운 눈물이 흘러내렸다.

"아프냐?"

"아프지 않습니다."

"거짓말 마라. 채찍으로 백 대를 맞았는데 안 아프다고?"

"폐하의 성은에 아픔을 잊었습니다."

연랑의 억지스러운 말에 웃음이 나왔다. 연랑의 비천함은 때로 나를 짜증나게 했지만 더 많은 경우에 나는 그것을 즐기고 좋아했다.


내 제왕의 생애 초기에는 무척 많은 일이 있었다. 궁 안팎의 그 덧없는 일들은 전부 문인들에 의해 기록돼 책으로 묶였으며 궁정의 수많은 일화도 세상에 널리 퍼졌다. 하지만 나는 즉위 첫 해의 겨울이 가장 기억에 남는다.

첫해 겨울, 나는 열네 살이었다. 동지를 한 달 넘겨 한바탕 눈이 왔을 때 어린 환관들을 데리고 화원의 정자에 가서 눈싸움을 했다. 부왕이 생전에 선단을 만들던 청동 솥은 정자 한쪽에 방치되어 있었고 그 옆에는 유난히 두껍게 눈이 쌓여 있었다. 갑자기 뭔가 물렁물렁한 것이 밟혀 눈을 파보았다. 뜻밖에도 늙은 시종이 눈 속에 얼어죽어 있었다.

얼어죽은 사람은 내가 잘 아는 미치광이 손신이었다. 전날 밤하늘 가득 눈이 내릴 때 그가 왜 우두커니 청동 솥을 지키고 있었는지 나는 알 수가 없었다. 이미 돌이킬 수 없을 만큼 미쳐서 그랬을 수도 있고 눈 내리는 밤에 다시 선왕의 청동 솥에 불을 붙여 선단을 만들고 싶었을 수도 있다.

손신은 아직 태우지 않은 장작 하나를 손에 꼭 쥐고 있었다. 눈에 덮인 그의 얼굴은 꼭 아이처럼 귀엽고 매끄러웠다. 검붉은 입술은 망연히 벌어져 있었다. 손신의 늙고 쉰 목소리가 들리는 듯했다.

"이 손신이 죽었으니 섭국의 재난이 머지않았습니다."

제
2
부

我
的
帝
王
生
涯

# 1

 

 

품주의 부유한 상인 가문 출신인 혜비惠妃는 총명하고 아름다웠다. 내 품속에서 그녀는 온순하고 귀여운 새끼 양이었고 내 비빈 중에서는 오만하고 외로운 공작새였다. 청년 시절 내가 가장 좋아했던 것은 혜비의 곱고 순진한 미소였고 가장 골치 아팠던 것은 혜비가 총애를 받아 야기된 궁내의 온갖 풍파였다.

어느 봄날 아침 궁궐의 강가에서 처음 혜비를 만난 것을 기억한다. 당시 그녀는 처음 궁에 발을 디딘 어린 궁녀였다. 나는 말을 타고 다리를 건너가고 있었다. 말발굽 소리에 강둑의 새들이 놀라 날아가고 강을 따라 달리던 한 소녀도 놀랐다. 엷은 안개 사이로 소녀가 날개를 펴는 새의 동작을 열심히 따라하는 것을 보았다. 새들이 날아갈 때 소녀는 긴 소매를 펄럭이며 앞으로 달렸고 새들이 내려앉을 때는 걸음을 멈춰 손가락으로 입술을 떠받치며 쩍쩍 소리를 냈다. 새들이 버드나무 가지 끝을 스쳐 종적 없이 사라졌을 때 소녀는 말을 발견했다. 소녀는 버드나무 뒤로 황급히 숨어 나무를 두 팔로 힘껏 부여안았다. 얼굴은 숨겼지만 떨리는 분홍빛 작은 손과, 할머니에게 물려받은 한 쌍의 녹색 팔찌는 우습게도 훤히 눈앞에 드러났다.

"이리 나오너라."

나는 말을 몰고 가서 나무 위의 그 작은 손을 말채찍으로 쿡쿡 찔렀다. 나무 뒤에서 비명소리가 들렸지만 궁녀는 그래도 나오려 하지 않았다. 나는 또 쿡 찔렀고 나무 뒤에서 또 비명소리가 들렸다. 나도 모르게 웃음이 터져나왔다.

"안 나오면 채찍으로 때릴 테다."

나무 뒤에서 소녀의 예쁜 얼굴이 드러났다. 공포와 전율이 소녀의 맑은 눈과 흰 이 사이에서 빛나며 내 눈을 사로잡았다.

"용서해주십시오, 폐하. 쇤네는 폐하가 오신 줄 몰랐습니다."

소녀는 땅바닥에 넙죽 엎드려 호기심어린 눈으로 슬몃 내 눈치를 보았다.

"나를 아느냐? 나는 너를 본 기억이 없는데. 황보부인의 궁에서 일하느냐?"

"궁에 갓 들어와서 아직 명부에도 이름을 못 올렸습니다."

소녀는 살며시 웃더니 천천히 고개를 들어 나를 똑바로 보았다. 대담하고 장난기 많은 표정이었다.

"비록 이제껏 폐하를 뵙는 행운은 갖지 못했지만 폐하의 호방한 자태와 빼어난 용안을 뵙고 바로 눈치챘지요. 지고무상의 대섭왕이신걸요."

"네 이름이 뭐냐?"

"지금은 이름이 없답니다. 폐하께서 이름을 하사해주셨으면 합니다."

나는 옥토마玉兔馬에서 뛰어내려 소녀를 잡아 일으켰다. 여태껏 그렇게 순진하고 예쁜 궁녀를 본 적이 없었고, 또 감히 내게 말을 붙여온 여자도 없었다. 소녀의 손을 잡아당겼다. 가늘고 앙증맞은 그 손에는 해당화 꽃잎 한 점이 쥐여 있었다.

"나와 함께 말을 타고 놀자꾸나."

소녀를 말 등 위로 밀어올리는데 당황한 목소리가 들렸다.

"저는 말을 탈 줄 몰라요!"

하지만 바로 은방울 소리 같은, 즐거워하는 목소리가 들렸다.

"말 타기가 재밌나요?"

혜비를 처음 만났을 때의 희열과 충동을 설명할 방법이 없다. 단지 그날 아침 그녀와 말을 타 그전까지 여자를 혐오하던 나의 태도가 바뀐 것이 기억날 뿐이다. 소녀의 치마와 검은 머리칼에

서 풍기던 신선하고 매력적인 냄새는 한란의 맑은 향기와 비슷
했다. 옥토마는 강을 따라 천천히 섭궁 깊숙한 곳으로 나아갔다.
아침 일찍부터 꽃가지를 다듬던 정원사 몇이 일손을 멈추고 멀
리서 옥토마 위의 우리 둘을 바라보았다. 넋을 잃고 있던 정원사
들에게도, 나 자신에게도, 과분한 총애에 어쩔 줄 몰라하던 혜비
에게도 모두 잊을 수 없는 아침이었다.

"새가 나는 것을 흉내내고 있었느냐?"

나는 말 위에서 혜비에게 물었다.

"맞아요. 저는 어려서부터 새를 좋아했어요. 폐하는요?"

"너보다 더 좋아한다."

고개를 들어 대섭궁의 하늘을 올려다보았다. 하늘에 거대한
금빛 띠가 나타나고 태양이 백귀문白鬼門 위로 높이 솟아올랐다.
그런데 늘 유리지붕 위에 깃들던 아침 새들이 어디로 갔는지 보
이지 않았다. 나는 조금 미심쩍어하며 말했다.

"새들이 다 날아갔구나. 네가 와서 궁 안의 새들이 놀라 다 날
아가버렸어."


황보부인과 맹부인은 서로 화목해본 적이 없었지만 혜비에 대
해서는 의견이 일치했다. 두 사람 다 혜비를 싫어했고 내가 혜비
를 총애하는 것을 용인하지 않았다. 황보부인은 혜비의 일거수

일투족에서 묻어나는 저잣거리의 분위기를 극도로 싫어했다. 그런 여자를 궁에 들여서는 안 되는 일이었다며 궁녀를 뽑는 관리들을 탓했다. 본래 예쁜 여자를 시기하는 맹부인은 혜비가 여우의 현신이어서 훗날 반드시 궁궐의 우환거리가 되고 심지어 나라를 망치리라 했다.

두 부인은 손을 잡고 내가 품주의 소녀 혜선憓仙을 귀비로 책봉하는 것을 방해했다. 나는 이 문제로 봄 한철 내내 고민했다. 내가 이 소녀를 사랑하는 이유는 하늘의 뜻임을 증명하려고 온갖 논리를 내세웠다. 그녀가 나처럼 새를 사랑하는 사람이라고도 했고 그녀의 순진하고 어린 영혼이 나의 외로움에 위안이 된다고도 했다. 하지만 속 좁고 고집불통인 두 부인은 내 진심어린 말을 잠꼬대 정도로 취급했다. 아무 근거 없이 내가 혜선의 조종을 받는다고 의심했으며 그래서 혜선에게 화풀이를 했다.

먼저 황보부인이 혜선을 금수당으로 불러 오래 따져 묻고 깎아내린 뒤, 앞으로 다시는 나를 유혹하지 말라고 경고했다. 그다음에는 맹부인이 혜선을 으스스한 냉궁으로 불러 각종 형벌로 폐인이 된 궁녀와 비빈을 보여준 뒤, 미소를 지으며 물었다.

"너도 이 꼴이 되고 싶으냐?"

혜선은 흑흑 흐느끼며 고개를 흔들었다.

"아뇨. 쇤네는 죄가 없습니다."

맹부인이 피식 웃었다.

"죄가 있든 없든 그게 무슨 상관이냐? 죄는 다 사람이 짓고 또 사람이 정하는 건데. 어쨌든 잘 알아둬라. 네가 폐하를 홀리는 것도 쉽지만 내가 네 코를 떼고 눈을 파내 냉궁에 처넣는 것도 쉽다는 걸 말이야."

이 이야기들은 나의 충복 연랑이 나중에 내게 전해주었다. 혜선이 측궁의 무량전無梁殿에 유폐돼 있는 동안, 나는 어쩔 도리가 없어 연랑을 시켜 청수당과 무량전 사이를 빈번히 오가며 연모의 편지를 전하게 했다.

그 품주 소녀를 걷잡을 수 없이 사랑하게 되자 시를 쓰고 싶어졌다. 그래서 그 고뇌의 봄에 나랏일은 제쳐놓고 매일 청수당에 단정히 앉아 붓으로 내 감정을 적거나 갖가지 궁정용 종이를 만드는 데 빠졌다. 그러다 밤이 되면 연랑을 시켜 내 시가 적힌 종이를 무량전의 혜선에게 전했다. 사실 이런 일들은 내게 일종의 슬픈 놀이였다. 나는 줄곧 복잡하면서도 기이한 감정에 빠져 있었다. 고요한 봄밤 눈물로 두 뺨을 적시며 희디흰 별빛 아래 「성성만聲聲慢」을 되풀이해 읊조리노라면 내가 더이상 위대한 제왕이 아니라 실의에 빠져 미인을 그리워하는 문인 같았다. 이런 변화는 나를 깊은 불안과 비애에 빠뜨렸다.

이때 쓴 슬픈 시들은 훗날 『청수당집淸修堂集』으로 묶여 섭국과 이웃나라에 빠르게 퍼졌다. 그리고 나와 연랑이 공들여 제작한 국화지, 홍모란지, 쇄금지灑金紙, 오색분지五色粉紙 같은 갖가지 고급 종이도 문인과 부호들이 모방해 일세를 풍미하는 증정품이 되었다. 하지만 이것은 훗날의 일이니 더 거론하지 않겠다.

맑은 바람이 불고 보슬비가 내리던 어느 밤, 연랑은 나를 인도해 반죽斑竹 수풀 뒤편의 비밀문을 거쳐 몰래 무량전으로 갔다. 널따란 무량전은 전대의 궁정 장인이 남긴 걸작으로 서까래도 없고 창문도 없었다. 섭국 개국공신들의 영령을 모신 거대한 감실이 있을 뿐이었다. 나는 황보부인과 맹부인이 왜 혜선을 그곳에 가뒀는지 몰랐다. 무량전에 서까래가 없기 때문에 혜선이 보통 여자들이 그러듯이 목을 맬 수가 없어서인지도 몰랐고, 그 음산하고 어두운 대전에서 혜선 스스로 천천히 죽어가게 하려는 의도인지도 몰랐다. 아니면 아무 생각 없이 내린 벌일 수도 있었다. 이런 생각들로 마음이 천근만근 무거웠다. 문득 손가락이 벽에 자란 이끼에 닿았다. 차갑고 매끄러운 느낌이 온몸에 퍼졌다. 마치 죽음의 문을 만진 듯했다.

텅 빈 전각 안에 촛불 하나가 끄먹거렸다. 그 빛 속에서 가냘픈 소녀가 편지 더미를 마주한 채 어둡고 슬픈 표정을 짓고 있었다. 나는 그녀 옆에 열여덟 개의 새장이 나란히 놓여 있는 것을 보았다. 새장은 모두 비어 있었다. 지난 열여드레 동안 나는 연랑을 시켜 매일 한 마리씩 무량전에 새를 들여보내게 했다. 무시무시한 시간을 견디고 있을 혜선의 벗이 되도록. 그런데 뜻밖에도 혜선은 새들을 모두 날려보낸 것이다. 내 마음은 그 새장처럼 텅 빈 듯했다. 나는 혜선이 홀연히 정신을 차릴 때까지 조용히 침묵을 지키고 있었다.

"폐하, 용서해주세요. 제가 새들을 놓아주었어요. 하지만 일부러 성은을 저버린 건 아니에요."

"왜 그랬지? 새를 좋아한다고 하지 않았느냐."

"쇤네도 죄가 없고 새들도 죄가 없는데 차마 함께 고통을 겪게 할 수는 없었어요."

혜선은 꿇어앉은 채 내 두 무릎을 끌어안고 흐느꼈다. 오랜만에 듣는 그녀의 목소리는 낭랑한 소녀의 목소리에서 어느새 성숙한 여인의 하소연으로 변해버렸다.

"폐하, 저를 너무 탓하지 말아주세요. 얼굴도 시들고 마음도 이미 죽었지만 오직 폐하를 위해 정갈한 몸을 부지하고 있어요. 저의 한 조각 진심을 새들에게 실어 폐하께 부쳤답니다. 안 그랬으면 죽어서도 눈을 감지 못했을 거예요."

"너를 탓하지 않는다. 나는 누구를 탓해야 하는지 모른다. 그런데 꾀꼬리 한 마리는 집에서 기르던 새여서 날려보냈어도 멀리 못 가고 도중에 죽었을 텐데. 그 새는 날려보내지 말았어야 했다."

"꾀꼬리는 벌써 죽었답니다. 묻어줄 데가 없어 제 화장함 속에 넣어두었어요."

혜선은 감실 뒤에서 자단목으로 만든 화장함을 공손히 들고 와 뚜껑을 열고 내게 보여주었다.

"볼 필요 없다. 죽었으면 그냥 버리지 그랬느냐."

나는 고개를 흔들었다. 죽은 새의 사체에서 비릿한 냄새가 진동하는데도 혜선은 여전히 신줏단지처럼 그것을 받쳐들고 있었다. 나는 그녀의 상상력 넘치는 새의 장례를 보고 온갖 상념이 떠올랐다. 침침한 촛불 아래 나와 소녀는 손을 잡고 서로를 마주보았다. 소녀의 초췌한 얼굴에는 한 가닥 불길한 그늘이 있었다. 죽어가는 새가 추락할 때 떨어뜨린 깃털이 소녀의 상기된 얼굴을 스친 것이었다. 나는 그녀의 차디찬 작은 얼굴을 거듭 어루만졌다. 내 손은 그녀의 눈물로 흠뻑 젖었다.

샘물처럼 눈물을 흘리는 중에도 혜선은 내가 써준 시들을 한 편 한 편 읊었다. 그러다가 마지막으로 「감자목란화減字木蘭花」를 읊고는 돌연 내 품속에서 정신을 잃었다. 나는 가엾은 소녀를 안고서 무한한 사랑을 느끼며 그녀가 깨어나기를 기다렸다. 그날 밤에는 쓸쓸하고 그윽한 퉁소 소리가 은은히 무량전에 전해지고 전각 안의 오래된 나무 냄새와 소녀의 향기로운 체취가 어우러져 마치 꿈속에 있는 듯했다. 나는 이제 내가 정말로 남녀의 그물 같은 정에 빠졌음을 알았다.

"무슨 일이 있어도 혜선을 귀비로 세워야겠다."

나는 이렇게 연랑에게 말했다.

얼마 후 내가 스스로 손가락을 자르겠다고 두 부인을 위협해 혜선을 귀비로 세우는 사태가 벌어졌다. 그 사태는 연랑이 들려준 민간의 어느 이야기에서 비롯되었다. 그 이야기의 주인공 장상공張相公은 어느 평범한 여자와 인연을 맺고 부모 앞에서 손가락 하나를 잘랐다. 영민하기 그지없는 연랑이 그 이야기대로 하라고 내게 암시를 주었는지 모르겠지만 확실히 이야기에서 어떤 깨달음을 얻었다.

그 질식할 것 같던 오후, 나는 금수당에서 검날을 내 왼손 검지에 댔다. 두 부인은 대경실색했고 놀라움에서 분노로 표정이 변하더니 점차 무기력한 침묵에 빠졌다. 맹부인이 다가와 내 보검을 빼앗았다. 황보부인은 검은 담비 가죽에 웅크린 채 연방 슬픈 탄식 소리를 냈다. 내 돌출 행동이 황보부인의 연로한 몸에 타격을 준 게 분명했다. 그녀의 희끗희끗한 머리가 우스꽝스럽게 좌우로 흔들리고 쭈글쭈글한 얼굴에 눈물이 흘러내렸다.

"애초에 내가 틀린 수를 놓은 것 같구나."

황보부인은 눈물을 닦으며 옆에 있던 고양이를 향해 근심과 절망을 토로했다.

"한 나라의 군주가 어떻게 이 지경일 수 있나. 아무래도 대섭국의 강산은 단백에게서 끝장이 나려나보다."

붓을 들고 기록을 하던 사례감이 좌우를 살폈다. 그는 마침내 귀비 책봉의 일이 극적으로 변해 돌이킬 수 없게 되었음을 깨달았다. 품주에서 온 보잘것없는 소녀 혜선이 드디어 사초史草에 이름을 올리고 유일하게 내 스스로 택한 귀비가 된 것이다.

혜비는 내 검날 위에서 태어났다. 혜비는 섭궁에서의 여섯 해 동안 무량전 뒤편의 이명각鸝鳴閣에 머물렀다. 그곳은 내가 장소와 이름을 정해 장인들을 시켜 지은 작은 전각으로 슬픔과 기쁨, 이별과 만남의 기념물이자 증거가 되었다.

## 2

 섭국에서 내가 정치적인 이유로 팽씨彭氏를 왕후로 삼은 것을
모르는 사람은 없었다. 섭국의 쇠락과 팽국의 흥성은 바둑의 형
국을 이뤄 흑이 백을 삼키는 상황이 벌써 일어났거나 곧 일어날
참이었다. 내가 즉위한 지 사 년째 되던 해의 봄, 섭국과 팽국이
접한 변경 백 리에서 불안한 전황이 거듭 전해졌다. 그곳의 농부
들이 쟁기와 곡괭이를 들고 섭국의 내지와 도읍으로 달려와 더
무시무시한 소식을 전하기도 했다. 오만한 팽왕 소면은 자신이
함락시킨 변경 도시 니주泥州의 성문 위에서 섭국의 도읍을 향해
오줌을 누고는 큰소리를 쳤다.
 "팽국의 군대는 팔 일 밤낮이면 섭왕의 왕국을 취할 수 있노라!"
 나의 혼인이 위태로운 바둑판 위의 중요한 한 수가 되었다. 의

심할 여지 없이 형세를 완화할 수 있는 마지막 방도였다. 그 당시 나는 국난에 처한 다른 제왕들과 마찬가지로 초조하게 번심 전에 앉아 문무백관의 격렬한 논쟁을 들었지만 결코 끼어들지는 않았다. 스스로가 황보부인과 맹부인, 승상 풍오의 의견에 전적으로 따르는, 무능한 허수아비 왕임을 잘 알기에 아예 입을 다물고 있었다.

어사 유건劉乾이 나의 혼사를 상의하러 팽국에 갔다. 유건은 거침없이 내두르는 세 치 혀로 궁 안에서 명성이 자자해 그가 사신으로 나가게 되자 신하들은 의견이 분분했다. 하지만 황보부인은 유건에게 자신의 마지막 판돈을 걸었다. 그녀는 유건에게 금은보화를 여섯 상자나 수레에 싣고 가게 했다. 그 안에는 대단히 값진 국보도 들어 있었다. 황보부인은 유건이 떠나기 전 그에게 한 가지 약속까지 했다. 이번 일만 성공하면 광대한 전답과 황금 만 냥을 상으로 주겠다고 말이다.

이때 소극적이고 비관적으로 의기소침한 나를 신경써준 사람은 없었다. 비상시국 앞에서 당당한 섭왕의 개인적인 삶이란 하찮을 뿐이며 이를 아는 사람도 없었다. 그후로 며칠 동안 준마가 소식을 전해오기를 기다리면서 나는 팽국 문달文姐 공주의 자태를 여러 번 상상했다. 그녀가 혜비의 미모와 대낭의 연주 솜씨를 가졌기를, 또한 각공의 지혜와 연랑의 살뜰함도 가졌기를 바랐다. 하지만 그것은 환상에 지나지 않았다. 나는 곧 문달 공주가 평범한 외모에 괴팍한 성미의 여자이며 나보다 나이가 세 살이나 많다는 소문을 들었다.

며칠 뒤, 유건이 일을 성사시키고 돌아오면서 문달 공주의 금자수 향주머니까지 가져왔다. 대섭궁은 고하를 막론하고 잔치 분위기에 휩싸였다. 조회를 마치고 번심전을 나오면서 나는 수많은 남녀 시종들이 처마 밑에서 얼빠진 웃음을 나누며 소곤거리는 것을 보았다. 알 수 없는 분노가 솟구쳐 나는 연랑에게 그들을 흩어지게 하라고 했다.

"웃지 못하게 해라."

나는 연랑에게 말했다.

"누구든 웃으면 따귀를 때려. 사흘 동안 아무도 웃지 못하게 해!"

연랑은 내 분부대로 행했다. 나중에 그는 돌아와서 칠십 명이 넘는 시종들의 따귀를 때렸다고 아뢰었다. 연랑의 팔뚝은 너무 힘을 써서 퉁퉁 부었다.

혼인식 전날 밤, 나는 기괴한 꿈을 연달아 꾸었다. 꿈속에서 나는 새처럼 궁 안을 폴짝거리고 다녔다. 열여덟 개의 궁문이 내 뒤로 휙휙 지나갔다. 하얗게 반짝이는 공터가 어슴푸레 나타나기도 했다. 공터 주위에는 수많은 사람들이 역시 어슴푸레한 모습으로 모여 있었다. 줄타기꾼의 밧줄이 내 머리 위에 걸렸고 누군가의 목소리가 사람들과 하늘 사이에서 메아리쳤다.

"줄을 잡아! 올라가! 줄을 타!"

나는 밧줄을 꽉 잡았다. 그리고 새처럼 가볍게 날아올라 허공의 밧줄 위에 정확히 올라섰다. 몸이 밧줄과 함께 흔들리는 가운데 나는 앞으로 세 걸음 나아가고 뒤로 한 걸음 물러섰다. 나는 더없이 민첩하고 즐거웠다. 영혼 속에서 한줄기 가벼운 연기가 생겨나 하늘거리며 피어올랐다.

나는 나의 왕후 팽씨를 싫어했고 팽씨는 내가 총애하는 혜비를 싫어했으며 혜비는 다른 왕비인 함비菡妃, 난비蘭妃, 근비堇妃를 싫어했다. 옛날부터 제왕은 미녀와 짝을 이뤄왔고 궁내 여자들의 암투는 결코 쉽게 제거되지 않는다는 사실을 알고 있었다. 몇 년 동안 나는 후비后妃들의 불화와 갈등에 휘말리지 않으려고 백방으로 노력했다. 하지만 그녀들이 의식적 또는 무의식적으로 일으키는 사건은 늘 방비하려야 방비할 수가 없었다. 속수무책으로 따분한 여자들의 다툼에 끌려들어가곤 했다.

세심한 총관태감 연랑이 관찰한 결과, 내 후비들은 짧은 시간에 각자 편을 짰다고 한다. 우선 팽씨와 난비가 한편인데 둘은 황보부인의 사랑을 받았다. 함비와 근비는 사촌 간이며 맹부인의 외조카였다. 둘은 의심의 여지 없이 맹부인을 든든한 배경으로 여겼으며 맹부인의 비호도 궁 안에서 모르는 사람이 없었다.

"그러면 나의 혜비는?"

연랑에게 물었다.

"그분은 혼자이십니다. 하지만 폐하의 총애를 받으시는 것만으로 충분하지요."

연랑은 웃으며 답했다.

"소인이 보기에는 혜비 마마가 가장 운이 좋은 분입니다."

"혜비가 미인박명이 될까 두려울 뿐이다. 내가 총애한다고 사면팔방의 공격을 다 막아줄 수 있는 건 아니니까."

나는 탄식을 하고 품에서 알록달록한 비단 주머니를 꺼냈다. 그 안에는 약간의 향분香粉과 머리카락 한 올이 담겨 있었다. 때때로 그것을 꺼내 열면 눈앞에 어떤 불길한 환상이 나타나곤 했다. 혜비의 머리카락이 바람도 없는데 훌쩍 날아올라 청수당의 높은 지붕 위를 맴돌다가 끝내 어둠 속으로 사라지는.

"혜비는 가지를 잘못 찾아온 아기새 같구나."

나는 마음속의 걱정을 연랑에게 털어놓았다.

"조만간 뭔가에 맞아 진흙탕에 떨어질 것만 같다."

나의 후비들 모두 내가 혜비를 총애하는 사실을 받아들이지 못했다. 그녀들은 자신의 미색이 혜비보다 못하다고 생각하지 않았으므로 하나같이 혜비가 내게 민간의 요술을 썼다고 넘겨짚

었다. 팽씨가 난비, 함비, 근비를 데리고 황보부인을 찾아가 혜
비의 요술을 조사하게 해달라고 눈물로 호소했다는 소식을 들은
적이 있다. 황보부인이 뜻밖에도 흔쾌히 그러라고 했다는 것이
다. 나는 할말을 잃고 헛웃음을 지었다. 후비들의 그런 터무니없
는 짓을 도저히 납득할 수가 없었다. 이 소식은 곧 혜비의 귀에
까지 전해졌다. 혜비는 화가 나 한바탕 울고서 눈물을 닦으며 내
게 어떡해야 하느냐고 물었다.

"유언비어는 절로 생겼다 절로 사라지니 너무 괘념치 마라. 설
사 네가 정말 요술을 쓰더라도 나는 기꺼이 네 유혹에 빠지련다.
자고로 제왕의 방사房事는 지고무상이므로 누구도 우리의 동침
을 막을 수는 없다."

혜비는 반신반의했지만 마지막에는 눈물을 거두고 웃었다.

얼마 후 궁녀가 이명각에서 제왕의 방사를 훔쳐 듣는 추문이
발생했다. 가엾은 어린 궁녀 계아桂兒가 어떻게 침상 밑에 잠입
했는지는 잘 모르겠다. 아마도 오랜 시간 침상 밑에 숨어 있었
을 것이다. 혜비는 뜨거운 물을 떠오다가 계아의 치맛자락이 침
상 밑에 비어져나온 것을 발견했다. 혜비는 수건인 줄 알고 손을
뻗어 잡아당겼는데 그 바람에 계아의 한쪽 발이 딸려나왔다. 혜
비의 날카로운 비명소리가 퍼졌고 이어서 당직을 서던 시종들의
소란스러운 발소리가 울렸다.

어린 궁녀 계아는 놀라서 바들바들 떨었다. 그러면서 한마디도 못하고 창밖만 가리켰다. 다른 사람의 지시로 그런 짓을 저질렀다는 뜻이었다.

"누가 시킨 일이냐?"

나는 계아의 트레머리를 들어올렸다. 계아는 공포에 질린 표정으로 나를 올려다보았다.

"팽 왕후입니다."

계아는 말을 마치자마자 울음을 터뜨렸다.

"폐하, 살려주세요. 쇤네는 아무것도 못 봤습니다. 정말 아무것도 못 봤습니다."

"팽 왕후가 네게 뭘 보라고 하더냐?"

나는 잘 알면서도 일부러 물었다. 궁녀 스스로 실토하게 할 셈이었다.

"혜비 마마가 어떻게 요술로 폐하를 미혹하는지 보라고 하셨습니다. 하지만 아무것도 못 봤습니다. 재물을 탐한 나머지 어리석은 짓을 저질렀습니다. 부디 살려주세요."

"팽 왕후가 무슨 재물로 너를 매수했느냐?"

옆에서 혜비가 물었다.

"금팔찌 한 점, 봉황비녀 한 쌍, 옥 노리개 한 쌍입니다. 그게 다입니다."

"정말 재물에 눈이 멀었구나."

혜비가 격분해서 말했다.

"고작 그런 것에 목숨을 걸었단 말이냐? 팽 왕후는 그걸 네 부장품으로 준 것이다."

시종들이 와서 계아를 끌고 갔다. 그 가엾은 어린 궁녀는 죽은 양처럼 이명각 밖으로 끌려가는 내내 애처롭게 하소연을 했다. 나와 혜비는 마주본 채 아무 말도 하지 않았다. 놋쇠로 만든 물시계가 벌써 삼경 삼점*이 되었음을 알렸다. 대섭궁은 고요하기 그지없었다. 혜비의 얼굴은 눈처럼 하얬고 그녀의 검은 눈동자에 굴욕의 뜨거운 눈물이 차올랐다.

"하늘이 제가 대섭궁에 있는 걸 바라지 않는 걸까요?"

혜비가 물었다.

"모르겠구나."

"하늘이 제가 폐하 곁에 있는 걸 바라지 않는 걸까요?"

혜비가 또 물었다.

"모르겠다."

나는 정말로 알지 못했다.

이튿날 어린 궁녀 계아는 묶인 채 포대에 담겨 궁궐의 강에 던

* '점'은 두 시간 정도인 '경'의 5분의 1.

져졌다. 혜비의 뜻에 따라 시종들은 팽 왕후가 주었다는 뇌물을 포대에 집어넣었다. 갑문을 지키는 관리가 갑문을 열자 사람이 담긴 포대는 물결을 따라 궁궐을 벗어났고 결국 도읍 밖의 섭수하變水河까지 흘러갔다. 이 방법은 대섭궁에서 죽을죄를 지은 시종을 처리할 때 가장 즐겨 쓰는 것으로 '표송漂送'이라고 불렸다.

마침 그날 밤, 배우들이 궁에 들어와 연극을 벌였다. 동쪽 화원에 설치된 무대 앞에서 나는 지난밤의 활극을 꾸민 팽씨를 보았다. 팽씨는 황보부인 옆에 앉아서 복사꽃이 그려진 흰 비단 부채로 한쪽 얼굴을 가리고 있었다. 아무 일도 없었다는 듯 태연하기만 했다. 하지만 함비와 근비는 계아의 죽음을 가엾어했다. 함비가 나에게 혜비가 왜 안 왔는지 묻기에 몸이 안 좋아 못 왔다고 대답해주었다. 이윽고 함비가 몸을 돌려 근비의 귀에 대고 속삭이는 소리가 들렸다.

"당사자는 멀쩡한데 계아만 애꿎게 죽었지 뭐야."


팽 왕후의 연하당烟霞堂은 청수당에서 겨우 백 걸음 거리였지만 그곳에 거의 들르지 않았다. 궁궐의 예에 따라 가끔 하룻밤을 보낼 뿐이었다. 팽씨의 새소리 같은 사투리와 변덕스러운 성미를 참을 수가 없었다. 팽씨의 귀밑머리와 금비녀를 보노라면 팽국이라는 거대한 맹수의 아가리가 떠올라 극도로 치욕을 느끼기도 했다. 언젠가 연랑에게 탄식하며 이런 말을 했다.

"당당한 군왕이 기녀처럼 웃음을 팔아야 하다니, 이보다 황당하고 슬픈 일이 어디 있겠느냐."

그뒤로 나와 연랑은 연하당을 팽국이라고 부르곤 했다. 연하당에 갈 때마다 나는 연랑에게 말했다.

"팽국에 조공을 바치러 가자."

가증스러운 그 팽국 여자는 내 연극에 불만이 많았다. 연하당에 첩자로 심어놓은 시종의 말에 따르면 그녀는 늘 시종들 앞에서 섭국의 조정을 헐뜯고 나의 무능함을 비웃으며 이명각의 혜비를 저주한다고 했다. 모두 내가 예상하던 바였다. 하지만 팽씨가 팽왕 소면에게 밀서를 써서 보낼 줄은 예상하지 못했다. 그녀의 사신은 도읍 밖 국도에서 제지당해 세 가닥 기러기 깃이 꽂힌 그 밀서를 내놓았다.

밀서의 내용은 온통 불평과 원망뿐이었다. 팽씨는 자신이 가련하고 온갖 능멸을 받는 것처럼 묘사했다. 마지막에는 놀랍게도 정예부대를 보내 섭궁을 점령하고 궁에서의 자신의 지위를 확보해달라고 요구했다.

나는 화가 머리끝까지 나서 사신의 목을 치라고 밀명을 내린 뒤, 팽씨를 청수당으로 불렀다. 시종이 팽씨를 앞에 두고 그 편지의 내용을 소리 내어 읽을 때, 눈빛에 혐오를 담아 팽씨의 표정을 살폈다. 팽씨는 처음에는 조금 당황했지만 곧 오만하게 비웃음을 지었다. 입에는 붉은색 앵두 하나를 문 채.

"당신은 도대체 어쩔 셈이오?"

나는 화를 억누르며 다그쳐 물었다.

"제가 뭘 어쩔 생각이었겠어요. 폐하께서 중간에 사신을 막는다는 사실을 아는데요. 하지만 폐하에게 한 가지 알려드리고 싶기는 하군요. 이 문달은 약한 여자이기는 하지만 쉽게 무시당할 사람은 아니랍니다."

"함부로 말하지 마시오. 당신은 한 나라의 왕후이고 나조차 당신을 존중해 마지않는데 감히 누가 당신을 무시한단 말이오?"

"나는 한 나라의 왕후인데도 한낱 경박한 귀비에게 무시당하고 있잖아요!"

팽씨는 입안의 앵두 씨를 뱉어내고 두 손으로 얼굴을 가린 채 왈칵 울음을 터뜨렸다. 그러고는 발을 동동 구르며 하소연했다.

"팽국에 있을 때 저는 부왕과 모후의 금지옥엽이었어요. 어려서부터 남에게 모욕을 당한 적이 없다고요. 그런데 이 재수 없는 섭궁으로 시집와서 천한 여자에게 모욕을 당할 줄 누가 알았겠어요. 혜비가 대체 뭔데? 혜비는 여우고 요괴예요. 대섭궁에 제가 있으면 혜비가 없고, 혜비가 있으면 제가 없어야 해요. 폐하는 어서 선택하세요."

"혜비가 죽기를 바라오?"

"혜비를 죽이거나 아니면 저를 죽이세요. 어서 결정해달라고요."

"만약 둘을 다 죽게 하면 어쩔 거요?"

팽씨는 돌연 울음을 뚝 그치더니 경악의 눈초리로 나를 보았다. 팽씨의 젖은 얼굴에 금세 밉살스러운 조소가 떠올랐다.

"농담이시겠죠. 섭국의 앞날을 그런 농담 한마디로 끝장내실 리가 있나요."

팽씨가 주위를 두리번거리며 말했다.

"섭국의 앞날을 고려하지 않는다면 나는 즉시 당신에게 흰 비단 천을 내려 자결하게 할 거요!"

나는 소매를 떨치고 일어나 팽 왕후를 버려둔 채 청수당을 나왔다. 그러고서 화원에 들어가 한참을 서 있었다. 화원에 가득한 봄꽃은 옛날의 선연한 빛을 잃은 듯했고, 담장을 따라 낮게 나는 제비의 지저귐도 단조롭고 귀에 거슬리기만 했다. 나는 나란히 핀 파초 떨기를 차례로 밟고 또 밟았다. 눈시울이 뜨거워져 손을 대보니 차가운 눈물이 만져졌다.


후비들은 갈수록 심하게 혜비를 공격했다. 황보부인과 맹부인이 내버려둔 탓에 나중에는 더하려야 더할 수 없는 지경까지 이르렀다. 목단원牧丹園에 꽃 감상을 갔을 때의 일이 가장 놀라웠다. 혜비는 상상조차 하기 어려운 모욕과 충격을 받았다. 목단원의 꽃 감상은 황보부인이 매년 여는 궁정 행사였고 왕가의 여자들은 꼭 참석해야 했다. 그런데 초청장을 받은 혜비는 어떤 결과를 예감했는지 당혹스러워하며 물었다.

"아프다고 못 간다고 하면 안 될까요? 그 여자들과 함께 있는 게 너무 무서워요."

나는 혜비를 달랬다.

"그런 자리에서는 너를 괴롭히지 못할 것이다. 가는 게 좋겠다. 황보부인과 또 원한을 맺지 않으려면 말이야."

혜비는 말 못할 심정을 얼굴에 드러내고는 결국 내게 말했다.

"폐하가 가라시니 가야지요. 그 여자들이 감히 저를 어쩔 것 같지도 않고요."

짙은 화장에 화려한 차림을 한 부인들이 목단원에 구름처럼 모여들어 금으로 치장한 황보부인의 수레를 따라 느릿느릿 걸어갔다. 정말로 꽃을 감상하는 사람은 없고 다들 서넛씩 어울려 궁안의 잡다한 소문에 관해 이러쿵저러쿵 귓속말을 했다. 오직 혜비만 일부러 뒤에 처져 걷다가 저도 모르게 화원 가득한 모란꽃에 홀려 걸음이 엉켰다. 그 바람에 앞에 있던 난비의 치맛자락을 밟았고 이로써 급작스레 화가 들이닥쳤다.

"눈먼 암캐 같으니라고."

난비가 눈을 부릅뜨고 돌아보더니 혜비의 얼굴에 침을 퉤 뱉었다. 순간 약속이라도 한 듯 후비들이 일제히 걸음을 멈추고 뒤를 돌아보았다.

"여우."

함비가 말했다.

"요녀."

근비가 말했다.

"천하고 뻔뻔스러운 년."

팽 왕후가 말했다.

처음에 혜비는 저도 모르게 실로 짠 원앙 장식으로 뺨을 닦고서 그것을 깨물었다. 그리고 하나로 똘똘 뭉친 네 후비를 놀란 눈으로 살폈다. 자기 귀가 의심스러운 듯했다. 고개 숙여 자기 발을 보고서야 혜비는 무엇 때문에 그런 상스러운 욕이 날아왔는지 깨달았다.

"지금 저를 욕하는 건가요?"

혜비는 얼떨결에 난비의 손을 잡고 진지하게 말했다.

"어쩌다 실수로 밟은 거예요."

"실수는 무슨 실수. 일부러 나를 망신 주려고 한 거면서."

난비는 비웃으며 혜비의 손을 뿌리치고는 계속 트집을 잡았다.

"내 손은 왜 잡는 거야? 가서 폐하 손이나 잡으라고."

"남의 손을 잡는 게 습관인 게야. 안 그러면 불안하니까. 품주의 천한 년들은 다 저 모양이지."

팽 왕후가 혜비를 똑바로 쳐다보며 시비를 걸었다.

혜비는 가을 풀이 세찬 바람에 눕듯이 천천히 땅바닥에 주저앉았다. 목단원에 모인 여자들이 전부 걸음을 멈추고 혜비 쪽을 두리번거렸다. 혜비의 대꾸는 잠꼬대마냥 두서없었고 돌연 목단원의 꽃들이 한줄기 붉은 광채를 뿜었다. 혜비는 그 광채 속에서 까무러쳤다. 나중에 누가 내게 말해주길, 혜비는 그날 계속 이렇게 외쳤다고 한다. 폐하, 저를 구해주세요. 하지만 나는 그때 은밀히 궁을 빠져나가 연랑과 함께 도읍의 광장에서 광대들의 공연을 보고 있었다. 그날은 신기한 줄타기 공연이 없었다. 그래서 재미를 못 느끼고 저물녘에 궁에 돌아왔더니 바로 혜비가 모욕을 당했다는 소식이 들려왔다.

화원에 꽃들이 만개하는 춘삼월, 혜비는 병이 나 드러누웠다. 혜비의 애달픈 눈동자가 내 동정심을 더 돋우었다. 그런데 태의가 와서 진맥을 하더니 곧장 놀랄 만한 소식을 아뢰었다.

"폐하, 경하드리옵니다. 귀비 마마가 회임을 하신 지 벌써 석 달이 넘었습니다."

나는 난생처음 아비가 되는 희열에 우울한 기분이 싹 가셨다.

그 자리에서 태의에게 큰돈을 상으로 주고 물었다.

"어린 천자는 언제쯤 태어나는가?"

태의가 손가락을 꼽아보고 아뢰었다.

"가을이 지나면 해산하실 겁니다."

나는 또 물었다.

"남자인지 여자인지 알 수 있는가?"

양쪽 귀밑머리가 다 희끗희끗한 태의는 잠시 생각하다 말했다.

"천자 아기씨일 것으로 사료됩니다. 귀비 마마의 체질이 허약해 혹시 용태龍胎에 이상이 있을까 염려되지만 정성껏 조섭하면 괜찮으실 겁니다."

나는 혜비의 침상에 다가가 그녀의 매끄러운 두 손을 쥐고 품에 꼭 안았다. 내가 여자에게 사랑을 표현하는 방식이었다. 혜비는 병상에 누워 있는데도 귓가에 붉은 꽃을 비스듬히 꽂고 병색 짙은 얼굴에도 두껍게 분을 바른 상태였다. 그녀는 웃고 있었지만 그 웃음 뒤의 슬픔을 내게 숨기지는 못했다. 나는 문득 눈앞의 혜비가 마치 종이로 만든 사람처럼 반은 내 품에 있고 반은 팔랑팔랑 나부끼고 있는 듯한 느낌을 받았다.

"회임한 지가 석 달이 넘었는데 왜 내게 말하지 않았느냐?"

"무서웠습니다."

"무섭긴 뭐가 무섭단 말이냐? 이것이 섭궁의 큰 경사임을 몰랐단 말이냐?"

"소문이 너무 빨리 새나가 무슨 화를 부르지는 않을까 무서웠습니다."

"그 여자들의 시기가 무서운 게냐? 네게 해를 가할까봐?"

"무섭습니다. 무서워 죽겠습니다. 그분들은 지금도 저를 용납하지 않는데 제가 먼저 용태를 배어 비빈들이 누릴 영광을 차지한 것을 알면 어찌 달가워하겠습니까. 분명 무슨 일이든 저지르려 할 겁니다."

"두려워 마라. 네가 왕자만 낳으면 내가 기회를 봐서 저 악독한 팽국 여자를 폐하고 너를 왕후로 세울 것이다. 전대의 선왕도 그런 적이 있다."

"하지만 저는 그래도 무섭습니다."

혜비는 얼굴을 가리고 흐느껴 울면서 바람 속의 버드나무처럼 내 어깨에 몸을 기대왔다.

"제가 무서운 건 바로 순조롭게 해산을 못해 폐하의 두터운 기대를 저버리는 겁니다. 폐하는 모르시는 게 있어요. 역대로 궁내에는 태아를 없애려는 독계가 난무했지요. 제가 무서운 건 바로 그 독계를 못 막는 거랍니다."

"어디서 그런 황당한 얘기를 들었느냐?"

"일부는 듣고 일부는 짐작한 겁니다. 세상에 여자의 마음만큼 독한 건 없지요. 오직 여자만이 여자의 뱀 같고 전갈 같은 마음을 꿰뚫어볼 수 있고요. 저는 무서워 죽겠습니다. 폐하만이 저를 지켜주실 수 있어요."

"어떻게 지켜주기를 바라느냐? 얼마든지 말해보아라. 내 당연히 사랑하는 너를 지켜줄 것이다."

"여기 이명각으로 침소를 옮기시거나 저를 청수당에 기거하게 해주세요. 폐하가 밤낮으로 보호해주셔야만 횡액을 면할 수 있습니다."

혜비는 물기어린 눈에 한껏 기대를 담고 나를 응시하다가 그것도 모자라 갑자기 침상 위에서 절을 하며 애걸했다.

"허락해주세요, 폐하. 부디 저와 아기의 목숨을 구해주세요!"

입이 얼어붙은 나는 고개를 돌려 혜비의 눈빛을 피했다. 섭궁의 군왕으로서 나는 그것이 혜비의 헛된 바람임을 알고 있었다. 궁정의 예에 위배될 뿐만 아니라 제왕의 보편적인 생활 규범과도 거리가 멀었다. 내가 그 바람을 받아들인다 해도 섭궁의 위아래 사람들 모두 받아들이지 않을 게 뻔했다. 또 내가 허락하더라도 혜비 역시 해내지 못할 가능성이 컸다. 그래서 나는 완곡하게 혜비의 청을 거절했다.

혜비의 흐느낌은 더 애처로워졌고 끝도 없이 이어졌다. 내가 아무리 달래도 그녀의 상처 입은 마음을 가라앉힐 수가 없었다.

내가 손등으로 눈물을 닦아주었지만 혜비는 계속 샘물처럼 펑펑 눈물을 쏟아냈다. 결국 짜증스러워진 나는 비통해하는 그녀를 툭 밀고서 오색 병풍 밖으로 걸어갔다.

"침소를 옮기는 건 절대 안 된다. 네가 청수당으로 오는 것도 섭궁의 명예를 해치는 일이고. 만약 다른 청이 있다면 내가 다 들어주마."

오색 병풍 너머의 흐느낌이 돌연 뚝 그쳤다. 그러더니 바득바득 이 가는 소리가 들렸다.

"그러면 폐하가 제 분을 대신 풀어주십시오. 친히 난비, 함비, 근비를 벌해주세요. 정말로 저를 아끼신다면 팽 왕후도 죄를 물어주시고요. 곤장 백 대, 이백 대를 내려 그 여자들을 죽여주시면 제 마음이 행복해질 거예요."

나는 경악을 금치 못했다. 이처럼 원한에 사무친 소리가 혜비의 입에서 나왔다는 사실을 믿을 수가 없었다. 나는 다시 몸을 돌렸다. 슬픔이 극에 달해 악에 받친 혜비의 표정과 형형한 눈빛이 눈에 들어왔다. 지금껏 여자에 대한 기존의 내 순진한 판단을 믿을 수 없게 됐다. 오색 병풍 뒤의 저 여자가 천진하고 온화한 혜비라니, 상상도 할 수 없었다. 귀비로 지낸 일 년여의 생활이 그녀를 달라지게 한 걸까, 아니면 나의 총애가 정말로 그녀를 망쳐놓은 걸까. 나는 병풍 밖에서 한참 동안 침묵을 지키다가 한마디도 하지 않고 이명각을 나왔다.

사직도 위험하고 궁정도 위험하지만 여자의 마음은 더 위험하구나. 이명각의 계단을 내려오며 불현듯 슬퍼진 나는 뒤에 있던 시종에게 말했다.

"혜비까지 저렇게 되었으니 섭국의 재난이 정말 머지않았구나."

나는 저도 모르게 죽은 시종 손신의 예언을 따라했다. 시종은 그 뜻을 이해하지 못했지만 나는 내 말에 스스로 놀라 펄쩍 뛰었다.

나는 혜비의 분을 풀어주려고 다른 후비들에게 곤장을 내리지는 않았다. 하지만 혜비의 임신이 정말로 시기와 질투를 부를까 염려되기는 했다. 사관은 실제로 각국 궁정에서 태아를 없애려는 음모가 적지 않았다고 넌지시 일러주었다. 이에 내가 마땅히 취할 만한 조치는 혜비의 임신 사실을 숨기는 것밖에 없었다. 태의와 이명각의 태감, 궁녀에게 이 비밀을 지키도록 엄명을 내렸다.

하지만 내가 헛수고를 했음이 곧 드러났다. 며칠 뒤 함비의 이방루怡芳樓에 들러 잠깐 쉬고 있는데 함비가 내게 달라붙어 아양을 떨다가 갑자기 귓속말로 물었다.

"혜비가 회임을 했다고 하던데 정말인가요?"

"누가 그러더냐?"

나는 깜짝 놀랐다.

"맹부인이 저와 근비에게 말씀해주셨지요."

함비가 자못 의기양양하게 말했다.

"맹부인은 또 누구한테 들었고?"

"맹부인이 다른 사람에게 들을 필요가 있나요. 폐하도 그분이 낳아 키웠는데. 그날 목단원에서 꽃을 감상할 때 혜비가 임신한 걸 한눈에 알아보셨대요."

함비는 내 표정을 훔쳐보며 억지웃음을 지었다.

"폐하, 왜 이렇게 안절부절못하세요? 혜비는 비록 저처럼 측실일 뿐이지만 어쨌든 이건 궁중의 경사잖아요."

나는 어깨를 감아오는 함비의 손을 밀어내고 난간에 기댄 채 멀리 푸른 버드나무와 어우러진 이명각의 붉은 유리기와를 바라보았다. 그곳의 병든 여인은 깊이를 알 수 없는 어둠 속에 잠들어 있었다. 나는 난간을 두드리며 길게 탄식했다. 이명각에서 불길한 붉은빛이 눈을 찌르며 솟구쳐오르는 듯했다.

"너희는 혜비를 대체 어쩔 셈이냐?"

"폐하, 그게 무슨 말씀이세요. 저와 혜비는 우물물과 강물처럼 서로 무관한데 제가 혜비를 뭘 어쩌겠어요."

함비는 교묘히 내 추궁을 피하면서 연하당 쪽을 향해 붉은 소매를 흔들었다.

"저로서는 감당 못할 말씀이에요. 그 말씀은 마땅히 왕후 마마께 가서 하셔야지요."

함비와 근비가 이명각의 소식을 알고 있으니 팽씨도 틀림없이 알고 있으리라 짐작했다. 과연 이튿날 팽씨가 청수당으로 찾아와 혜비의 회임을 축하했다. 팽씨의 억지웃음과 뿌루퉁한 말투가 내 심기를 건드렸다. 나는 팽씨에게 아무 말도 하고 싶지 않아 그저 한마디 차가운 말을 던졌다.

"속이 부글부글할 텐데 연하당에 돌아가 대성통곡이라도 해야 하지 않소?"

팽씨는 잠깐 놀라더니 입가에 또 알 듯 말 듯한 미소를 띠며 말했다.

"저를 얕보시는군요, 폐하. 한 나라의 왕후로서 제가 어찌 측실과 경쟁을 하겠습니까. 어쨌든 후비들 중 먼저 용태를 가졌으니 혜비는 정말 복이 많아요. 언니로서 잘 돌봐줘야겠어요."

임신한 혜비는 화살에 놀란 새처럼 경계심이 많아졌다. 궁녀들이 가져오는 음식을 그냥 먹는 법이 없었다. 요리사가 후비들과 결탁해 식사와 간식에 독을 넣었을까봐 어떤 음식이든 먼저 궁녀가 맛을 본 뒤에야 젓가락을 댔다. 또한 임신한 혜비는 미모가 나날이 퇴색하고 초췌해졌으며 수려한 이목구비에 원한과 슬픔이 맺혔다. 나는 이명각에 가서 혜비를 만날 때마다 종이로 만든 사람이 바람에 나부끼는 듯한 느낌을 받았다. 하지만 가엾은 혜비가 바람에 나부끼는데도 내게는 사면팔방에서 불어오는 그 바람을 막아줄 방도가 없었다.

혜비는 팽 왕후가 보내오는 음식을 죄다 고양이에게 먹인다고 내게 말했다. 팽 왕후도 그 사실을 알고 있었다. 하지만 그래도 매일 사람을 시켜 갖가지 음식을 보냈다. 비바람이 몰아치는 날도 예외가 아니었다.

나는 팽씨가 무슨 꿍꿍이수작을 하는지 알 수가 없었다. 혜비가 충혈된 눈으로 내게 말했다. 제가 안 먹을 줄 알면서도 왜 날마다 보내는 걸까요? 설마 그릇마다, 접시마다 내 마음이 흔들릴 거라고 기대하는 걸까요?

나는 난간에 엎드려 조는 고양이를 보았다. 중독된 기미는 전혀 없었다. 가끔씩 여자들의 생각은 참으로 해괴하고 신비하기 짝이 없었다. 나는 혜비의 피해망상을 없애주지도 못했고, 팽씨가 무슨 수작을 부리는지 간파하지도 못했다.

나는 여인들의 암투에 휘말린 제왕일 뿐이었다. 후궁들 사이를 바삐 오가다 왕관과 황금 신에 홍분과 향수가 묻었으며 때로는 오물이 튀기도 했다. 하지만 그 모든 것이 자연스러웠다.

# 3

그해 봄, 섭국 남부의 농촌은 메뚜기떼의 습격을 당했다. 메
뚜기떼는 까만 폭풍처럼 남부의 하늘을 뒤덮고 며칠 만에 들판
의 파란 모종을 깡그리 갉아먹었다. 농민들은 재해를 당한 들판
앞에서 목놓아 울었으며, 하필 춘궁기에 이런 재앙을 내린 하늘
을 저주했다. 논밭 사이에서 죽은 메뚜기를 찾아 모으면서 사람
은 배가 고픈데 벌레는 배가 불러 죽었다고 불평했다. 분노와 절
망에 빠진 농민들은 죽은 메뚜기를 타작마당에 여기저기 산처럼
쌓아 불을 질렀다. 불은 이틀 밤낮을 타서 퀴퀴한 연기가 백 리
밖 이웃나라의 성까지 퍼졌다 한다.

조정의 신하들은 심각한 표정으로 메뚜기떼의 재해에 관해 이
야기했다. 남부의 한 해 농사가 끝장난 탓에 가을 이후 전국에

기근과 민란이 일어날 수도 있다고 걱정했다. 으레 있는 조회에서도 온통 메뚜기 이야기뿐이어서 나중에는 온몸이 근질근질해질 지경에 이르렀다. 하늘에 자욱한 메뚜기떼가 번심전까지 쳐들어온 느낌이었다. 나는 옥좌에 앉아 안절부절못하다가 쉴새없이 아뢰던 풍오의 말을 끊었다.

"메뚜기 이야기는 그만 좀 하지. 다들 다른 할 이야기는 없는가? 뭐든 괜찮다. 메뚜기 이야기만 아니면."

풍오는 말문이 막혀 조용히 물러났다. 이번에는 예부상서 안자경顔子卿이 앞으로 나와 상소문을 바치며 말했다.

"배현培縣 현령 장개張愷가 이번 재해에 백성들을 위해 목숨을 바쳤습니다. 부모의 마음으로 백성들을 살핀 관리의 미덕과 지조를 표창해주시길 청합니다."

내가 물었다.

"장개는 어떻게 백성들을 위해 목숨을 바쳤는가? 메뚜기에 물려 죽기라도 한 것인가?"

안자경이 흥분한 표정으로 아뢰었다.

"장 현령은 메뚜기에 물려 죽은 게 아니라 다량의 메뚜기를 먹고 죽었습니다. 그날 관리들을 데리고 밭에서 메뚜기를 잡다가 효과가 없자, 정신이 나가서 잡은 메뚜기를 몽땅 집어삼켰습니다. 그 자리에 있던 백성들이 감동해 눈물을 흘렸다고 합니다."

안자경의 말을 듣고 나는 웃고 싶었지만 그럴 수는 없었다. 어물어물 그의 청을 들어주며 말했다.

"메뚜기는 모종을 먹고 현령은 메뚜기를 먹었군. 세상이 넓으니 별일이 다 있군그래. 조금 얼떨떨하군."

나는 정말 얼떨떨했다. 배현 현령이 메뚜기를 먹어치운 일은 황당하기도 하고 비장하기도 했지만 미덕과 지조로 표창할 일인지는 긴가민가했다. 조정에서 정사를 보다 이처럼 난처한 경우에 처할 때면 동문서답을 하곤 했다.

"혹시 곡마단의 줄타기를 본 적이 있는가?"

나는 불쑥 풍오와 안자경에게 물었다.

의외의 질문을 받은 둘은 내 의도를 파악 못해 입을 열지 못했다. 그런데 바로 그때 번심전 밖에서 시끄러운 소리가 들렸다. 전각 안을 지키던 호위병들이 앞다퉈 밖으로 뛰어나갔다. 알고 보니 함부로 왕궁에 뛰어든 자가 호위병들에게 붙잡혔다고 했다. 나는 그자의 거칠고 격앙된 남부 사투리를 똑똑히 들었다.

"비켜라, 나는 폐하를 뵈러 왔다!"

그날 나는 호기심에 그 난입자를 불러들였다. 호위병들이 붙잡아 온 자는 사십이 넘어 보이는 남루한 옷차림의 농부였다. 사내는 얼굴이 누렇게 뜨고 피곤한 표정이었지만 매 같은 두 눈에서는 늠름한 빛이 번쩍였다. 나는 그의 옷에서 채찍과 몽둥이로 고문당한 자국을 보았다. 드러난 발가락 사이에도 협형夾刑*을 당해 생긴 피멍이 있었다.

"너는 누구인데 감히 왕궁의 조정까지 난입했느냐?"

"농부 이의지李義芝라고 합니다. 죽음을 무릅쓰고 백성들을 위해 청을 드리러 왔습니다. 부디 성은을 베푸셔서 재해 지역 백성들의 청묘세, 인정세, 관개세**를 면제해주십시오."

"백성이 땅을 경작하고 세금을 내는 것은 정해진 이치인데 왜 면제해달라는 것이냐?"

"살펴주십시오, 폐하. 남부는 메뚜기의 해를 입은 곳마다 모종이 사라지고 전답이 황폐해졌는데 청묘세가 웬 말이며 관개세가 웬 말입니까. 인정세는 더욱더 가혹하고 이치에 맞지 않습니다. 재해 지역 백성들은 지금 푸성귀와 나뭇잎으로 연명하며 매일 추위와 배고픔으로 사람이 죽어나가고 있습니다. 이처럼 백성들이 도탄에 빠져 있는데 조정에서는 이재민을 구제하기는커녕 장정마다 무거운 세금을 부과해 세리들이 매일 독촉을 해대니 실로 살 길이 없습니다. 만약 폐하가 면세의 조칙을 즉시 내려주시지 않는다면 남부는 필히 민심이 어지러워질 겁니다."

---

* 쇠집게를 죄인의 발가락에 끼워 조이는 형벌.
** 각각 모종에 부과하는 세금, 장정 한 사람마다 부과하는 인두세, 관개사업을 위해 부과한 세금을 뜻한다.

"섭국은 이미 충분히 어지러운데 더 어지러울 수 있겠느냐?"

나는 이의지의 말을 끊고 물었다.

"말해보아라. 얼마나 더 어지러워진단 말이냐?"

"의협심 넘치는 이들이 봉기해 부패한 조정에 반항하고, 탐관오리들이 국난을 틈타 위아래를 속이며 제 배를 불리고, 호시탐탐 기회를 엿보던 안팎의 적들이 정권을 탈취해 왕조를 바꾸려는 흑심을 드러낼 겁니다."

"한낱 평민이 감히 내 앞에서 이런 위험천만한 말을 하다니."

나는 웃음이 났다. 이의지에게 물러가라고 명하며 말했다.

"함부로 조정에 난입했으니 당장 때려죽여 마땅하지만 목숨을 걸고 직간한 것이 가상해 살려주도록 하마. 집에 돌아가 농사에 전념하여라."

성은을 받들어 물러날 때 이의지의 눈에는 뜨거운 눈물이 가득했다. 그는 마지막으로 품에서 수건을 꺼내 바닥에 펼쳐놓았다. 수건에는 까맣게 마른 메뚜기 한 마리가 놓여 있었다. 그러고선 아무 설명도 하지 않았다. 신하들은 눈을 크게 뜨고 농민 이의지가 번심전을 걸어나가는 모습을 지켜보며 저마다 소곤소곤 귓속말을 나눴다. 역시 온통 메뚜기에 관한 말뿐이었다.

나는 이의지가 성은을 입고 고향으로 돌아가리라고만 생각했다. 그렇게 풀어준 것이 훗날 내게 치명적인 자충수가 될 줄은 꿈에도 몰랐다.

사월에 배현, 탑현塌縣, 혜현螇縣, 간현澗縣의 농민과 장인들이 홍니하紅泥河 기슭에서 제천회祭天會라는 이름으로 봉기했다. 제천회는 홍니하를 따라 서쪽으로 출발해 남부 운주雲州의 현 여덟 개를 가로질렀다. 그 길에서 말과 병사들을 끌어들여 금세 만 명이 넘는 대군으로 불어났다.

궁궐은 이 소식이 전해지자 충격에 휩싸였다. 섭국의 이백 년 역사에서 백성들은 언제나 온순했고 분수를 지켜왔다. 제천회의 갑작스러운 반란은 조정 전체를 긴장과 혼란에 빠뜨렸다.

승상 풍오가 내게 아뢰었다.

"제천회의 우두머리는 바로 일전에 궁에 난입했던 농민 이의지라고 합니다."

얼굴 검은 사내의 늠름한 눈빛과, 번심전에서 그가 보인 비범한 언행이 떠올랐다. 어리석게도 호랑이를 산으로 돌려보낸 것이다.

"반란은 메뚜기의 재해가 원인인가?"

내가 풍오에게 물었다.

"재해 뒤의 세금 부과가 원인입니다. 반군의 대다수는 남부 재해 지역 백성들입니다. 조정의 무거운 세금에 반발한 것이지요.

지금 이의지는 세금에 저항하고 재해를 구제하자는 구호로 민심을 현혹하고 있습니다."

"그러면 잘됐군. 저들이 세금을 내고 싶지 않다면 내가 남부의 세금을 면제해주겠다고 조칙을 내리면 되지 않나. 그것 말고 저들은 또 뭘 원하지? 무력으로 내 대섭궁에 쳐들어오겠다?"

"세금에 저항하고 재해를 구제한다는 것은 제천회의 명분일 뿐입니다. 이의지는 본래 남부 농촌에서 의협심이 강하기로 유명하고 야심이 커서 강호의 온갖 사람들과 교분이 두터웠습니다. 아마도 그자는 왕조의 교체를 도모하는 듯하니 그 위험이 외적의 침입보다 더하면 더했지 못하지 않습니다. 절대로 예사로이 보시면 안 됩니다, 폐하."

그런 폭도들을 상대하는 방법은 하나밖에 없었다.

"죽여라."

나는 이 익숙한 말을 내뱉자마자 이상한 현기증을 느꼈다. 몇 년 전 그 열병의 고통이 되살아나는 듯했다. 더 불가사의하게도 곧 번심전 전체가 흔들리면서 흐릿한 붉은빛 속에 죽은 양씨 형제의 피투성이 몸이 나타나 움직였다 멈췄다 했다.

"죽여라."

나는 얼떨떨한 상태에서 되풀이해 말했다. 강한 바람이 불어와 구슬로 엮은 발을 말아올렸고, 양동의 누런 가죽이 날아와 옥좌 위를 천천히 맴돌며 내 뺨을 스쳤다. 결국 나는 옥좌에서 뛰어내려 승상 풍오를 부둥켜안았다.

"죽여라, 죽여!"

나는 두 손으로 허공을 마구 움켜잡으며 풍오에게 미친듯이 외쳤다.

"저놈을 죽여라, 저놈들을 죽여라!"

"폐하, 초조해하지 마십시오. 제가 두 부인과 상의해보겠습니다."

승상 풍오가 침착하게 말했다. 풍오의 눈빛이 내 손을 좇아 허공을 훑었다. 하지만 풍오는 그 무시무시한 사람 가죽을 보지 못했다. 그는 아무것도 보지 못했다. 오직 나만 대섭궁의 유령을 볼 수 있었다. 다른 사람들은 보지 못했다.

병부시랑 곽상郭象이 군대를 이끌고 남쪽 정벌을 가기 전에 군령장을 조정에 바쳤다. 이번 남쪽 정벌에서 승리하지 못하면 하사받은 용천검龍泉劍으로 스스로 목숨을 끊겠다고 했다. 곽상은 용감하고 전투에 능하기로 이름난 인물이어서 조정의 신하들은 모두 그의 정벌을 낙관했다. 그런데 뜻밖에도 보름 뒤, 남부에서 실망스러운 소식이 전해졌다. 곽상이 홍니하에서 패했으며 죽거나 다친 관군이 부지기수라는 것이었다. 제천회는 그들의 시체를 홍니하 양쪽 강변에 둑처럼 높이 쌓았다고 했다.

제천회는 홍니하 남쪽 기슭에서 상대가 깊숙이 들어오도록 유도했고 곽상은 승리에 급급한 나머지 밤을 새워 대나무 뗏목을 만들게 했다. 동틀 녘에 관군이 뗏목을 타고 강을 건너는데, 예기치 않게 대나무 뗏목들이 강 한가운데서 한꺼번에 풀어지고 말았다. 물에 익숙지 않은 북방의 병졸들은 강물에 빠지자 떠내려가는 대나무를 서로 붙잡으려고 아우성을 쳤다. 이렇게 곽상의 군대가 엉망으로 진형이 흐트러지자 남쪽 기슭에서 백 명의 궁수들을 거느리고 기다리던 이의지가 미친듯이 웃음을 터뜨렸다. 곧바로 화살 백 대가 일제히 날아왔고 강물 위로 참혹한 비명소리가 울려퍼졌다. 잠시 후 수면 가득 시체가 떠올라 하류를 향해 세차게 흘러갔다. 대섭국의 흑표기도 그 피와 시체의 물결 속으로 사라졌다.

곽상은 혼란 속에서 헤엄을 쳐 북쪽 기슭으로 돌아왔고 즉시 말을 달려 강변 어촌 마을에 가서 뗏목을 만든 사공들을 살해했다. 이런 참패는 난생처음이었던 곽상은 제정신이 아니었다. 사공 세 명의 머리를 들고 도읍으로 치달으며 내내 통곡을 그치지 못했다. 곽상은 이틀 만에 산발에 피투성이 얼굴을 하고 도읍 성문 앞에 나타났다. 그는 들고 있던 머리 셋을 참호에 내던진 뒤, 말을 몰아 성을 지키던 병졸 앞으로 가서 물었다.

"나를 아느냐?"

"병부시랑 곽 대장군 아니십니까. 제천회를 토벌하러 군대를 이끌고 남부로 가셨었지요."

병졸이 답했다.

"맞다. 하지만 나는 이제 자결을 해야 한다."

곽상은 용천검을 뽑아들고 병졸에게 웃으며 말했다.

"가서 폐하께 아뢰어라. 곽상이 패하여 섭국의 강산이 바람 앞의 촛불이 되었다고."

곽상이 죽기 전 남긴 말은 도읍 안팎에 널리 전해졌고 조정의 수많은 문무백관을 분노하게 했다. 곽상이 홍니하에서 패한 후 며칠 동안, 매일같이 출정을 자원하는 신하들이 번심전에 찾아왔다. 그들의 표정에는 이의지와 제천회를 깔보는 마음이 가득했다. 관군의 패배도 곽상이 무작정 강을 건너려 한 탓이라고만 생각했다. 그래서 물에 익숙한 정예부대만 조직하면 한 달 안에 제천회를 진압할 수 있다고 자신했다.

내가 보기에 출정을 청하는 상소문은 모두 진심이 아니었으며 그 허언 뒤에는 승진을 노리거나 이름을 떨치려는 사욕이 숨은 듯했다. 모두 과장되고 비현실적이었다. 이런 의심 때문에 남부 정벌을 맡을 장수를 좀처럼 고르지 못했다. 병상에 누워 있던 황보부인은 이를 불만스러워했다. 그녀는 이의지의 제천회가 언젠가 금수당에 들이닥쳐 자신을 끝장낼까 두려워하는 듯했다. 얼마 후 황보부인은 직접 장수를 정하고 급히 궁으로 불러들였다. 그는 바로 이미 여러 해 서북쪽 변경을 지켜온 표기대장군 단문이었다.

나는 황보부인의 결정을 돌이킬 수 없었다. 단문보다 더 적합한 인물을 고를 능력도 없었다. 나의 배다른 형제이지만 내게 다른 마음을 품고 있는 원수, 쫓겨난 지 몇 년 만에 섭궁에 돌아오며 어떤 심정일까?

단문이 올 때가 가까워지자 나는 마음이 착잡해졌다. 그 음울하고 냉랭한 표정이 떠오를 때마다 마음속에 뭔가 낯설고 무거운 것이 쿵 하고 떨어지는 듯했다. 당시에는 눈치 빠르고 말재주 좋은 함비가 내 총애를 받았다. 함비는 비단 금침 속에서 예민하게 내 기분을 헤아리고는 계속 무슨 일인지 에둘러 물었다. 나는 그녀에게 하소연할 생각이 없어 농담으로 얼버무렸다.

"늑대 한 마리가 돌아와 사람을 물 것 같거든."

"천하의 대섭왕이 늑대가 무서우시다고요?"

함비가 입을 가리고 웃더니 나를 곁눈질했다. 애교스러우면서도 내 속을 저울질하는 눈빛이었다.

"맹부인이 그러시는데 단문 왕자가 곧 궁에 온다더군요. 혹시 단문 왕자가 늑대라면 폭도들과 싸울 때 선봉에 서게 하세요. 그래서 죽거나 다치면 폐하께는 일거양득이잖아요."

"헛소리는 집어치워라. 너희 아녀자들의 똑똑한 체하는 소리
는 아주 질색이다."

나는 불쾌해져 함비의 말을 끊었다.

"앞으로 어떻게 될지는 하늘만이 안다. 어떤 일이든 인간의 계
산으로는 하늘의 계산을 따라갈 수 없다. 단문은 평범한 작자가
아니어서 단문이 나선다면 남쪽 정벌은 팔 할은 승산이 있지. 나
는 단문이 죽는 것을 바라지 않는다. 죽더라도 이기고 돌아와서
죽어야 한다."

이미 함비에게 내 속내를 드러낸 셈이었다. 늑대를 때려잡을
방법을 애써 찾는 중이었다. 어린 나이에 등극한 제왕으로서 국
정과 궁정의 예의를 살피는 지식은 보잘것없었다. 그러나 야심
과 음모를 식별하기 위해 제왕에게 꼭 필요한 예민함과 경계심
은 갖고 있었다. 나는 단문이 한 마리 늑대이며 상처 입은 늑대
는 장차 더 흉악하게 변한다고 굳게 믿었다.

이방루의 아름다운 밤 풍경이 물시계 소리에 잠겨 온통 괴괴
해졌다. 모든 것이 흡사 종이로 만들어진 듯했다. 바람 소리, 담
장 위 푸른 풀이 바람에 떠는 소리가 들렸다. 문득 오래전 승려
각공이 한 말이 떠올랐다.

"이 대섭궁이 영원히 굳건하리라 부디 생각하지 마십시오. 사

방에서 불어오는 바람에 휘말려 순식간에 산산조각이 날 수도 있습니다."

그는 이런 말도 했다.

"어느 날 왕이 되신다면, 그래서 궁궐 가득 미녀와 보물을 갖게 되신다면, 바람 속에 떠도는 낙엽처럼 허허로운 자신을 느끼는 날도 틀림없이 오고 말 것입니다."


광유대장군 단문이 도읍에 도착했을 때 어떤 이는 성루 위에서 폭죽을 터뜨리고 악사들은 열을 지어 풍악을 울리며 영웅의 귀환을 환영했다. 그것은 의심의 여지 없이 평친왕不親王 단무가 준비한 의식이었다. 단무는 수레에서 뛰어내려 한쪽 신이 벗어진 것도 모른 채 친형의 이름을 외치며 달려갔다. 그들 형제가 성문 앞에서 부둥켜안고 통곡하는 광경을 보고 사람들은 오랫동안 탄식을 했다. 나도 깊은 슬픔과 실의를 느꼈다.

단문은 내 형제가 아니었다. 내게는 신하와 백성이 있을 뿐 형제는 없었다.

나는 황보부인의 뜻을 따르지 않았다. 그녀는 내가 단문에게 지휘관의 인장을 수여하기를 바랐다. 하지만 나는 총관태감 연랑의 계책에 따라 단문을 환영하는 별도의 의식을 준비했다. 검을 겨루게 해 승자에게 인장을 수여하는 것이었다. 단문의 상대는 내게 여러 차례 출정을 청했던 참군 장직張直이었다. 말하기 힘든 내 복잡한 심경과 연랑의 계책이 완벽하게 들어맞는다고 생각했다. 그 환영식은 단문에게 일종의 경고이자 위협이면서 적절한 타격이 될 것이 틀림없었다. 또한 내게는 누가 이기고 지든 흠잡을 데 없는 싸움 놀이가 될 터였다.

아침에 약속 장소인 후원에서 단문을 만났다. 북쪽 변경의 모래바람은 그의 창백한 뺨을 까맣게 태우고 호리호리했던 몸을 훨씬 건장하게 만들었다. 단문이 왕명을 받들어 검을 쥐고 다가왔다. 단순하고 노는 데만 열심인 그의 동생, 평친왕 단무가 그 뒤를 따랐고 한 무리의 호위병들이 말을 끌고 숲 앞에 경건히 서 있었다. 오래 보지 못한 사이에 어떤 신비하고 그윽한 기운이 단문의 얼굴에 서렸음을 발견했다. 또한 그의 일거수일투족은 죽은 부왕과 한층 더 빼닮은 듯했다.

"제가 돌아왔습니다. 폐하의 뜻을 모두 받들겠습니다."

단문이 고개를 들고 다가와 내 앞 세 자 거리에서 무릎을 꿇었다. 나는 그가 어색한 자세로 무릎을 꿇는 것에 주목하며 물었다.

"왜 궁으로 불렀는지 아는가?"

"압니다."

단문이 얼굴을 들고 나를 똑바로 보며 말했다.

"다만 폐하의 의중은 잘 모르겠습니다. 이미 남쪽 정벌의 중책을 이 단문에게 내리셔놓고 왜 또 장 참군과 검을 겨루라고 하시는 겁니까?"

잠시 생각한 후 단문의 질문에 답했다.

"이유는 간단하다. 네가 범인凡人으로서 공을 세워 천자의 제위를 도모하려면 여러 관문을 통과해야 하고, 장 참군과 검을 겨루는 것은 그중 첫 관문일 뿐이다."

이윽고 나는 내 뒤에 있던, 뛰어난 검술로 군대 내에서 명성이 자자한 참군 장직을 불러냈다.

"이 시합은 생사로 승부가 가려질 것이며 승자는 남쪽 정벌을 총괄하고 패자는 무덤에 묻힐 것이다. 누구든 이를 받아들일 수 없다면 지금 당장 물러나라."

"물러나지 않겠습니다. 생사의 맹약을 받아들이겠습니다."

참군 장직이 말했다.

"저는 더더욱 물러나지 않겠습니다."

단문의 가늘고 긴 눈에 예의 차가운 빛이 스쳤다. 단문이 후원 주위를 휙 둘러보고는 경멸의 미소를 지었다.

"제가 천릿길을 무릅쓰고 궁에 돌아온 것이 바로 생사를 결정하기 위해서였습니다."

단문은 이렇게 말하면서 동생 단무와 마주 웃었다.

"제가 장 참군의 검에 죽는다면 단무가 제 시신을 수습해줄 겁니다. 이미 준비를 다 마쳤습니다."

평친왕 단무가 돌의자에 앉았다. 차림새가 무대의 배우처럼 해괴하고 저속했다. 화려한 빨강 두루마기에 배船 모양의 가죽 모자, 금테를 두른 허리띠와 굽 높은 검정 장화까지 죄다 저속했다. 단무를 볼 때마다 그가 궁 안에서 저지른, 입 밖에 내기도 힘든 추잡한 일들이 떠올라 혐오스럽기 그지없었다. 단무가 뭐라고 나지막이 중얼거리고 있었다. 나를 저주하고 있는 듯했지만 그런 쓸모없는 놈과 말을 섞고 싶지 않았다.

잠시 후 나는 더없이 뛰어난 결투를 지켜보았다. 새소리조차 들리지 않는 후원에서 상대의 목숨을 노리는 격한 숨소리와 검날이 부딪치는 소리만 울려퍼졌다. 춤추는 검 그림자가 후원의 상쾌한 공기를 메마르고 무겁게 만드는 한편, 많은 사람들의 얼굴을 미묘한 흥분으로 붉게 물들였다. 단문과 장직은 커다란 측백나무를 돌며 서로 검을 찔렀다. 단문은 궁정 무사들의 백원검白猿劍을 계승해 보법이 가볍고 여유가 있었으며 검은 정확하면서도 힘이 있었다. 이와 비교해 참군 장직은 강호에서 유행하는 매화검을 썼는데 기세가 거칠고 민첩했다. 매화꽃이 떨어지는 듯한 장직의 공격에 단문의 방패에서 귀를 찌르는 타격음이 잇따라 울렸다. 나는 단문이 막으며 물러서다가 노란 천을 덮은 관 위로 훌쩍 뛰어오르는 것을 보았다. 장직도 뒤따라 몸을 날렸다. 순간 나는 이 싸움놀이가 막바지에 이르렀다는 것을 깨달았다. 둘 중 한 사람은 이미 무덤가에 한쪽 발을 디딘 상태였다.

단문은 장직이 관 위에 올라서는 틈을 이용해 번개처럼 그의 목을 향해 검을 찔렀다. 검 끝이 살을 꿰뚫는 무딘 소리가 단문의 벼락같은 외침에 파묻혔다. 곧장 참군 장직이 관 위에 쓰러졌다. 힘을 잃은 머리가 관 바깥쪽으로 축 늘어지면서 놀란 두 눈이 후원의 하늘로 향했고 목에서 뿜어져나온 피는 노란 천을 물들인 뒤 풀밭 위로 뚝뚝 떨어졌다. 숲 쪽에서 단무와 북쪽 병사들의 환호성이 울려퍼졌다. 이 놀이는 이렇게 단문의 승리로 끝났다.

풀밭 위에 흥건한 검은 피를 보자니 현기증이 나서 바로 몸을 돌려 사례감을 바라보았다. 사례감은 들고 있던 놋쇠 상자를 높이 치켜든 채 단문에게 걸어갔다. 그러고서 흑표 인장을 꺼내 단문에게 주었다. 이제 단문이 제천회를 토벌할 유일한 인물임을 인정하지 않을 수 없었다. 모든 것이 하늘의 뜻이었다. 백성과 신하들의 생사는 좌지우지할 수 있었지만 하늘의 뜻은 어길 수 없었다.

생사의 결투가 끝난 뒤, 후원의 아침 안개도 서서히 흩어지고 봄날의 햇빛이 희미하게 정원 가득한 화초와 관을 비췄다. 시종들은 관 위의 노란 천을 걷고서 참군 장직의 시신을 조심스레 관

속에 넣었다. 나는 단문이 피투성이 얼굴로 걸어가 장직의 부릅
뜬 두 눈을 감겨주는 것을 보았다.

"그만 눈을 감게."

단문의 목소리가 무척 피곤하고 애달프게 들렸다.

"자고로 영웅은 모두 억울한 원혼이 되었지. 수많은 이들이 음
모와 정치의 제물이 되었네. 자네의 이런 죽음도 전혀 이상할 게
없네."

한 호위병이 풀밭에서 손수건을 주워 내게 바치며 말했다.

"싸울 때 장 참군의 허리춤에서 떨어졌나봅니다."

손수건에는 검은 매의 형상과 장직의 이름이 수놓여 있었다. 호
위병은 장직의 그 유물을 가족에게 전해줘야 할지 물었다.

"필요 없다."

나는 말했다.

"그냥 버려라."

호위병의 두 손이 망연히 허공에서 멈췄다. 손가락이 바르르 떨
렸다. 이윽고 장직의 손수건이 죽은 새처럼 풀밭 위로 떨어졌다.


음력 삼월 아흐레에 단문은 군대를 이끌고 호호탕탕하게 출정
했다. 연로한 황보부인이 병든 몸을 끌고 성문 앞까지 배웅을 나
간 일은 한때 섭국의 미담으로 전해졌다. 백성들은 단문이 행한

피의 의식을 목격했다. 단문은 자신의 왼쪽 손목을 칼로 그어 그 피를 대섭국의 흑표 깃발에 뿌렸다. 황보부인은 눈물을 철철 흘렸고 멀리서 바라보던 백성들은 일제히 탄성을 질렀으며 또 어떤 사람은 장군 만세라고 고함을 질렀다 한다.

나는 높은 성루에 올라 아래에서 벌어지는 일들을 내려다보며 시종일관 침묵을 지켰다. 단문의 피에 더 심각한 의미가, 더 크고 참람한 야심이 깃든 듯했다. 형언할 수 없이 거북한 느낌이 들어 머리가 깨질 듯 아팠다. 식은땀으로 내의를 적셨다. 그렇게 나는 황금색 일산日傘 아래에서 좌불안석이었다. 나팔수들이 열을 지어 출정 나팔을 불 때, 나는 가마 위에서 벌떡 일어났다.

"궁으로 돌아가자!"

내 목소리가 흐느끼듯 처연하게 들렸다. 곧 울음이 터질 것만 같았다.

# 4

궁궐의 봄은 나날이 이울었다. 청수당 밖 향나무에서 첫 매미 소리가 울렸다. 남쪽의 전장에서는 관군과 반란군이 팽팽히 맞서며 숱한 사상자가 속출하는데도 싸움이 멈출 기미가 보이지 않았다. 그리고 나의 대섭궁에도 늦봄의 낙화와 지분 향기 속에서 예전처럼 또다른 전쟁의 화약 연기가 풍겼다. 바로 후비들 사이의 시작도 끝도 없는 다툼이었다.

이명각에서 놀라운 소식이 전해졌다. 여러 달 임신중이던 혜비가 밤에 갑자기 유산을 했는데 하얀 털의 죽은 여우를 낳았다는 것이었다. 소식을 전하러 온 어린 환관이 말을 더듬는 통에 한참 만에야 무슨 일이 일어났는지 이해했다. 화가 나서 환관의 따귀를 올려붙이고 물었다.

"누가 네게 그런 헛소리를 하라고 시키더냐? 멀쩡하던 사람이 어떻게 유산을 한단 말이냐? 사람이 어떻게 여우를 낳고?"

어린 환관은 감히 해명도 못하고 이명각 쪽을 가리키며 겨우 입을 열었다.

"소인은 아무것도 모릅니다. 태후 마마와 왕후 마마가 폐하께서 친히 와 살펴보시길 청하라 하셨습니다."

나는 급히 이명각으로 갔다. 맹부인과 후비들이 바깥 대청에 앉아 뭔가 속닥거리고 있었다. 각자 표정은 달랐지만 모두 다급히 내게로 시선을 돌렸다. 내가 말없이 위층으로 향하자 맹부인이 뒤에서 나를 불러세웠다.

"올라가지 마세요. 재앙을 입을 수도 있어요."

그러면서 맹부인은 한 궁녀에게 그 죽은 여우를 가져오게 했다. 맹부인의 말투는 침통하고 당황한 듯했다.

"폐하, 직접 보세요. 직접 보면 혜비가 어떤 요물인지 알게 될 거예요."

궁녀가 벌벌 떨며 흰 꾸러미를 풀었다. 내 눈앞에 펼쳐진 것은 과연 피가 묻은 흰 새끼 여우였다. 여우의 털에서 고약한 비린내가 확 풍겼다. 나는 나도 모르게 한 걸음 물러서서 식은땀을 흘렸다. 대청의 후비들은 꺅 소리를 지르고는 저마다 소매로 코를 막았다.

"이 여우를 혜비가 낳았다 어떻게 증명합니까?"

나는 마음을 가라앉힌 후 맹부인에게 물었다.

"곁에 있던 궁녀 세 명과 태의 손정미孫廷楣가 다 증언을 했어요."

맹부인이 말했다.

"못 미더우면 바로 손 태의와 세 궁녀를 불러 조사해보세요."

나는 이 일이 수상쩍다고 느꼈지만 어떻게 처리해야 좋을지 금세 떠오르지 않았다. 슬쩍 옆을 보니 밉살스러운 팽 왕후가 화려한 복장으로 비빈들 속에 앉아 있었다. 그녀는 이쑤시개로 쟁반 위의 앵두를 찍어 침착하고 우아하게 입으로 가져갔다. 나는 그녀의 얼굴에서 어떤 의심스러운 그림자를 발견했다.

불쌍한 혜비. 나는 탄식을 하고 곧장 위층으로 올라갔다. 맹부인이 말려도 아랑곳하지 않았다. 위층에 올라가니 이미 기둥과 기둥 사이에 황색 천이 둘러처져 있었다. 궁의 출입금지 구역에서 흔히 볼 수 있는 표시였다. 나는 그 천을 풀어 아래의 후비들에게 던진 뒤, 급히 혜비의 침실로 들어갔다. 비단 장막을 여는 순간, 오랫동안 혜비를 혼자 내버려뒀다는 생각이 들었다. 익숙한 한란 향기가 나면서 혜비의 슬프고 우울한 눈동자가 유성처럼 이명각의 하늘을 긋고 지나가는 듯했다. 말도 안 된다고 여겼던 혜비의 걱정이 정말로 현실이 되었다.

침상 위의 혜비는 호흡이 가냘팠다. 혼수상태에 빠져 있는 듯했다. 하지만 내가 가까이 다가가자 한쪽 손이 천천히 들리더니 허공을 더듬다가 결국 내 허리띠를 붙잡았다. 나는 몸을 숙였다. 풍만하고 아름다웠던 그 품주의 소녀는 어느새 마른 나뭇가지처럼 변하고 말았다. 오후의 햇빛 속에서 혜비의 얼굴이 차가운 흰 빛을 뿜어냈다. 나는 유일하게 변하지 않은, 그녀의 진한 눈썹을 부드럽게 어루만졌다. 그런데 내 손길이 그녀에게 신비한 힘을 불어넣었는지, 그녀가 천천히 두 눈을 떴고 진주 같은 눈물이 내 손가락 틈새로 흘러들었다.

"저는 죽을 거예요. 저들이 한통속이 되어 저를 해치려 해요. 제가 흰여우를 낳았다고 했어요."

혜비의 손이 내 허리띠를 꽉 쥐었다. 그 힘이 보통이 아니어서 깜짝 놀랐다. 혜비가 넋 나간 눈으로 나를 응시하며 애걸했다.

"폐하, 과거의 정을 봐서라도 저를 좀 도와주세요. 저들이 저를 가만 놔둘 리 없다는 걸 진작에 알았지만 이렇게 비열하고 악랄한 짓을 저지를 줄은 생각도 못했답니다. 오, 하늘이시여. 저들이 제가 흰여우를 낳았다고 하네요, 흰여우를."

"그렇다고 들었지만 나는 믿지 않는다. 손 태의와 궁녀들을 불러 캐물으면 진상이 밝혀질 것이다."

"애쓰실 필요 없어요, 폐하. 손 태의와 궁녀들은 벌써 팽 왕후에게 매수를 당했답니다. 권세에 빌붙는 파렴치한 소인배예요."

혜비는 왈칵 울음을 터뜨리더니 울면서 다시 입을 열었다.

"저들이 오래전부터 꾸민 음모인지라 저는 막으려야 막을 수 없었어요. 제가 아무리 조심해도 어쩔 수가 없었다고요. 결국 저들의 함정에 빠지고 말았어요."

"그날 밤, 네가 낳은 아이를 보았느냐?"

"아뇨. 궁녀가 초가 안 보인다고 그랬어요. 등도 못 찾겠다고요. 사방이 칠흑처럼 어두웠고 침상 위에서는 피밖에 만져지는 게 없었죠. 한참 정신을 잃었다가 깨어보니 촛불이 켜져 있고 손태의도 와 있었어요. 그러더니 내가 여우를 낳았다는 거예요. 저는 그자가 거짓말을 한다는 걸, 팽 왕후 무리가 이미 그물을 쳐놓았다는 걸 알았어요."

혜비는 눈물범벅이 되어 몸부림을 치다가 침상에서 기어내려와 무릎을 꿇고 내 다리를 부여잡았다.

"이 액운에서 벗어나기 어렵게 됐어요. 억울함을 씻을 수 없을 거예요. 그러니 폐하가 밝게 살피셔서 제게 살길을 열어주세요."

혜비가 눈물 젖은 얼굴을 쳐들었다. 핏기 없는 입술이 꼭 물고기 같았다. 그녀는 아래에서 위로 내 곤룡포에 얼굴을 부비며 슬프게 흐느끼다가 갑자기 울음을 뚝 그쳤다. 그러고는 비장해 보이기까지 한 눈빛을 반짝이며 내게 물었다.

"폐하, 지고무상한 대섭왕으로서 제게 말씀해주세요. 제가 살까요, 죽을까요? 제가 정말 죽어야 하나요? 제가 죽어야 한다면 지금 자결하도록 흰 비단 천을 하사해주세요."

혜비의 가냘픈 몸을 껴안은 내 마음이 물처럼 차갑고 처량했다. 이 천사 같은 품주 여인은 봄부터 하루하루 내게서 멀어졌고 지금은 보이지 않는 독수毒手가 그녀를 이미 무덤까지 밀어냈다. 내가 왜 이 가엾은 혜비를 잡아줄 수 없는지, 그녀가 도와달라고 애달프게 외칠 때 무엇이 내 두 손을 묶고 있는지 알 수 없었다. 나는 눈물을 머금고 혜비를 위로했지만 제왕으로서의 약속은 해주지 못했다.

총관태감 연랑을 청수당으로 은밀히 불러 혜비를 어떻게 하면 좋을지 방법을 물었다. 연랑은 이 일을 해결할 복안이 이미 있는 듯했다. 먼저 내게 혜비를 사랑하는 마음이 남았는지 물었고 나는 그렇다고 했다. 이어 혜비를 죽이려 하는지 살리려 하는지 물었다. 나는 당연히 살리려 한다고 말했다.

"그러면 됐습니다."

연랑은 고개를 끄덕이며 미소를 지었다.

"혜비 마마를 궁 밖으로 모시고 나갈 수 있습니다. 사람도 귀신도 모르는 곳으로 모셔 생을 보내게 하지요. 노부인과 다른 후비들께는 혜비 마마가 폐하의 명으로 죽었고 시신은 표송으로 궁 밖으로 흘려보냈다고 하겠습니다."

"혜비를 어디에 숨길 셈이냐?"

나는 연랑에게 물었다.

"연주連州 성 밖 암자에 숨겨드릴까 합니다. 제 고모가 그 암자의 주지입니다. 산이 높고 숲이 빽빽하여 인적이 매우 드문 곳이라 아무도 마마의 행방을 알지 못할 겁니다."

"혜비를 비구니로 만들 셈이냐?"

나는 놀라서 소리쳤다.

"섭궁의 당당한 귀비를 비구니로 만들겠다고? 더 좋은 방법은 없는 게냐?"

"혜비 마마의 처지는 과거와 다릅니다. 구차하게라도 삶을 도모하려면 궁을 떠날 수밖에 없고, 궁을 떠나서는 집이 있었다 하더라도 못 돌아가고 짝이 있어도 시집가지 못합니다. 머리를 깎고 비구니가 돼야만 살 수 있으니 폐하께서도 잘 생각해보시길 청합니다."

청수당 앞 향나무에서 갑자기 매미 소리가 들리더니 내 눈앞에 아름다운 종이 사람이 바람에 나부끼는 환영이 또 나타났다. 그 사람은 나의 가엾은 여자, 마음은 하늘보다 더 아득하고 운명은 종이보다 더 얇팍한 혜비였다. 아무래도 그녀는 암자의 외로운 창과 스산한 등불을 벗삼아 여생을 보내야 할 듯했다.

"네 말대로 하자."

결국 나는 이렇게 연랑에게 말했다.

"이것은 하늘의 뜻이다. 어쩌면 혜비는 이 궁에 잘못 들어왔는지도 모른다. 애초에 비구니의 운명을 타고났는지도 모르지. 내게는 방법이 없다. 지고무상의 섭왕인데 어째서 아무 방법도 없는 것일까?"

혜비와 닮은 어린 궁녀 진아珍兒가 혜비의 대역을 맡게 했다. 연랑이 몰래 진아에게 마취약을 먹여 정신을 잃게 했다. 진아는 누런 포대에 들어가서도 나지막이 코를 골았다.

"혜비 마마를 표송합니다!"

형리의 우렁찬 목소리가 강가에 울려퍼졌다. 강가에 엄숙히 서 있던 사람들과 물위에 떠가는 누런 포대가 궁궐의 새벽 풍경을 이뤘다.

늦봄의 새벽, 혜비는 시종으로 변장한 채 물품 수송 마차에 올라 광섭문光燮門을 통해 평범한 바깥세상으로 돌아갔다. 그녀를 배웅한 연랑이 말하길 혜비는 가는 내내 침묵을 지켰다고 한다. 연랑이 계속 이야깃거리를 찾는데도 혜비는 들은 체 만 체하며 흘러가는 하늘만 바라보고 있었다.

나는 혜비에게 금은 장신구를 선물했지만 연랑은 그것을 고스란히 갖고 궁궐로 돌아왔다.

"혜비 마마가 받지 않으셨습니다. 비구니가 되러 가는데 이런 물건이 무슨 필요가 있느냐고 하시더군요."

연랑의 말에 나는 고개를 끄덕였다.

"그렇긴 하군. 확실히 이런 물건은 소용이 없겠어."

나는 잠시 생각을 하다가 연랑에게 물었다.

"혜비는 정말 아무것도 안 가져갔느냐?"

"화장함 하나 말고는 아무것도 가져가지 않으셨습니다. 그 화장함 안에는 시가 들어 있다고 하시더군요. 아마도 예전에 폐하께서 써 보내신 시 같습니다. 지금까지 간직하고 계셨던 것이죠."

시라고? 혜비가 무량전에 갇혀서 글로만 사랑을 전해야 했던 그 시절이 떠올랐다. 마음이 아파 길게 한숨을 내쉬었다. 그 다정하고 불운한 여인을 너무 고생시켰다는 생각이 들었다.

혜비가 궁을 떠나던 날, 우울한 심정으로 혼자 꽃길을 거닐었다. 꽃도 사람의 마음을 헤아리는지 따스한 바람에 실린 꽃향기에서도 서글픈 분위기가 풍겼다. 길을 걸으며 시를 읊조렸다. 「염노교念奴嬌」를 읊으면서 나와 혜비의 짧지만 뜨거웠던 사랑을 기념했다. 내키는 대로 가던 걸음이 어느덧 강가에 이르렀다. 울타리에 기대어 서쪽을 바라보았다. 녹음이 무성했다. 나뭇가지의 오얏꽃과 복사꽃이 막 지고 땅 위에서는 모란과 작약이 여전히 화려한 자태를 뽐냈다. 하지만 언젠가 강가에서 새를 흉내내며 달리던 소녀는 이미 내 곁에서 멀리 떠나가버렸다. 나는 지난

날이 다 연기처럼 사라지고 겨우 만가挽歌 같은 시 몇 구절만 남았음을 깨달았다.

누군가가 그네 위에 앉아 있는 것이 보였다. 팽 왕후와 난비였다. 그리고 궁녀 몇 명이 버드나무 밑에 공손히 서 있었다. 내가 다가가자 팽 왕후는 재빨리 몇 번 그네를 타고 뛰어내린 뒤, 옆에 있던 궁녀들을 쫓았다.

"너희 먼저 돌아가라. 나와 난비는 폐하를 모시고 잠시 놀다 갈 것이다."

"그러고 싶지 않소."

나는 냉랭하게 말했다.

"둘이 노시오. 나는 두 사람이 그네 타는 걸 보고 싶소. 얼마나 높이 올라가는지 말이오."

"눈썹을 펴지 못하시는 걸 보니 필시 혜비 때문에 마음이 상하셨군요. 설마 혜비가 죽지 않았다는 사실을 모르시진 않겠죠? 궁녀 진아가 궁에서 표송되어 나가지 않았습니까."

팽 왕후가 그네 곁으로 다가섰다. 그녀의 팔찌가 그네의 쇠줄에 가볍게 부딪쳤다. 그녀의 입가에 한줄기 교활한 미소가 떠오르는 것을 보았다.

"당신은 모르는 게 없구려. 아는 것이라곤 죄다 황당하고 따분한 일뿐이어서 안타깝긴 하지만."

"사실 우리는 혜비를 죽이려고까지는 안 했어요. 혜비는 여우 요괴의 현신이니 당연히 야산이나 황무지에 들어가 살아야겠죠. 어쨌든 혜비가 없어져 궁 안의 사악한 기운도 사라졌으니 우리도 안심이에요."

팽 왕후가 난비 쪽으로 얼굴을 기울이며 눈을 찡긋했다.

"난비도 한마디하지그래?"

이에 난비가 입을 열었다.

"왕후 마마의 말씀이 정확합니다."

"너는 어째서 늘 남의 말에 맞장구만 치느냐?"

나는 난비에게 화풀이를 했다.

"얼굴만 쓸데없이 예쁠 뿐, 뱃속에는 지푸라기만 가득해서 세상의 진위나 흑백은 절대로 못 가려내지."

말을 마치고서 나는 소매를 뿌리치며 그 자리를 떠났다. 두 여자는 멍하니 그네 아래 서 있었다. 몇 걸음 가다 버드나무 가지 사이로 돌아보니 두 여자가 나지막이 무슨 말을 하면서 계속 입을 가린 채 웃고 있었다. 그러고는 함께 그네에 앉아 높은 곳을 향해 힘껏 타기 시작했다. 둘의 옷이 바람에 날리고 장신구가 짤랑거리는 것이 대단히 즐겁고 여유로워 보였다. 둘의 그네가 높이 올라갈수록 나는 내가 점점 얇고 약해지는 듯했고 그 둘도 나와 마찬가지로 종이 사람이 된 것 같았다. 아마도 어느 날엔가는 큰바람에 휘말려 멀고도 낯선 곳으로 날아가버릴 것이다.

　남부의 전장에서 전해지는 소식은 때로는 기쁘고 때로는 근심스러웠다. 단문의 군대는 이미 이의지의 제천회를 홍니하에서 동쪽으로 팔십 리 떨어진 산간 지역까지 몰아붙였다. 제천회는 군량이 다 떨어져서 남은 병력 중 일부는 산채를 굳게 지키고 일부는 필가산筆架山을 넘어 욕현峪縣과 탑현塔縣의 숲속으로 흩어졌다.

　단문은 이의지의 아내 채씨와 아들딸을 포로로 잡았다. 그러고는 그들을 빙 둘러 불을 피운 뒤 산 밑에서 투항을 권하는 북을 쳤다. 산 위의 이의지가 가족을 구하러 오도록 하려는 속셈이었다. 하지만 결과는 모두의 예상을 벗어났다. 채씨와 두 아이가 갑자기 쏟아진 화살 세례에 즉사하고 만 것이다. 그 자리에 있던 관병들은 모두 대경실색해 화살이 날아온 쪽을 보았다. 그곳에는 상복을 입은 남자가 흰 말을 타고 있었다. 사내는 한 손으로는 활을 들고, 다른 한 손으로는 얼굴을 가린 채 빽빽한 숲속으로 질풍처럼 달아났다.

　그들은 나에게 그 남자가 바로 제천회의 우두머리 이의지였다고 고했다.

　언젠가 궁에 난입했던 이의지의 용모와 목소리를 이미 잊었지만 오후에 청수당에서 잠시 쉴 때면 때때로 그를 보곤 했다. 분노와 걱정이 가득한 이의지의 뒷모습이 나타나 진흙 묻은 짚신을 끌고 다가와서 내 침상을 짓밟았다. 그 뒷모습은 물이 번진 자국처럼 변화무쌍했다. 농민 이의지의 뒷모습이기도 했고, 참군 양송 형제의 뒷모습이기도 했으며, 나의 배다른 형제 단문의 뒷모습을 더 닮기도 했다. 그것은 정말 얼룩처럼 청수당 곳곳에 출몰하여 고단하게 선잠을 자는 나를 놀라 깨어나게 했다.

궁궐의 오후 시간은 길고도 적막했다. 나는 이따금 먼지투성이인 창고를 지나다가 어릴 적 갖고 놀던 귀뚜라미 관들이 창 밑에 차곡차곡 쌓여 있는 것을 보곤 했다. 그럴 때면 유치하고 무지한 것이 사실은 얼마나 행복한 것인지 절감했다.

그 와중에 만인이 보는 앞에서 배우의 암살 시도가 벌어졌다. 그날 궁에 들어와 공연한 극단은 도읍 안에서 명성이 자자했으며 여자 연기를 하는 몇몇 남자배우는 궁중 여인들 사이에서도 인기가 높았다. 내 기억에 당시 나는 화원의 정자에 앉아 있었고 내 왼쪽에는 맹부인과 근비와 함비가, 오른쪽에는 팽 왕후와 난비가 앉아 있었다. 연극에 심취한 그녀들의 넋 나간 표정과 말도 안 되는 논평은 실로 가소롭기 그지없었다. 슬픈 내용의 연극이 반쯤 지나갔을 때 나는 남자배우 소봉주小鳳珠가 노래하며 춤을 추다가 옷깃에서 슬쩍 단검을 꺼내는 것에 주목했다. 관객들은 모두 웅성거렸다. 다들 그 연극이 희한하게 구성되었다고 생각했다. 내가 암살의 기미를 눈치챈 것과 거의 동시에 소봉주가 무대에서 뛰어내려 단검을 높이 들고 나를 향해 돌진했다.

후비들이 놀라 소리치는 가운데 호위병들이 몰려와 소봉주를 붙잡았다. 두꺼운 분장 때문에 얼굴을 알아보기 힘들었다. 입술이 단풍잎처럼 빨갛고 고왔지만 두 눈에서 남자의 광폭한 빛이 뿜어져나왔다. 나는 그것이 자객이나 적의 눈빛임을 알고 있었다.

"어리석고 음탕한 황제를 죽여 국태민안國泰民安의 세상을 만들겠노라!"

화원에서 끌려나가며 소봉주는 이런 대사를 즉흥적으로 읊었다. 그 목소리가 이상할 정도로 높고 구슬펐다.

놀란 탓에 나는 며칠 동안 병을 앓았다. 온몸에 힘이 없고 음식에 손을 대기도 싫었다. 태의가 진맥을 하러 왔지만 청수당 밖에서 가로막혔다. 놀랐을 뿐이므로 있으나마나 한 약 처방은 불필요하다는 것을 알았다. 하지만 그 여리여리한 배우가 왜 나를 암살하려 했는지는 끝내 알지 못했다.

사흘 뒤 소봉주는 성 밖의 형장에서 참수되었다. 구경 나온 백성들이 인산인해를 이루었는데, 그들이 발견한 것은 얼굴에 아직 울긋불긋한 분장이 남아 있고 무대 복장도 미처 벗지 못한 소봉주였다. 연극을 자주 보는 사람들은 소봉주와 형틀 아래 있는 사형수를 연관 짓기 힘들어했다. 대부분 이 사건 뒤에 어떤 흑막이 숨겨져 있다고 추측했다.

나도 소봉주의 암살 시도 뒤에 누가 있을지 여러 가지 추측을 했다. 막후의 사주자가 단문, 단무 형제가 아닐까 의심하기도 했고 안친왕安親王 단헌과 풍친왕豊親王 단명을 의심하기도 했다. 또한 소봉주가 제천회의 숨은 일원이 아닐까, 심지어 이웃나라 팽국이나 맹국孟國이 꾸민 암살은 아닐까 의심하기도 했다. 하지만 소봉주에 대한 형부의 심문은 아무 성과도 얻지 못했다. 소봉주는 눈물을 글썽이면서 입을 벌린 채 말도 아니고 노래도 아닌 소리로 웅얼거렸다. 높고 낭랑하던 목소리는 온데간데없었다. 그제야 형리들은 그의 혀가 어느새 뿌리째 잘린 것을 발견했다. 소봉주 스스로 그런 것인지, 남이 그런 것인지도 알 수 없었다. 결국 형부는 사흘 동안 허탕을 친 끝에 소봉주를 죽여 시신을 조리돌림 하는 것으로 사건을 마무리했다.

훗날 역사가들은 배우의 암살 시도를 과장되게 기록해 섭국 역사에서 유명한 미해결 사건으로 만들었다. 이상한 것은 모든 기록이 일대의 명배우 소봉주를 기념하고 찬양했다는 사실이다. 반면 암살의 목표이자 섭국의 제5대 왕이었던 나는 거의 무시되었다.

석류꽃 피는 오월, 나의 할머니 황보부인은 병환이 깊어져 기름 떨어진 등불이 명멸하듯 목숨이 위태로워졌다. 이미 짙은 향료로도 그녀의 몸에 드리워진 죽음의 시큼한 냄새를 없앨 수 없었다. 태의는 내게 은밀히 털어놓았다.

　"노부인은 여름이 올 때까지 못 버티실 겁니다."

　황보부인이 임종할 즈음, 나는 여러 번 그녀에게 불려가 궁정에서 보낸 그녀의 일생에 관해 이야기를 들었다. 그녀의 이야기는 번잡하고 단조로웠으며 목소리는 모호하고 가냘팠다. 하지만 옛날 일이 떠올라서인지 그녀는 얼굴에 붉은 기운을 띠었다.

　"나는 열다섯에 궁에 들어와 수십 년간 단 두 번 광섭문 밖으로 나갔다. 두 번 모두 돌아가신 섭왕의 영구를 배웅할 때였지. 세번째 역시 동척산 밑 왕릉으로 갈 것이다. 이번에는 내 차례일 테고."

　황보부인은 말했다.

　"네가 아는지 모르겠지만 나는 젊은 시절에 빼어난 미인은 아니었다. 하지만 매일 국화와 녹용으로 즙을 내서 하체를 닦았느니라. 그 비방으로 섭왕의 마음을 사로잡았지."

　황보부인은 또 말했다.

　"때로는 국호를 황보로 바꾸고 싶었고 때로는 너희 왕자, 왕손들을 죄다 왕릉으로 보내버리고 싶었다. 하지만 내 선량하고 자비로워 차마 그러지 못했다."

황보부인은 말을 하다가 여우 가죽에 덮인 말라비틀어진 몸을 한 번 움찔했다. 나는 그녀의 방귀 소리를 들었다. 이윽고 그녀가 손을 휘휘 내저으며 매서운 어조로 말했다.

"꺼져라. 네가 속으로는 내가 어서 죽기를 고대한다는 걸 나는 알고 있다."

이 가증스러운 노부인의 마지막 발악을 정말 참을 수가 없었다. 그렇게 쇠약해져서도 악독한 어조로 말하는 것을 들으며 나는 묵묵히 속으로 숫자를 셌다. 하나, 둘, 셋…… 쉰일곱까지 셌다. 그녀의 나이까지 세면 그 늙고 새파란 입술을 닫아주기를 바랐지만 그녀의 입술은 계속 달싹거렸다. 그녀의 추억은 아무리 떠들어도 끝나지 않을 듯했다. 황당하고 우스운 상황이 결국 그녀가 관 속으로 들어가야 끝나리라 생각하지 않을 수 없었다.

오월이 다 가고 있었고 노부인의 생명은 천천히 사그라졌다. 금수당의 환관과 시녀들은 황보부인이 혼수상태에서 단문의 이름을 부르는 것을 들었다. 남쪽에서 승전보가 들려온 뒤에야 그녀가 세상을 떠나리라 짐작했다.

단문이 이의지를 생포했다는 소식이 어느 날 아침 대섭궁에 전해졌다. 이 소식을 전하러 온 쾌마는 이의지의 붉은 투구 끈과 머리칼 한 줌도 가져왔다. 기쁜 소식에 황보부인은 기다렸다는 듯이 회광반조*의 조짐을 보였다. 그날, 마침내 거대한 녹나무 관이 금수당 밖에 놓였다. 금수당 안에서는 사람들이 경건하게 서 있고 새장 속 새들은 숨을 죽였다. 도처에서 마음을 숨기며 쉬쉬하는 분위기가 가득했다.

처음에는 맹부인, 팽 왕후, 단헌, 단명, 단무 등도 침상 곁을 지켰지만 황보부인은 그들을 하나하나 물러가게 했다. 마지막에는 나만 남아서 목숨이 간들간들한 그녀와 마주했다. 황보부인은 괴이하고 슬픈 눈빛으로 오랫동안 나를 주시했다. 그때 나는 무슨 일이 벌어질지 아는 것처럼 손발이 차갑게 식었다.

"네가 섭왕이냐?"

황보부인의 손이 천천히 들리더니 내 이마와 뺨을 어루만졌다. 겨울의 모래바람이 내 온몸의 핏속에 넘실대는 듯한 느낌이었다. 이윽고 그녀의 손이 되돌아가더니 허리춤의 향주머니를 끌렀다.

"이 향주머니를 팔 년간 차고 다녔다."

황보부인이 미소를 지으며 말했다.

"이제 이걸 네게 주마. 안에 뭐가 들었는지 열어보아라."

---

* 죽을 무렵에 잠깐 정신이 맑아지는 현상.

나는 그 비밀스러운 향주머니를 열었다. 그 안에 향료는 없었다. 여러 번 접힌 얇은 종이 한 장이 있을 뿐이었다. 그렇게 나는 선왕이 천자를 정한 또다른 유서를 보았다. 흰 종이에 검은 글씨로 선왕의 또다른 유촉遺囑이 적혀 있었다. 장자 단문에게 섭국의 왕위를 잇게 하라.

"너는 진정한 섭왕이 아니다. 내가 너를 섭왕으로 만들었다."

노부인이 말했다.

나는 그 유서를 든 채로 넋을 잃었다. 우물에 던져진 돌처럼 온몸이 급격히 추락하는 듯했다.

"나는 단문을 좋아하지 않는다. 너도 좋아하지 않는다. 이건 내가 너희 남자들을 갖고 논 것일 뿐이다. 내가 가짜 섭왕을 만든 것도 이후에 손쉽게 제어하기 위해서였을 뿐이다."

노부인의 쭈글쭈글한 얼굴에 밝은 미소가 번졌다. 마지막으로 그녀는 말했다.

"지난 팔 년간 섭국을 주재하고 쉰일곱까지 살았으니 내 삶도 밑지지는 않았다."

하지만 그게 어쨌다는 거죠? 왜 이 음모와 죄를 무덤까지 가져가지 않습니까? 왜 내게 말해줍니까? 불현듯 분노와 슬픔이 솟구쳐 침상 위의 노부인을 힘껏 쥐고 흔들었다. 하지만 어느새 그녀는 정말로 죽어 있었다. 황보부인은 이제 더이상 내 불경한 짓에 대해 뭐라고 할 수 없었다. 그녀의 목으로 가래 넘어가는 소리가 들렸다. 나는 웃고 싶었다. 하지만 결국 터져나온 것은 억제할 수 없는 통곡이었다.

"노부인께서 서거하셨습니다!"

시종의 목소리가 주렴 밖으로 전해지자 금수당 안팎에서 온갖 소리가 조수처럼 울려퍼졌다. 나는 야명주夜明珠 한 알을 죽은 노부인의 입속에 밀어넣었다. 그녀의 볼이 팽팽해졌다가 다시 움푹 꺼졌다. 그래서 그녀의 죽은 얼굴은 한층 더 비웃는 표정이 되었다. 사람들이 몰려오기 전에 나는 급히 노부인의 얼굴에 침을 뱉었다. 제왕으로서 할 짓이 아님을 모르지는 않았지만 나는 개의치 않았다. 여인네들이 늘 그러듯이.


팔 년 만에 다시 왕릉에 갔다. 동척산 남쪽 기슭의 푸른 소나무와 비췻빛 측백나무를 보며 격세지감을 느꼈다. 황보부인의 성대하고 번잡한 장례식에는 희귀한 피리새들도 날아들었다. 새들은 사람과 음악 소리가 무섭지도 않은지 근처의 묘비와 무덤 위에 여유로이 내려앉아 그 전무후무한 희디흰 장례식을 지켜보았다. 황보부인의 망령이 피리새로 현신한 것이 아닐까 의심했다.

상복을 입은 사람들이 푸른 풀이 우거진 언덕을 가득 메웠다. 순장을 할 여인들의 관은 아홉 개로, 팔 년 전 부왕의 장례 때 순장된 숫자를 넘어섰다. 노부인이 후손들에게 남기는 마지막 위협이자 자랑이었다. 나는 그 관의 아홉 궁녀가 모두 순장을 자청했음을 알고 있었다. 궁녀들은 황보부인과 생사를 같이하기로 하고 황보부인이 죽은 당일 밤, 금 구슬을 받쳐들고서 관 속으로 들어갔다. 모두 황천길에서도 그 위대한 부인을 시중들 것이다.

청동 북이 아흔아홉 번 울리자 황족과 조정 대신들이 일제히 목청 높여 통곡하기 시작했다. 요란하고 제각각인 그 곡소리는 우습기 그지없었다. 저마다 꿍꿍이속을 가진 자들이기 때문이었다. 어떤 울음이 환호이고 어떤 울음이 원한인지, 또 어떤 울음이 탄식이고 질투인지 분별할 수 있었다. 다만 오랜 옛날부터 전해내려온 그 속임수를 폭로할 마음이 없었을 뿐이다.

이와 비슷했던 팔 년 전 광경이 희미하게 떠올랐다. 양부인의 환영이 왕릉 왼쪽의 묘지 위에 홀연히 나타났다. 양부인은 원한을 가득 품은 채 사람들을 향해 유서를 흔들었다. 나는 그 악몽 같은 소리도 들었다. 너는 섭왕이 아니고 진정한 섭왕은 장자 단문이다. 묘지의 피리새들이 돌연 날아올라 기이한 곱자 모양 대형으로 하늘로 날아갔다.

피리새들은 새로 도착한 문상객들에게 놀라 달아난 것이다. 그들은 전포 차림에 투구도 못 벗은 상태로 말 위에서 급히 흰 두건을 썼다. 그들이 몰고 온 피비린내와 땀냄새에 먼저 와 있던 사람들은 놀라 웅성거렸다.

단문이 주야로 천릿길을 달려 황보부인의 장례에 맞춰 올 줄은 누구도 생각지 못했다. 갈기가 붉은 말에 탄 단문을 보았다. 피곤하고 창백한 얼굴에 아침의 마지막 서광이 비쳤고 흑표 깃발과 장례 깃발이 함께 단문의 머리 위에서 펄럭펄럭 나부꼈다. 단문. 첫째 왕자 단문. 광유대장군 단문. 남벌총독 단문. 나의 배다른 형제이자 천생의 원수. 지금 그가 다시 내 앞에 서 있었다. 그때 첫째로 내 머릿속을 스친 생각은 괴이하게도 왜 하필 단문의 말발굽 소리가 대담한 유령 같던 피리새들을 쫓아 보냈느냐는 것이었다. 그것은 승리를 거두고 돌아온 그 영웅에게 내가 던진 유일한 질문이기도 했다. 나는 서쪽 하늘을 가리키며 단문에게 물었다.

"너는 누구냐? 너 때문에 저 피리새들이 놀라서 날아갔다."

# 5

 

 

 

필가산 밑에서 치러진 마지막 격전으로 제천회의 궤멸을 결정 지었다. 관병들은 들판 가득한 시체를 밟고 올라가 산 정상에 흑표 깃발을 꽂았다. 그리고 산중턱 뒤편에 숨겨져 있던 잔도棧道에서 앞뒤로 협공하여 도망치던 제천회 수령 이의지를 생포했다.

이의지는 비밀리에 도읍으로 압송되어 형부에서 자체적으로 만든 수옥水獄에 던져졌다. 각 부서에서 합동하여 이의지를 심문했지만 별다른 소득이 없었다. 이의지는 시종일관 제천회의 구세제민 논리를 주장했고 자신은 산적이 아니라고 한사코 부인했다. 관리들은 상의 끝에 국가가 정해놓은 형벌로 이의지를 다스리는 것은 너무 가볍다고 의견을 모았다. 그래서 시도해본 적도 없는 극형을 몇 가지 고안해 이의지에게 마지막 고문을 가했다.

나의 총관태감 연랑은 궁중 특사로서 고문을 참관했고 나중에 그 전무후무한 극형의 과정을 이야기해주었다.

첫 극형은 '원숭이 거꾸로 옷 벗기기'였다. 철판을 통 모양으로 만들어 안에 빽빽하게 철침을 박았다고 한다. 그 통으로 이의지의 몸을 감싼 뒤 형졸이 통에 힘을 가하고 또다른 형졸이 이의지의 상투를 붙잡고 통 밖으로 끌어냈다. 이의지는 미친듯이 비명을 질렀고 벌거벗은 그의 몸이 철침에 긁히면서 피가 철철 흘렀다고 연랑은 말했다. 이어서 다른 형졸이 이의지의 피투성이 몸에 천천히 소금 한 사발을 뿌렸다. 분명 뼈에 사무치는 통증을 느꼈을 것이라 했다. 이의지가 또 한 번 비명을 지른 뒤 기절했기 때문이다.

다음 극형은 '신선이 안개에 오르다'였다. 이 형벌은 앞의 형벌과 완벽하게 조화를 이루어 이의지를 금세 깨어나게 하는 동시에 또다른 고통을 맛보게 했다. 형졸들은 우선 이의지를 펄펄 끓는 솥 위에 거꾸로 매달았다.

"폐하, 그 솥에 무엇이 담겼는지 아십니까?"

연랑이 갑자기 웃음을 터뜨리며 말했다.

"식초가 한가득 담겨 있었습니다. 역시 그들이 생각해냈죠. 솥뚜껑을 열자마자 맵고 신 열기가 곧장 이의지의 얼굴을 덮쳐 그를 깨웠습니다. 기절할 때보다 백배는 더 괴로워 보였습니다."

연랑은 또 말했다.

"그다음은 '가지 발라내기'였습니다. 가장 간단한 형벌이었죠. 이의지를 대들보에서 끌어내려 두 형졸이 이의지의 다리를 한쪽씩 벌린 뒤, 날카로운 단검을 항문에 찔러넣었습니다."

연랑은 잠시 뜸을 들이다가 애매한 말투로 말했다.

"당당한 영웅호한에게 분칠한 기생오라비에게나 걸맞은 고초를 안기는구나 하는 생각이 들기도 했습니다."

여기까지 말하고 연랑은 입을 다물었다. 조금 곤혹스러운 표정이었다. 과거의 아픈 상처가 떠오른 듯했다. 나는 그를 재촉했다.

"계속 말해라. 한창 재미나는데 왜 그러느냐."

"폐하, 정말로 더 듣고 싶으십니까?"

연랑이 정신을 차리고 내 표정을 살폈다.

"이런 극형이 너무 잔인하다고 생각지 않으십니까?"

"잔인하긴 뭐가 잔인해?"

나는 연랑을 꾸짖었다.

"설마 그런 반역자에게도 예의도덕을 따져야 한단 말이냐? 어서 말해라. 또 어떤 재미난 형벌을 생각해냈더냐?"

"'도롱이 입히기'였습니다. 납을 녹여 끓는 기름과 함께 등에 뿌렸지요."

연랑은 말했다.

"이의지의 살이 지글지글 터지면서 핏방울과 기름이 한데 엉겨 흘러내리더군요. 나중에 보니 이의지의 몸에 큼직한 도롱이가 씌워진 듯했습니다. 정말로 똑같았습니다."

가장 끔찍했던 형벌은 다섯번째 극형이었다. 이름도 매우 우아해서 '수놓은 공 걸어 올리기'라고 했다. 사전에 대장장이를 시켜 특수한 단검을 만들었는데, 그 단검에는 네다섯 개의 작은 갈고리가 거꾸로 달려 있었다. 찌를 때는 괜찮았지만 당기려 하자 이의지의 살에 걸려 빠지지 않았다. 형졸이 힘껏 당기자 근육과 살이 튀면서 갈고리마다 둥글고 시뻘건 살덩이들이 걸려나왔다.

"저는 거기까지만 보고 자리를 떴습니다. 나중에 들으니 열한 가지 극형을 행했다고 하더군요. 무슨 '호리병박 메기' '잠자리 날리기' '장화 벗기기'가 더 있었다고 합니다. 직접 보지 못해 감히 폐하께 아뢰지 못하겠습니다."

"왜 중간에 물러나왔느냐? 왜 그 극형을 다 보지 않고?"

"'수놓은 공 걸어 올리기'를 할 때 살덩이 하나가 불쑥 제 얼굴로 날아와서 놀란 나머지 차마 더 볼 수 없었습니다. 죽을죄를 지었습니다. 다음에 또 극형을 보게 되면 반드시 자세히 보고 폐하께 다 아뢰겠습니다."

"이렇게 재미난 줄 알았다면 내가 친히 가서 볼 걸 그랬구나."

나는 농담반 진담반으로 말했다. 이때 내가 이의지의 형벌에 이상할 정도로 흥미를 느끼고 있음을 깨달았다. 형벌들은 어린 시절 냉궁에 버려진 여인에게 가했던 비슷한 죄악을 생각나게 했다. 하지만 피비린내 나는 살육을 두려워한 지 이미 여러 해가 되었다. 옛날의 천성이 되돌아온 것이 나의 심경과 처지와 관련이 있다는 생각이 들었다. 눈을 감고 나머지 여섯 가지 극형을 상상해보았다. 이의지의 피냄새가 청수당 가득 채워진 듯해 현기증이 느껴졌다. 나는 그런 무능한 여인네 같은 현기증이 싫었다.

"정말 이의지가 한사코 죄를 인정하지 않더냐? 열한 가지 극형을 받고도 정말 한마디도 말하지 않았느냐?"

나는 마지막으로 연랑에게 물었다.

"한마디하긴 했습니다."

연랑이 잠깐 망설이다가 조그만 목소리로 답했다.

"짐승만도 못한 혹형을 가하니 섭국의 마지막날이 머지않았다고 했습니다."

공교롭게도 이의지의 저주는 오래전에 죽은 미치광이 손신의 말과 일치했다. 나는 놀라서 모골이 송연해졌다.


단문은 보름 넘게 도읍에서 묵었다. 그가 묵은 곳은 친동생인 평친왕 단무의 저택이었다. 내가 보낸 밀정이 돌아와서 아뢰었다.

"대문에는 손님을 사절하는 파란 등롱이 걸렸습니다만, 승전을 축하하러 온 귀족과 관리들이 끊이지 않습니다."

밀정이 바친 명단에는 중요한 인물들의 이름이 다 있었다. 안친왕 단헌, 풍친왕 단명, 서북왕 달어, 예부상서 두문급杜文及, 이부상서 요산姚山과 추백량鄒伯亮, 병부시랑 유도劉韜, 어사 문기文夔와 장홍현張洪顯 등 수십 명. 또한 내가 즉위하던 해에 책봉한 한림학사 여섯 명도 있었다.

"이자들이 뭘 하려는 걸까?"

그 명단을 가리키며 연랑에게 물었다.

"너무 의심하실 필요 없습니다. 그냥 축하하러 간 무리일 뿐입니다."

"음흉한 야심은 백일하에 드러나게 마련이다."

나는 코웃음을 치고서 붉은 먹을 묻힌 붓으로 동그라미를 그려 그 이름들을 하나로 묶었다. 그런 다음, 또 연랑에게 물었다.

"이 그림이 뭐 같으냐?"

"메뚜기 꿰미 같습니다."

연랑이 잠시 생각한 뒤 답했다.

"아니다. 수갑을 닮았다."

나는 말했다.

"이자들은 기회를 틈타 정권 교체를 꾀하고 있다. 정말 괘씸하고 울화통 터지는 일이지. 이자들을 묶으면 이렇게 수갑 모양이다. 이 수갑을 내 손에 채우려고 하지."

"그러면 폐하께서 먼저 저들에게 수갑을 채우십시오."

연랑이 무의식중에 말했다.

"말이 쉽지 어려운 일이다."

나는 한참 생각을 하다가 탄식했다.

"무슨 섭왕이 이따위냐. 나는 세상에서 가장 약하고 무능하고 가엾은 제왕이다. 어렸을 땐 유모와 태감과 궁녀에게 휘둘리고, 공부할 땐 승려 각공에게 휘둘리고, 섭왕이 돼서는 또 매일 황보 부인과 맹부인에게 휘둘렸다. 지금은 국정이 급변하고 민심이 흐트러져 이미 때가 늦었다. 연랑, 말해보아라. 무슨 섭왕이 이 따위인지 말이다."

충동적으로 한바탕 말을 내뱉고서 목놓아 울음을 터뜨렸다. 급작스러웠지만 사실 오래 쌓인 감정의 폭발이기도 했다. 얼이 빠져 있던 연랑이 첫째로 한 일은 침실 문을 걸어 잠그는 것이었 다. 아마도 제왕의 울음소리가 궁정의 큰 금기임을 단단히 기억 하고 있었나보다.

그럼에도 문밖의 궁녀와 태감들은 내 울음소리를 들었고 누군 가 이 심상치 않은 일을 바로 주음당珠蔭堂의 맹부인에게 알렸다. 맹부인이 서둘러 달려왔고, 엉큼하고 참견하기 좋아하는 후비들 이 따라왔다. 후비들이 똑같은 화장을 한 것에 시선이 갔다. 얼굴에 하나같이 비슷비슷한 자수정색이 감돌고 입술의 주사는 누구는 짙고 누구는 옅었는데 내 눈에는 꼭 물속의 계혈석鷄血石 같았다.

"뭐하러 이렇게 벌떼처럼 몰려왔습니까?"

나는 짐짓 아무 일도 없었던 것처럼 말했다.

"폐하, 방금 뭘 하고 있었죠?"

맹부인이 화난 기색으로 따져 물었다.

"아무것도 안 했습니다. 그런데 오늘 다들 무슨 화장을 한 것이냐?"

옆에 있던 근비에게 고개를 돌렸다.

"매화장梅花妝? 대아장黛娥妝? 내가 보기에는 계혈석과 닮았는데 앞으로 그 화장을 계혈장이라 부르면 어떻겠느냐?"

"계혈장이요? 이름이 재밌네요."

근비가 박수를 치며 깔깔 웃다가 맹부인이 눈을 흘기자 급히 손으로 입을 가렸다.

맹부인이 궁녀에게 구리거울을 가져오라고 하며 말했다.

"폐하에게 가서 천자의 용안을 좀 보시라고 해라."

궁녀가 내 앞에 와서 구리거울을 받쳐들었을 때 맹부인은 길게 탄식하며 웬일로 눈시울을 붉혔다.

"선왕께서 살아 계실 때 나는 그분의 얼굴에서 크게 기뻐하거나 크게 슬퍼하는 빛을 본 적이 없어요. 눈물 자국은 더더욱 본 적이 없고요."

"내가 한 나라의 왕으로 어울리지 않는다는 말씀입니까?"

화가 불끈 치솟아 궁녀가 든 구리거울을 걷어차버렸다.

"울지 말라고요? 그러면 웃으면 되겠군요. 울지 말라니 앞으로는 매일 한도 끝도 없이 웃겠습니다. 그러면 다들 걱정할 필요도 없겠죠."

"웃어서도 안 돼요. 황보부인의 기일이 스무하루도 안 지났는데 어찌 효의 의례를 어기고 실없이 웃을 수 있나요?"

"울어도 안 되고 웃어도 안 되면 나는 뭘 해야 합니까? 살인을 할까요? 내가 몇 명을 죽이든 당신들은 상관하지 않죠. 울거나 웃지는 못하게 하면서 말이에요. 내가 빌어먹을 섭왕이긴 해요?"

위를 보며 크게 웃음을 터뜨렸다. 그리고 쓰고 있던 흑표용관을 벗어 맹부인의 가슴에 내던졌다.

"나는 이 빌어먹을 섭왕 따위, 안 하겠습니다. 어머니가 하고 싶다면 넘기죠. 누구든 하고 싶다면 넘기겠습니다!"

맹부인은 사태가 갑작스레 악화되자 결국 감당하지 못하고 흐느껴 울기 시작했다. 그러고는 흑표용관을 품고서 온몸을 바들바들 떨었다. 화장이 눈물에 씻겨 반은 빨갛고 반은 하얘 보였다. 후비들은 연랑의 눈짓에 따라 한 명씩 내 침실에서 물러갔다. 팽 왕후가 비웃는 말투로 난비에게 하는 소리를 들었다.

"요즘 폐하가 살짝 이상하지 않아?"


몇 년 만에 하얀 꼬마귀신들이 다시 꿈에 나타났다. 귀신들은 아련하고 신비로운 빛을 머금은 채 바람을 타고 남쪽 창으로 잠입했다. 그러고서 내 침구 양쪽과 옷가지들 사이에 숨어 뛰거나 멈추거나 춤을 추었다. 귀신들은 냉궁에 갇힌 후궁처럼 울고 전장의 무사처럼 화를 냈다. 귀신들과 어쩔 수 없이 동거를 하면서 숨이 막힐 듯했다.

누구도 그 하얀 꼬마귀신들을 쫓아내지 못했다. 승려 각공은 여전히 머나먼 고죽사에 머물고 있었다. 한번은 내가 어렵사리 악몽에서 빠져나와 일어났을 때 당황한 표정의 근비를 보았다. 근비는 비단 천으로 하체를 가린 채 맨발로 침상 아래 서 있었다. 그녀의 눈빛에는 의혹과 공포가 가득했다. 내가 잠꼬대를 하며 지른 비명에 놀란 것이다.

"폐하, 옥체가 불편하신 듯하여 태의를 불러오라고 했어요."

근비가 쭈뼛대며 말했다.

"태의는 필요 없다. 귀신 잡는 자를 찾아와라."

깨어났는데도 내 눈에는 여전히 꼬마귀신들이 보였다. 촛불빛 때문에 조금 더 작고 희미하게 보일 뿐, 도자기며 탁자며 창틀 위에 서서 처량맞게 떠들어댔다.

"저놈들이 보이느냐?"

나는 탁자 위의 흰 그림자를 가리키며 근비에게 말했다.

"저 하얀 꼬마귀신들이 또 왔으니 섭국의 재난이 머지않았다."

"폐하, 눈이 침침하신가봐요. 저건 해당화 화분이에요."

"잘 봐라. 하얀 꼬마귀신이 해당화 잎 아래 숨지 않았느냐. 봐라, 저놈이 이쪽으로 얼굴을 돌렸다. 너희 부인네들의 무지와 어리석음을 비웃고 있구나."

"폐하, 정말 아무것도 없다니까요. 그냥 달빛을 보신 겁니다."

근비는 놀라서 엉엉 울기 시작했다. 울면서 문밖의 당직 태감을 불렀고 곧이어 호위병들까지 달려왔다. 온수전(氳秀殿)의 공기에서 굉음이 터져나왔다. 하얀 꼬마귀신들은 호위병들의 검날 아래 물거품처럼 천천히 사라졌다.

아무도 내가 정신이 멀쩡한 상태에서 귀신을 본다는 사실을 믿지 않았다. 얼토당토않은 귀신 이야기를 믿을지언정 내 자세한 목격담은 믿지 않았다. 그들의 졸린 얼굴에서 나는 그것을 눈치챘다. 다들 미심쩍은 눈빛으로 말 한마디 한마디가 모두 진리인, 지고무상의 제왕인 나를 저울질했다. 설마 저들이 내가 선왕의 유촉으로 제위에 오른 대섭왕이 아님을 아는 걸까?

나의 밤은 낮과 마찬가지로 불안하기 그지없었다. 늙은 미치광이 손신의 저주가 귓가에 생생히 메아리쳤다.

"폐하가 아흔아홉의 망령을 본다면 섭국의 재난이 머지않았습니다."

단문을 암살하려는 계획은 어느 날 술에 취한 직후 시작되었다. 병부상서 구민邱旻, 예부시랑 양문모梁文謨, 전전도검殿前都檢*길장吉璋, 총관태감 연랑이 모의에 함께했다. 술기운을 빌려 마음속 근심을 털어놓자, 나와 마음이 통하는 이들은 착잡한 표정으로 서로 눈치를 보았다. 그들은 조심스레 단문에 관한 갖가지 소문을 전했다. 나는 돌연 백옥잔을 구민의 발밑에 내동댕이쳤다.

"죽여라."

내가 그렇게 노골적인 한마디를 내뱉자 구민은 놀라서 펄쩍 뛰었다.

"죽여라……"

구민은 내 말을 따라했다. 이윽고 화제는 비밀 계획으로 급선회했다. 암살 자체는 그리 어렵지 않았다. 모두들 선왕의 다른 자손들, 섭국 각지에 흩어져 지역을 다스리는 번왕들을 자극하는 것이 유일한 걱정이라는 점에 생각이 일치했다. 번왕들과 대

---

* 왕의 직속부대인 전전사(殿前司)의 수장.

섭궁의 갈등은 황보부인이 서거하면서 나날이 심해지고 있었다. 특히나 서왕 소양과 단문이 친해 큰 문제였다.

"죽여라."

나는 모의자들의 신중한 논의를 중간에 잘랐다. 매우 충동적으로 변했다.

"놈을 죽이란 말이다!"

나는 탁자를 치고 일어나 네 명의 귀를 차례로 잡아당겨 귓전에 대고 소리쳤다..

"내 말이 안 들리느냐? 섭왕으로서 명한다. 놈을 죽여라!"

"예, 폐하. 죽이길 바라시면 죽여야죠."

길장이 무릎을 꿇고 흐느끼며 말했다.

"그러면 내일 단문을 입궁시키십시오. 제가 폐하의 바람을 이뤄드리겠습니다."

이튿날, 연랑이 왕명을 받들고 평친왕의 저택에 갔다. 연랑의 백마가 저택의 반마석絆馬石*에 비끄러매어져 있을 때 거리의 행인과 상인들이 몰려들어 길이 미어터졌다. 그들은 일대의 대환관 연랑의 얼굴뿐만 아니라 이야기 속에나 나올 듯한 영웅 단문의 풍채도 보고 싶어했다. 단문은 땅에 엎드려 왕명을 받들며 이

---

* 말을 묶어놓는 돌.

상한 반응을 보였다. 손바닥으로 힘껏 땅을 세 번 내리쳤는데 그 둔중한 소리에 연랑은 놀라움을 금치 못했다. 그가 속으로 무슨 생각을 하는지 가늠할 수가 없었다. 단문의 친동생 단무는 담장 앞에 서서 바깥의 구경꾼들을 향해 큰 소리로 욕을 퍼부었다.

말을 끌고 저택의 붉은 문지방을 넘을 때, 단문은 차가운 눈빛의 가느다란 두 눈만 남기고 얼굴 전체를 검은 천으로 가렸다. 그렇게 복면을 한 채 인파를 뚫으면서 단 한 번도 옆을 돌아보지 않았다. 백성들이 사방에서 환호하고 떠들어대는데도 전혀 아랑곳하지 않았다. 사람들은 큰 공을 세운 영웅이 왜 복면을 하고 길을 가는지 궁금해했다.

나중에 연랑이 해준 말에 따르면 뜻밖의 사태는 시장 거리 근처에서 벌어졌다. 도읍을 떠돌며 구걸하는 누더기 차림의 늙은 거지가 갑자기 단문의 말 앞에 오더니 지팡이를 뻗어 단문의 검은 복면을 들췄다. 너무나 빠르고 갑작스러운 동작이었다. 공중에서 복면이 벗겨지는 것을 느낀 단문이 소리를 내질렀지만 이미 때는 늦었다. 단문의 창백하고 넓은 이마가 햇빛 아래 드러났다. 사람들은 그의 이마에 '섭왕愛王'이라는 파란색 두 글자가 올챙이만한 크기로 새겨져 있음을 발견했다.

시장 거리는 삽시간에 소란스러워졌다. 단문은 말머리를 돌린 뒤, 한 손으로는 이마를 짚고 다른 한 손으로는 검을 들어 밀려드는 사람들을 쫓았다. 그의 표정은 사납고 고통스러워 보였다. 단문의 화난 외침이 둔기처럼 사람들의 정수리를 두드렸다. 단문은 옥토마를 타고 미친듯이 달렸다. 연랑과 몇몇 호위병의 제지를 받았지만 아무 소용도 없었다. 나중에 연랑이 부끄러워하면서 말하길, 단문이 허공에서 날린 발에 말 등이 찍히는 통에 옥토마의 꼬리 한 가닥을 잡아 뽑을 정신만 있었다고 했다. 그렇게 단문은 혼잡한 시장에서 감쪽같이 사라졌다.

길장이 섭궁의 외곽 성루에 배치한 독화살 궁수는 그곳에서 오후 내내 기다렸지만 결국 빈손으로 돌아온 연랑 일행만 맞게 되었다. 길장은 궁수에게 활을 거두라는 암호를 보냈다. 어떤 신비로운 재앙이 이번 계획을 저지하리라는 예감이 들었다. 그래서 연랑이 상홀象笏*을 내려놓고 힘없이 중얼거리는 소리를 멀리서 들었을 때 오히려 긴장했던 마음이 편안해졌다.

"하늘이 그에게 죽음을 면해주었다. 이것은 하늘의 뜻이다."

나는 길장에게 말했다.

"내가 그를 죽이려 했어도 하늘이 그를 살리려 했다면, 도망치게 두거라."

"폐하, 병사들을 파견해 성문을 봉쇄하는 것이 어떻습니까. 제

---

* 신하가 임금을 만날 때 쥐고 가는 물건.

생각에 단문은 아직 성 안에 있습니다. 이미 시끄러워진 마당이니 반역죄로 단문을 잡아들여도 무방합니다."

길장은 이렇게 제안했다.

그러나 단문의 영웅적인 이야기는 이미 섭국 구석구석까지 퍼져 있었다. 사람들은 자신들의 섭왕을 의심하기 시작했고 진실과 거짓을 판단하는 것을 배우게 됐다. 나 또한 이제껏 검은 것을 희다고 하거나 사슴을 말이라고 하는 것은 좋아하지 않았다. 다만 내 예민한 천성이 단문, 그 위풍당당한 영웅을 죽여야 한다고 재촉해 내린 결정일 뿐이었다. 길장에게 더 자세히 설명하지는 않았다.

"천명에 따르기로 하자."

나는 함께 모여 찾아온 모의자들에게 말했다.

"어쩌면 단문이 진짜 섭왕이어서 알 수 없는 힘이 남몰래 그를 돕고 있는지도 모른다. 죽일 수 있으면 죽이고 죽일 수 없으면 도망치게 내버려두자. 이번 일은 내가 취중에 농담을 한 것으로 치자."

네 명의 모의자는 성루 위에 공손히 서서 서로의 얼굴을 쳐다보았다. 그들의 표정에서 의혹과 부끄러움이 읽혔다. 중도에 포기한 나의 우유부단함을 불만스러워하는 것이 분명했다. 오후의 바람이 성루 위의 종 줄을 흔들었다. 큰 종의 내벽에서 가늘게

웅웅거리는 소리가 들렸다. 성루 위의 사람들 모두 그 기이한 종소리에 귀를 기울였다. 누구도 감히 거북한 침묵을 쉽사리 깨지 못했다. 하지만 나를 비롯한 모두가 대섭궁의 미래에 크나큰 풍운이 도사리고 있음을 예감했다. 그 여름날 오후의 햇빛은 매우 강렬했다. 나는 성루 밑의 붉은 유리기와와 푸른 숲에 재앙의 하얀빛이 가득차 있는 것을 보았다.

금의위 병사들이 이틀 밤낮에 걸쳐 도읍 안을 수색했지만 단문의 종적은 묘연하기만 했다. 셋째 날, 다시 평친왕의 저택으로 들어간 병사들이 마침내 후원의 버려진 우물 속에서 지하도 입구를 발견했다. 곧 병사 두 명이 촛불을 들고 지하도로 들어갔고 어둠 속에서 한참을 더듬으며 간 끝에 오래된 건초 더미를 뚫고 겨우 밖으로 나왔다. 도읍의 북문 밖 떡갈나무 숲속이었다. 동굴 앞 나뭇가지에 찢어진 소매 조각이 걸려 있어 병사 하나가 집어서 보니 피로 쓰인 글귀가 있었다. '단문이 돌아오는 날이 단백이 망하는 때다.'

병사들은 그 흰 옷소매를 청수당으로 가져와 단문이 남긴 유일한 범죄의 증거로 내게 바쳤다. 옷소매에 적힌 그 힘찬 필체를 보면서 가슴이 칼에 찔린 듯 아팠다. 즉시 가위로 옷소매를 조각조각 자르는데 문득 재미나면서도 잔인한 복수 방법이 떠올랐다.

"단무를 궁으로 들라 해라."

나는 큰 소리로 시종에게 외쳤다.

"그놈에게 이 천조각을 먹여야겠다."

청수당에 떠밀려 들어온 단무는 예나 다름없이 오만하고 제멋대로였다. 계단 위에 서서 도전적인 눈빛으로 나를 보며 기어코 무릎을 꿇지 않았다. 호위병들이 억지로 눌러 꿇어앉히려 했지만 무예가 뛰어난 단무는 호위병 셋을 밀어 넘어뜨리며 소리쳤다.

"죽으라면 죽겠지만 무릎은 못 꿇겠다!"

나는 잠시 조용히 있다가 옆에 있던 연랑에게 물었다.

"어떻게 하면 저놈을 무릎 꿇릴 수 있지?"

"망치로 슬개골을 부수는 수밖에 없습니다."

연랑이 목소리를 낮춰 답했다.

"그러면 망치를 가져와라. 저놈은 단문을 대신해 벌을 받아야 한다."

참혹한 비명과 함께 망치가 단무의 슬개골을 박살냈다. 단무가 고통스러워하며 계단 위에 쓰러졌다. 호위병 둘이 달려가 한 명이 단무의 두 팔을 받쳐들었고 또다른 한 명은 단무의 허리를 안아 아래로 눌렀다. 그렇게 해서 단무는 기괴한 자세로 내 앞에 꿇어앉았다.

"이제 천조각을 먹여라. 단문이 저놈에게 남기고 간 미식이다."

나는 깔깔 웃은 뒤, 의자에서 일어나 단무의 어깨를 툭툭 쳤다.

"아주 맛있을 것이다. 그럴 것 같지 않으냐?"

단무가 어렵사리 고개를 들어 나를 노려보았다. 눈빛에 담겼던 오만함은 어느새 절망으로 바뀌어 있었다. 단무의 눈에서 금방이라도 피가 흘러나올 것 같았다. 단무는 잠꼬대처럼 중얼거렸다.

"너는 섭왕이 아니야. 형이 진짜 섭왕이야. 형이 돌아오기만 하면 너는 망할 것이다."

"그렇다. 우리도 믿어 의심치 않는다."

나는 웃음을 거두고 땅바닥에서 천조각을 한 움큼 집었다. 그러고는 한손으로 단무의 턱을 잡고서 다른 손으로 그 입에 천조각을 쑤셔넣었다.

"하지만 아직까지는 내가 섭왕이다. 무엇이든 내가 하고 싶은 대로 할 수 있다. 내가 네 말이 듣기 싫다면 너는 말을 해서는 안 된단 말이다!"

복수는 두 시간을 끌었고 나도 지칠 대로 지쳤다. 호위병들이 단무의 두 팔을 놓았다. 그는 이미 일어설 수 없었다. 나는 단무가 땅바닥을 기어오는 것을 보았다. 기다란 두 다리가 토막 난 나무처럼 뻣뻣해 보였다. 단무는 헛구역질을 하며 내 발치까지 기어와서 내 옷자락을 잡아당겼다. 그의 얼굴에 갑자기 천진난

만한 미소가 번졌다.

"단문의 이마에 새겨진 글씨를 보았느냐?"

"못 보았다. 하지만 거리의 백성들은 보았지. 네 형이 내 왕위를 찬탈하려는 것을 모두가 알고 있다."

"누가 형의 이마에 섭왕이라는 두 글자를 새겼는지 아는가?"

"마침 물으려 했다. 네가 새겼느냐, 아니면 단문 스스로 새긴 것이냐?"

"아니다. 선왕의 망령이다. 어느 날 밤, 형은 꿈에서 선왕의 손과 반짝이는 금침을 보았다. 아침에 일어나 보니 형의 이마에 그 두 글자가 새겨져 있었다."

"허튼소리는 집어치워라! 단문의 방자함이 극에 달했구나. 감히 그것으로 궁에 와서 내게 도전하려 했다니. 내 눈으로 그 망할 이마를 보았다면 내 어떻게 했을 것 같으냐? 비수로 그 글씨를 도려냈을 테지. 놈이 꿈에서 깨어날 때까지!"

"아니, 그것은 선왕의 망령이 한 일이 맞다. 너든 형이든 누구도 그 두 글자를 숨길 수 없다. 누구도 형의 이마에서 그것을 지울 수 없단 말이다."

단무는 껄껄 호탕하게 웃더니 내 옷자락을 놓고 계단에서 굴러떨어졌다. 호위병들이 다가가 단무를 청수당에서 끌어냈다. 끌려가는 그의 무릎에서 배어나온 피가 길게 바닥에 묻었다. 멀리서 보니 그 핏자국이 뱀의 형상 같았다. 단무는 끌려가는 내내 미친듯이 웃음을 그치지 않았고 나는 멀리서 그 소리를 듣는데도 오싹 소름이 끼쳤다.

전대의 섭왕이자 세상에 뛰어난 명성을 남긴 나의 부왕은 작고한 지 여러 해가 되어서도 내 머리 위에 무거운 그림자를 드리우고 있었다. 부왕이 왜 죽었는지 일찍이 의견이 분분했다. 가짜 선단을 잘못 복용해 죽었다, 대낭의 아름다운 침상 위에서 죽었다, 심지어 황보부인이 극독으로 자신의 친아들을 해쳤다는 은밀한 소문도 있었다. 하지만 나는 오직 내 판단을 믿었다. 걱정과 공포, 욕망이 합쳐져 죽음의 밧줄이 된 것이라고 믿었다. 그 밧줄은 언제든지 누구라도 저승으로 보낼 수 있었다. 나는 부왕이 자기 스스로 죽었다고 믿었다. 자신의 손으로 목에 그 밧줄을 걸고 조여 죽은 것이다.

여름 이후, 나는 부왕의 손을 여러 차례 보았다. 검은 털이 부숭부숭한 그 큰 손은 조회가 열리고 있는 번심전에 나타나 마치 구름처럼 신하들의 예복 사이로 흐르다가 곰팡이와 검은 벌레 알이 가득 묻은 밧줄을 내게 휙 던졌다. 꿈에서는 더 자주 나타났다. 꿈속에서 부왕의 손이 또다른 아들의 이마를 부드럽게 어루만졌다. 바로 큰아들 단문이었다. 꿈속에서 정말로 부왕의 손이 금침을 들어 단문의 이마에 섭왕이라는 두 글자를 새겼다.

"너는 진짜가 아니다."

부왕은 말했다.

"진짜 섭왕은 큰아들 단문이다."

신하들이 내게 고하길, 단문은 이미 품주로 달아났으며 관 속에 몸을 숨겨 순찰병의 눈을 피했다고 했다. 그 관은 급사한 청현자사青縣刺史 이안李安의 것이었는데 이안의 고향인 품주에 묻으러 옮기던 길이었다. 신하들은 단문이 이안의 시신 밑에 누워 품주에 다다랐다고 말했다.

품주는 서왕 소양의 천하였고 소양은 줄곧 단문을 총애했다. 소양은 과거에 단문이 왕위를 이어야 한다고 주장했던 네 번왕 중 하나였다. 따라서 단문은 서왕부에 머물며 원기를 회복한 것이 거의 확실해 보였다. 마침내 그가 비교적 안전한 나무그늘을 찾은 것이다.

어머니 맹부인은 나와 마찬가지로 안절부절못했다. 이번에 단문을 놓친 것이 나중에 큰 화근이 되리라며 한바탕 불평을 늘어놓은 뒤, 비밀 논의를 위해 급히 승상 풍오를 불렀다. 맹부인은 내게 말했다.

"저들이 죽든 우리가 죽든 둘 중 하나입니다. 절대로 소양과 단문이 한배를 타게 하면 안 돼요. 어떻게든 단문을 죽여야지 다른 방법이 없어요. 서왕부와 함께 끝장을 내야 합니다."

얼마 후 승상 풍오가 주음당으로 달려왔지만 그의 생각은 맹 부인과 크게 달랐다. 그런데 이상하게도 둘의 이야기가 점차 깊 어질수록 나는 방관자가 되었다. 문득 오래전 연랑과 미복 차림 으로 품주성을 돌아다니며 본 광경이 떠올랐다. 납팔절을 즐기 던 열광적인 인파도 떠올랐다. 남쪽에서 흘러들어온 그 곡마단 을 똑똑히 보았었다. 피곤해도 즐거워 보이는 광대들이 구경꾼 들 한가운데에 드문드문 앉아 있고 나무판, 주전자, 딱따기, 쟁 반, 통나무, 바퀴, 꼭두각시 같은 소품들이 공터에 쌓여 근사하 고 환상적이었다. 이윽고 내 눈앞에 그 높은 밧줄이 나타났다. 줄은 마치 무지개처럼 주음당과 품주성 사이에 가로놓인 듯했 다. 나는 흰 상의와 흰 바지를 입은 줄타기꾼을 보았다. 줄타기 꾼은 두 팔을 수평으로 뻗고 미소를 머금은 채 앞으로 세 걸음을 갔다가 뒤로 한 걸음 물러났다. 그의 재주는 위험하면서도 아름 다웠다. 그는 사람들의 환호 속에서 돌연 뒤를 돌아보았다. 나는 그가 나의 또다른 영혼이자 육체임을 알아챘다.

"서왕 소양의 휘하에는 정예병과 용장 이만 명이 있습니다. 조 정에서 품주를 토벌한다면 당해내기 힘들 겁니다."

승상 풍오가 말했다.

"소양의 세력은 여덟 왕 중 상위에 속합니다. 석 자 두께의 얼음은 하루아침에 생기지 않습니다. 생전에 선왕도 소양을 숨은 우환으로 보셨지만 저지할 힘이 없으셨습니다. 지금 저희는 내우외환에 시달리고 있습니다. 이제 겨우 제천회를 제거했는데 당현棠縣과 봉주封州 일대에서 또 반란이 일어나지 않습니까. 이럴 때 군사를 모아 품주를 토벌한다는 것은 탁상공론일 수밖에 없습니다."

풍오는 이런 말을 하며 묘한 웃음을 지었다. 그의 교활하고 영리한 눈빛이 맹부인의 얼굴을 스쳐 주음당의 꽃무늬 창틀에 머물렀다. 마침 파리 한 마리가 창틀 위를 윙윙 날아다녔다. 풍오가 비유적인 말을 꺼냈다.

"폐하와 부인은 파리가 싫으신가요? 파리를 상대할 때 가장 좋은 방법은 때려죽이는 게 아니라 창을 열어 밖으로 내보내는 겁니다."

"만약 나가지 않고 얼굴로 날아온다면?"

맹부인이 물었다.

"그러면 좋은 파리채가 필요하겠죠."

풍오가 탄식하며 말했다.

"하지만 안타깝게도 좋은 파리채가 안 보이니 못 본 척 보내버릴 수밖에요."

"참으로 지혜로운 승상이구려!"

갑자기 맹부인의 안색이 바뀌더니 우울한 얼굴에 악독한 미소
가 떠올랐다. 맹부인은 둥근 화리목 탁자 위에 놓인 비취색 도자
기를 들어 풍오에게 집어던졌다.

"우리보고 궁에 앉아 죽기를 기다리라는 것이오?"

맹부인은 벌떡 일어나 풍오의 코를 가리키며 말했다.

"나는 너희 겁쟁이들의 개소리는 못 믿겠다. 너희에게 톡톡히
매운맛을 보여주마!"

모욕을 당한 풍오는 긴 소매로 퍼렇게 부어오른 얼굴을 가린
채 입을 다물었다. 나 역시 맹부인이 되는 대로 퍼부은 욕설에 어
안이 벙벙했다. 맹부인은 이때 처음으로 조정 중신 앞에서 자신
의 속된 모습을 노출했다. 순망치한脣亡齒寒의 운명이 나와 마찬가
지로 그녀를 화나게 하고 미치게 만들었다는 생각이 들었다.

나는 맹부인의 시장 아낙네 같은 언행을 너그러이 봐줄 수 있
었지만 자존심 강한 풍오는 한낱 귀비에게 치욕을 당하고 쫓겨
난 것을 받아들일 수 없었던 모양이다. 며칠 뒤, 두 대에 걸쳐 승
상을 지낸 풍오가 벼슬을 내려놓고 낙향했다는 소식이 도읍에
파다하게 퍼졌다.


팔월에 각 번왕에게 보냈던 사신들이 모두 소득 없이 돌아왔
다. 사신들이 가져온 번왕들의 상소문은 내용이 한결같았다. 동

왕 달준達浚과 서남왕 달청達淸은 병으로 조정에 오지 못한다 했고 남왕 소우昭佑는 정무가 과중하여 몸을 뺄 수가 없다고 했으며 동북왕 달징達澄은 친히 군대를 이끌고 밖에 나가 여러 해 밀린 각 현의 잡세를 거두고 있다고 했다. 번왕들의 상소문이 이렇게 일치하는 것이 결코 우연이 아니라고 생각했다. 그것은 대단히 위험한 신호였다. 아무래도 번왕들의 세력을 이용해 소왕을 공격하는 것은 유치한 환상일 듯했다.

유일하게 왕명에 응해 입궁한 이는 허울만 번왕인 서북왕 달어였다. 달어는 벌써 여러 해 도읍에서 빈둥거렸다. 여전히 주색에 빠져 헤어나지 못했다. 달어는 곤드레만드레 취해 번심전에 들어왔다. 뺨에는 미심쩍은 붉은 자국이 남아 있었는데 아마도 기루에서 오는 길인 듯했다.

주정뱅이만 하나 왔군. 그렇다면 이자와 사직의 대업을 논할 수밖에. 내심 쓴웃음을 짓고 시종을 시켜 달어에게 술 깨는 환약을 가져다주게 했다. 그런데 달어는 그 환약을 바닥에 내던지고는 자신은 취하지 않았다고 거듭 말했다. 오늘이 가장 정신이 말짱한 날이라는 것이었다. 달어는 비틀비틀 의자에 앉아 거리낌 없이 트림을 했고 나는 그 모습을 지켜보았다.

"잠시 앉았다 가게나. 다들 오지 않았네. 기다려도 오지 않을 거야."

나는 혐오스러운 눈빛으로 술기운 가득한 얼굴을 바라보았다.

"얘기할 만한 것도 없으니 트림이나 몇 번 더하고 그냥 가도 되네."

"유앵루流鶯樓의 기녀 얘기를 들어보셨습니까? 파사국波斯國 여자인데 예쁘고 악기와 춤에 능하며 주량도 놀랍습니다. 혹시 마음이 있으시면 제가 궁으로 데려오지요."

달어는 또다시 트림을 한 뒤, 서서히 내게 몸을 기울였다. 술 냄새와 지분 향이 섞여 훅 끼쳐왔다. 달어가 또 은근한 어조로 말했다.

"폐하의 비빈들도 하나하나 절색이긴 하지만 그 여자 앞에서는 어림도 없을 겁니다. 폐하, 설마 파사국 여자의 흥취를 즐기고 싶지 않으신 건 아니겠죠?"

"그럴 리가 있나. 오늘밤에 당장 그 여자를 궁으로 데려오게."

달어는 기뻐서 웃음을 터뜨렸다. 나는 그가 궁정의 연애담 수집에 관심이 많다는 것을 알고 있었다. 달어의 또다른 취미였다. 이상한 것은 나의 태도였다. 나는 기분이 최악인 상황에서 달어의 음탕한 함정에 걸려들었다.

잠시 단문과 소양은 한쪽에 치워두었다. 예로부터 얼마나 많은 제왕들이 활활 타는 산 위에서도 미인을 품고 스스로를 위로했던가. 나만 그런 것도 아니고 내 잘못도 아니었다. 그날 밤, 달어는 그 파사국 여자를 몰래 청수당의 측전側殿으로 끌어들였다. 나는 여인의 백옥처럼 반짝이는 풍만한 육체에서 죽음의 신 냄새를 맡았다. 손목과 발목에 가득 낀 금팔찌 은팔찌는 그녀가 춤을 출 때 어지럽지만 듣기 좋은 음악을 연주했다. 아름답고 대담한 그 파사국 여자는 고국의 유명한 배꼽춤을 추다가 탁자 위에서 바닥으로 뛰어내린 뒤, 서북왕 달어 옆을 지나 내 품으로 뛰어들었다. 그 짙은 남색 눈은 나를 노골적으로 유혹했고 격정적인 두 손은 가슴 뛰게 하는 춤사위를 펼쳤다. 나는 그만 넋을 잃었다. 아름다운 죽음의 신이 부드럽게 나를 어루만지고 있었다. 그 손길이 머리와 심장을 따라 서서히 아래로 내려왔다. 차디찬 물줄기 같았다. 이때 하늘 깊은 곳에서 무겁고 슬픈 소리가 들려왔다. 섭왕이 이토록 음탕하니 섭국의 마지막날이 곧 닥치리라.

혜비가 궁을 떠난 후로 나는 혜비에 관해 어떠한 소식도 듣지 못했다. 간혹 궁내 강가의 돌다리를 건너다가 무의식적으로 다리 밑을 두리번거리곤 했다. 풍경은 그대로인데 사람은 간 곳 없었다. 버드나무 아래 향기로운 풀이 무성하건만 새를 흉내내며 강을 따라 달리던 흰옷의 소녀는 더이상 보이지 않았다. 나는 그 품주 소녀가 이미 불문에 귀의했다는 사실과, 한때 그녀와 나누었던 애절한 연정이 생각나 저절로 슬픈 상념에 빠졌다.

후비들 간의 다툼과 갈등은 여전히 끊이지 않았다. 그 무지하고 천박한 여자들은 비바람에 요동치는 대섭궁의 상황을 아는지 모르는지 옷과 미용, 임신에 관한 유언비어에 빠져 온갖 황당하고 가소로운 실험을 하곤 했다. 언젠가 나는 난비가 식초를 얼굴 가득 바르고 난화전蘭華殿 앞에 단정히 앉아 햇빛을 쬐는 것을 보았다. 난비는 식초에 눈이 따가워 계속 눈물을 줄줄 흘렸다. 눈가가 붓고 짓물러 여러 날을 고생했다. 나중에 궁녀들의 이야기를 들으니 난비가 민간의 미용 비법을 잘못 쓰는 바람에 그런 어처구니없는 일을 당했다고 했다. 난비는 홧김에 자신에게 식초를 발라준 궁녀의 뺨을 세 대 때렸다고 한다.

더 우스운 사건은 후비들 사이에 비밀스럽게 돌던 처방전 때문에 벌어진 일이었다. 임신이 되게 하는 영약의 처방이라고들 했다. 내가 번심전에서 신하들의 신랄한 상소문 때문에 심란해할 때, 후비들은 작은 질화로에 약초를 달이느라 바빴다. 내가 어느 비빈의 처소에 가든 지린내 섞인 그 이상한 약냄새가 났다. 나중에 나는 함비에게서 그 처방전이 그녀의 손에서 나와 퍼졌다는 이야기를 들었다. 자기가 일으킨 익살극에 흠뻑 빠져 있던 함비가 교활하면서도 만족스러운 어조로 말했다.

"다들 저를 질투하잖아요. 천자 아기씨를 미친듯이 배고 싶어 한다고요. 그래서 멋대로 처방을 지어냈어요. 먹고 죽는 것도 아니고, 그 여자들의 바람을 도와주죠 뭐. 온종일 제 몸을 뚫어져라 보며 침을 삼키는 일이 없게 말이에요."

나는 함비가 아무렇게나 휘갈겨 쓴 처방전을 보았다. 황련, 회향, 방풍, 패모, 백지, 당귀, 유향, 연교, 하수오, 금은화, 육종용 등 십여 가지 약초들이 나열되어 있었다. 그런데 마지막 약재는 다른 부인들을 조롱하고 또 복수하려 넣은 것이 분명했다. 바로 돼지 오줌보였다. 약탕기에서 나던 이상한 지린내의 원인이 무엇인지 밝혀진 셈이었다.

"가엾은지고."

나는 웃으려 해도 웃음이 나오지 않았다. 후비들이 코를 잡고 약을 복용하는 광경을 상상하며 처방전을 찢었다. 나는 함비의 자랑스럽게 솟아오른 배로 손을 뻗어 잠시 쓸어준 뒤 물었다.

"너는 지금 행복하냐?"

"당연히 행복하죠, 폐하. 제가 어찌 행복하지 않을 수 있겠어요? 두 달만 있으면 천자 아기씨가 태어나는데 말이에요."

함비의 얼굴에 기쁨의 홍조가 넘쳐났다. 이윽고 함비가 천진난만하게 반문했다.

"폐하는 행복하지 않으세요?"

"내가 행복한지 행복하지 않은지는 하늘만 안다."

함비의 뜨겁고 집요한 눈빛을 외면하며 나는 고개를 숙인 채 비취 노리개를 만지작거렸다.

"두렵지 않느냐? 갑자기 횡액이 닥칠까 두렵지 않느냐? 혜비
같은 결말을 맞을까 두렵지 않느냐 말이다."

"두렵지 않아요. 폐하와 맹부인이 저를 지켜주시니 다른 여자
들도 감히 저를 해치지는 못할 거예요. 혹시 횡액이 닥쳐도 폐하
와 맹부인이 저를 위해 나서주실 거잖아요."

내 반응을 떠보며 함비가 내 무릎 위에 올라앉았다. 비대해진
몸집 탓에 그녀의 애교는 전혀 분위기가 나지 않았다. 그 순간
나 자신이 짊어진 부담이 얼마나 크고 무시무시한지 깨달았다.
그것들은 산사태로 쏟아져내리는 바위처럼 하나씩 하나씩 내 위
태로운 왕관 위에 쌓여갔다.

"재난은 궁궐 밖에서 올 것이다. 만약 대섭궁마저 재난에 무너
지고 모두가 위태로워지면 누가 누구를 도울 수 있겠느냐? 그날
이 머지않았다."

나는 벌떡 일어나 함비를 밀어내고서 도망치듯 침실을 빠져나
왔다. 그런데 문밖에 나왔을 때 갑자기 억누를 수 없는 초조함과
분노가 솟구쳤다. 구슬 주렴을 발로 차며 놀란 함비에게 소리쳤다.

"그 천한 여자들에게 알려라. 다들 속옷을 벗고 궁문 앞에서
기다리고 있으라고. 단문이 올 것이다. 단문이 와서 너희를 임신
시킬 것이다!"

나는 점차 후비들의 처소에 발길을 끊고 매일 밤 홀로 청수당

에 머물렀다. 갑작스레 임질에 걸린 것을 남에게 말하기가 곤란했다. 내 의기소침하고 절망적인 기분 때문이었다. 어의에게 임질을 고칠 영단이나 묘약을 달라고 할 마음이 없었다. 후비들의 온갖 눈치와 저울질에도 벙어리, 귀머거리 행세를 했고 어떠한 유혹과 암시도 거절했다. 비장한 자세로 마지막날을 맞이하고 있다는 생각이 들었다.

내 제왕 생애의 마지막 시절이었다. 사그라진 재처럼 의욕이 없었다. 나의 충복 연랑이 아름다운 부인들을 대신해 온종일 내 곁을 지켰다. 어느 천둥 번개 치던 밤에는 연랑과 촛불 아래 긴 이야기를 나누었다. 어리고 무지했던 시절의 궁정 생활을 하나하나 돌아보았다. 물론 품주성에서 미복을 입고 놀러 나간 이야기를 가장 많이 했다. 품주성에서 납팔절을 즐기던 사람들이 우리 둘 모두에게 영원히 잊지 못할 기억으로 남았음을 서로 확인했다. 밤하늘에 벼락 소리가 우르릉 울리고 청수당을 후려치는 폭우에 건물이 떨리는 신음소리를 냈다. 베갯머리의 촛불이 획 꺼지고 어둠 속에서 번개가 번뜩이는 것을 보고서 나는 용상에서 벌떡 일어나 창문을 닫으려 했다. 하지만 연랑이 내 손을 꽉 붙잡고 말했다.

"폐하, 두려워 마십시오. 저것은 번개일 뿐입니다. 여태껏 번개가 제왕의 궁전에 들어온 적은 없었습니다."

"아니다. 저 번개가 정확히 내 정수리에 꽂힐지도 모른다."

나는 청수당 밖에서 비바람에 흔들리는 나뭇가지를 두려운 눈으로 지켜보았다.

"이제 나는 아무것도 못 믿겠다."

나는 연랑에게 말했다.

"내가 믿는 것이라고는 재난이 한 발 한 발 대섭궁에 다가오고 있고 섭국의 마지막날이 머지않았다는 사실뿐이다."

연랑은 몸에 익은 구부정한 자세로 어둠 속에 서 있었다. 연랑의 얼굴은 잘 안 보였지만 울먹이는 소리는 잘 들렸다. 꼭 슬프게 흐느끼는 여인 같았다. 나는 연랑이 나의 두려움과 나의 슬픔을 이해했다는 것을 알았다.

"내가 치명적인 재난을 피할 수 있다면, 살아서 대섭궁을 떠날 수 있다면, 너는 내가 뭘 하러 갈 것 같으냐?"

"품주성의 곡마단을 찾아가시겠죠. 줄타기를 하시려고요."

"맞다. 그 곡마단을 찾아갈 것이다. 줄타기를 하려고."

"폐하가 줄타기를 하시면 저는 통나무밟기를 하겠습니다."

나는 연랑의 어깨를 꼭 끌어안았다. 그 불길한 뇌우의 밤에 나와 비천한 출신의 대환관은 서로 껴안고 흐느끼며 팔 년간의 제왕의 생애가 끝나는 것을 미리 애도했다.

# 6

음력 팔월 스무엿새, 광유대장군 단문과 서왕 소양이 나란히 말을 타고 품주성 성문을 나섰다. 그들 뒤로는 늠름한 군대의 행렬과 하늘을 다 가릴 듯한 깃발이 몇 리에 걸쳐 있었고 나팔 소리가 서북 지역 전체에 울려퍼졌다. 대군은 파죽지세로 섭국의 도읍을 향해 나아가 셋째 날 아침, 도읍 서쪽 육십 리에 위치한 지주池州의 경계에 다다랐다.

그날 아침 섭국 역사상 가장 유명한 지주 전투가 벌어졌다. 지주 방어선에 배치된 일만 관병과 반군이 백병전을 펼쳤다. 그들의 피와 살이 지주성 밖 들판과 강줄기를 뒤덮었다. 전투는 꼬박 하루 밤낮을 끌었고 양쪽에서 무수한 사상자가 발생했다. 이튿날 정오, 요행히 살아남은 자들은 전사자들의 시체를 강물에 던졌다. 공터를 충분히 확보해 마지막 결전을 치르기 위해서였다. 그 시체들이 강줄기를 막아 무수한 부교浮橋를 이루었다. 공포의 전선에서 탈주한 관병들은 시체의 부교를 밟고 몰래 강을 건너 온몸에 피비린내를 풍기며 고향으로 도망쳤다. 탈주병들이 길가에 내버린 무기는 나중에 그곳 농민들이 호미, 쟁기 같은 농기구와 짐수레의 바퀴로 개조해 지주 전투의 영원한 기념물이 되었다.

내가 아끼던 장군 길장은 단문의 굉천극轟天戟에 찔려 낙마했다. 지주 전투가 관병의 참패로 끝나리라는 예고였다. 단문은 길장의 시체를 말의 배에 묶고 강 언덕을 질풍처럼 달렸다. 그의 이마에 새겨진 신비로운 파란 글씨가 정오의 햇빛 아래 빛을 발했다. 그의 백마가 지나갈 때, 남은 관병들은 그 이마의 '섭왕'이라는 글씨를 똑똑히 보고 겁에 질려 가을 풀처럼 엎드려 항복을 청했다.

육십 리 떨어진 대섭궁은 죽음의 분위기에 빠져들었다. 나는 성루 위에서 멀리 짐마차 한 대가 왕후 팽씨의 연하당 앞에 서 있는 것을 보았다. 팽국에서 온 검은 옷의 무사들이 수레 앞뒤에서 바쁘게 움직였다. 팽왕 소면의 명령으로 공주를 전란에서 빼내 데려가기 위해 온 자들이었다. 나는 팽씨의 목쉰 울음소리를 어렴풋이 들었다. 팽씨가 왜 괴로워 우는지 알 수 없었다. 혹시 이번에 가면 다시 돌아올 수 없음을 깨달은 것일까? 처음으로 그 교만하고 사나운 여자에게 연민을 느꼈다. 팽씨는 궁중의 모든 비빈들처럼 깊디깊은 꿈에서 갑자기 놀라 깨어났다. 그녀들은 앞으로 운수 사나운 제왕과 함께 깊이를 알 수 없는 어둠 속으로 추락해갈 것이다.

그날 정오에 나는 성루 난간에 힘없이 기대어 서쪽을 바라보았다. 짙푸른 하늘과 도읍의 거무스름한 지붕들이 있었고 길을 재촉하는 상인들의 말발굽 밑에서 누런 흙먼지가 피어났다. 도읍의 백성들은 전란을 앞두고 집안에서 문을 걸어 잠갔다. 아무 것도 보이지 않았다. 오십 리 밖의 마지막 전장도, 거리에서 개미떼처럼 북적대는 나의 백성들도 보이지 않았다. 내 마음은 황량하기 그지없었다. 얼마 후 나는 성루의 종소리를 들었다. 그것은 죽음을 알리는 조종弔鐘 소리였다. 하지만 성루에는 아무도 없었고 바람도 불지 않았다. 누가 조종을 치는지 궁금해 종려 털을 꼬아 만든 종 줄을 눈여겨보았다. 줄은 응고된 공기 속에서 신비롭게 움직이고 있었다. 불가사의하게도 나는 그 종 줄에서 여덟 명의 하얀 꼬마귀신을 발견했다. 뜻밖에도 백주 대낮에 나타나 종 줄에 매달려 차가운 죽음의 종소리를 내고 있었다.


먼지가 뽀얗게 묻은 그 『논어』를 내가 어디서 주웠는지는 기억이 잘 나지 않는다. 승려 각공이 대섭궁을 떠난 지 이미 여러 해가 되었다. 이별을 앞두고 각공은 내게 그 유명한 성현의 책을 마저 읽으라고 했다. 하지만 나는 그 일을 까맣게 잊었고 막상 그 무거운 서책을 무릎 위에 펴놓으니 눈앞이 하얗기만 했다. 이미 내게는 『논어』를 읽을 시간이 없다는 생각이 들었다.

후궁 이곳저곳에서 부인들이 흐느끼는 소리가 들렸고 환관과 궁녀들은 두렵고 슬픈 표정으로 건물 사이를 머리 없는 파리처럼 왔다갔다했다. 나의 어머니 맹부인은 흰 비단 천을 받쳐든 환관 몇을 데리고 귀비들의 처소를 순례했다. 이 자결 의식에는 별다른 말이 필요 없었다. 맹부인은 뜨거운 눈물을 글썽이며 난비와 근비가 대들보에 스스로 목을 매는 모습을 직접 지켜보았다. 마지막으로 맹부인은 남은 천을 이방루로 가져갔다.

임신한 상태인 함비는 맹부인에게 격렬히 저항했다. 한사코 죽기를 거부하며 가위로 비단 천을 잘랐다고 한다.

"천자 아기씨가 아직 태어나지 않았으니 저는 절대 죽을 수 없어요!"

함비는 맹부인을 껴안고 간절히 애걸했다.

"살려주세요. 죽어야 한다면 천자 아기씨를 낳고 목을 맬게요."

"너는 어쩌면 이렇게 어리석으냐?"

맹부인도 목이 메어 말이 나오지 않았다.

"이 멍청한 것아. 네게 그럴 날이 있을 것 같으냐? 내가 너를 살려줘도 단문이 너를 놓아줄 리 없다. 단문의 군대가 곧 궁에

들이닥친단 말이다."

"살려주세요. 저는 천자를 임신했어요. 죽을 수 없어요!"

함비는 날카롭게 비명을 지르며 맨발로 완월루를 뛰쳐나갔다. 맹부인은 함비가 산발을 하고 냉궁 쪽으로 달아나는 걸 보았다. 냉궁의 쫓겨난 비빈들 사이에 몸을 숨기려는 듯했다. 맹부인은 쫓아가려는 환관들을 제지하고 쓴웃음을 지으며 말했다.

"멍청한 아이로구나. 저 아이는 더 비참하게 죽게 되었어. 냉궁의 여자들이 저 아이를 갈기갈기 찢어버릴 게다."

함비가 혼란 속에 택한 은신처는 과연 그녀의 무덤이 되었다. 나중에 들은 바에 따르면 함비는 대낭의 감방에 들이닥쳐 자신을 건초로 덮어 숨겨달라고 했다. 대낭은 그 말대로 했다. 대낭은 혀가 잘려 말을 못했고 열 손가락도 쇠집게에 잘린 상태였다. 그래서 함비의 몸에 건초를 덮어주는 대낭의 동작은 무척이나 느리고 둔했다. 이윽고 대낭은 유일하게 성한 자신의 두 다리로 건초 밑의 함비를 미친듯이 짓밟았다. 살려달라는 함비의 목소리가 점점 잦아들고 누런 건초가 빨갛게 피에 물들 때까지.

나는 냉궁의 건초 더미 위에 끄집어내진 함비의 시체를 보지 못했다. 미친 폐비의 발길질 때문에 산 채로 모태에서 떨어진 내 혈육도 보지 못했다. 대섭궁에서의 마지막날은 내게 정지되고 응고된 시간이었다. 나는 손에 『논어』를 든 채 재난이 닥치기를 기다리고 있었다. 의외로 물처럼 마음이 고요했다. 얼마 후 광섭문 쪽에서 말뚝으로 문을 부수는 소리가 들려와 고개를 들었다. 문밖에 공손히 서 있던 연랑이 침착한 말투로 아뢰었다.

"태후 마마가 서거하시고 함비 마마가 서거하셨습니다. 근비 마마, 난비 마마도 이미 서거하셨습니다."

"그러면 나는? 나는 아직 살아 있느냐?"

"폐하는 만수무강하실 겁니다."

연랑이 말했다.

"하지만 나는 내가 점점 죽어가고 있는 것 같다. 아무래도 이 『논어』를 다 읽기는 그른 듯하구나."

소란스러운 말발굽 소리가 마침내 밀물처럼 광섭문을 통과해 왕궁으로 쏟아져들어왔다. 나는 손가락으로 귀를 막고서 말했다.

"들었느냐? 이렇게 섭국의 마지막날이 왔다."


나와 나의 배다른 형제 단문은 궁궐 담장 아래에서 팔 년 만에 다시 만났다. 단문의 얼굴에는 이제 원한과 우울의 기색이 전혀 없었다. 그 기나긴 왕위 쟁탈전의 승리자가 된 단문의 미소는 피곤하면서도 의미심장해 보였다. 서로 말없이 마주보는 순간, 지난 세월 궁정에서 벌어진 풍파 하나하나가 내 눈앞을 스쳤다. 백마 위 저 백절불굴의 용맹한 사내는 선왕의 화신임이 분명했다.

나는 단문에게 말했다.

"네가 바로 섭왕이다."

단문은 흐뭇한 표정으로 밝게 웃었다. 내 기억에 그때 처음으로 단문이 웃는 모습을 보았다. 단문은 여전히 나를 조용히 주시했다. 기이한 연민과 부드러운 감정이 담긴 눈빛이었다.

"너는 폐물 중의 폐물이자 산송장이다. 애당초 그들이 억지로 네 머리에 왕관을 씌웠지. 그것은 네 불행이자 섭국 백성들의 불행이었다."

단문은 백마에 탄 채 내게 다가왔다. 그의 검은 망토가 새의 날개처럼 펄럭이며 쌉쌀하고 시큼한 냄새를 몰고 왔다. 단문의 이마에서 파란색 두 글자가 뿜어내는 그물 모양의 광채에 나는 눈이 따끔따끔했다.

"내 이마의 글씨가 보이느냐?"

단문이 말했다.

"선왕의 망령이 남긴 조칙이다. 나는 네게 제일 먼저 이것을 보여주고 담담히 죽으려 했었다. 그런데 그 늙은 거지의 지팡이가 모든 운명을 바꿔놓았지. 이제 너는 마지막 목격자가 되었다. 자, 누가 진정한 섭왕이냐?"

"네가 바로 섭왕이다."

"그렇다. 내가 바로 섭왕이다. 이것이 온 세상이 내게 알려준 진상이다."

단문은 한 손을 내 어깨 위에 얹었다. 다른 한 손으로는 내가 경악할 만한 동작을 취했다. 마치 진짜 형인 것처럼 내 뺨을 어루만진 것이다. 단문의 목소리는 대단히 사려 깊고 평온했다.

"담장을 넘어가라."

단문이 말했다.

"바깥세상에 나가 서민이 돼라. 이것이 가짜 제왕에게 내리는 가장 훌륭한 징벌이다."

단문은 또 말했다.

"너의 충복 연랑을 데려가라. 이제부터 네 서민의 생애를 시작해라."

나는 연랑의 부드러운 어깨를 밟고 올라섰다. 찢어진 깃발처럼 몸이 솟아올랐다. 이제 나는 이십여 년을 산 제왕의 땅을 멀리 벗어날 것이다. 궁궐 담장 위 잡초가 손등을 스치면서 톱니 모양 풀잎에 피부가 긁혔다. 나는 담장 밖의 도읍을 보았다. 높이 떠 있는 뜨거운 태양, 태양 밑의 집과 거리와 드넓은 숲. 이 모두가 이글거리는 낯선 세계였다. 나는 잿빛 새 한 마리가 내 머리 위를 날아가는 것을 보았다. 기괴한 새 울음소리가 여름날의 하늘에 울려퍼졌다. 내 귀에는 그것이 마치 사람 소리처럼 들렸다.

"망했노라…… 망했노라…… 망했노라……"

제
3
부

我
的
帝
王
生
涯

# 1

내 서민 생애는 그 뜨거운 여름에 시작되었다. 도읍의 공기는 무겁게 가라앉았고 길가의 행인들은 작열하는 태양 아래 땀냄새를 풍기고 다녔다. 관리들의 집에서 키우는 개들은 처마밑에서 조용히 잠을 자다 가끔씩 고개를 들어 낯선 사람을 향해 선홍색 혀를 날름거렸다. 가게와 술집은 한산했으며 검은 옷에 서녘 서西 자가 찍힌 반군 몇 명이 열을 지어 길모퉁이를 지나갔다. 나는 검붉은 말을 탄 서왕 소양을 보았고 천하를 뒤흔든 그의 다섯 맹장이 소양을, 그리고 두 개의 고리가 그려진 소양의 검은 깃발을 둘러싼 것도 보았다. 서왕 소양은 머리와 구레나룻이 온통 하얬으며 눈빛이 형형했다. 말을 몰아 도읍의 길을 지나는 그의 표정은 소원을 다 이룬 듯 침착하고 자신감에 차 있었다. 나는 이들이 단문과 손을 잡고 대섭궁을 뒤엎었다는 것을 알았다. 하지만 그들이 장차 어떻게 내 흑표용관을 나눠 갖고 또 어떻게 나의 부유한 영토와 재산을 나눠 가질지는 알지 못했다.

이때 나와 연랑은 이미 무명옷 차림이었다. 나는 나귀를 타고서 흰빛이 가득한 하늘을 우러러보고 병사와 군마가 날뛰는 전쟁의 풍경을 둘러보았다. 연랑은 어깨에 큰 포대를 메고 나귀를 끌면서 앞장서 걸어갔다. 나는 하늘이 내린 그 충복을 따라가고 있었다. 연랑은 나를 자신의 고향인 채석현으로 데려갈 작정이었다. 나에게는 다른 선택의 여지가 없었다.

우리는 북문을 통해 도읍을 빠져나가려 했다. 성문 근처는 경비가 삼엄했다. 반군이 모든 행인을 엄격하게 심문하고 수색했다. 나는 연랑이 비단 천에 은자 두 덩이를 싸서 어느 군관의 품에 찔러넣어주는 것을 보았다. 우리는 순조롭게 성문을 통과했다. 내 얼굴을 알아보는 사람은 없었다. 작은 나귀 위에서 대나무 삿갓으로 햇빛을 가린 상인 차림의 젊은이가 폐위된 섭왕이리라고는 아무도 생각지 못했다. 도읍에서 북으로 오 리쯤 떨어진 언덕 위에서 나는 대섭궁을 돌아보았다. 화려하고 휘황찬란한 제왕의 궁은 이미 누런 윤곽만 보였다. 모든 것이 어렴풋해졌고 또 모든 것이 흩어지고 있었다. 내게는 꿈같은 기억만 남았다.

채석현은 섭국의 동남부에 있었다. 옛날 내가 서쪽 순행을 갔던 길과 정반대로 가야 했다. 동남부의 끝없는 평야와 득실대는 사람들은 내게는 매우 낯설고 이국적이었다. 땅마다 마을과 논밭이 있었고 초가집마다 밭 가는 남자와 베 짜는 여자의 가정이 있었다. 내 도망치는 길에 넓디넓은 향촌이 노란색과 초록색이 교차하는 피륙처럼 펼쳐졌다. 나와 그 세속의 삶들 사이에는 때로는 도랑이, 때로는 진창길이, 때로는 몇 그루 잡목이 가로놓였을 뿐, 그들은 나와 그렇게 가까웠다. 탈곡하던 농민들은 익은 벼를 돌절구에 힘껏 찧으면서 흐리고 냉담한 눈빛으로 국도의 나그네를 바라보았다. 검정 무명 홑옷 차림에 붉은 천으로 아무렇게나 머리를 묶고 강둑에 삼삼오오 모여 빨래하던 아낙네들은 우리가 누구인지를 놓고 빠르고 거친 말로 입씨름을 했다. 빨랫방망이에 튀긴 물이 날아와 내 얼굴에 묻기도 했다.

"소금 장수야."

한 아낙네가 말했다.

"헛소리. 소금 장수라면 뒤에 소금 실은 말들이 있어야지. 내가 보기에는 과거 보러 갔다가 낙방한 선비야."

또다른 아낙네가 말했다.

"저 사람이 누군들 무슨 상관이야. 너는 네 빨래나 하고 저 사람은 자기 갈 길이나 가면 되지."

또 한 명의 아낙네가 이렇게 말하더니 덧붙였다.

"다들 입 다물어. 저 사람은 조정에서 잘린 관리가 분명해."

도망치는 길에서 나는 이와 비슷한 추측을 너무 많이 당해 점차 아무렇지 않아졌다. 한번은 강을 사이에 두고 여자들의 쓸데없는 입씨름에 답하기도 했다. 나는 큰 소리로 외쳤다.

"나는 너희의 국왕이다!"

빨래하던 아낙네들이 일제히 깔깔 웃음을 터뜨렸다. 나와 연랑은 마주 웃고는 서둘러 나귀를 몰아 지나갔다. 내가 던진 말이 농담이었는지 슬픔의 발산이었는지는 하늘만이 알 것이다.

기나긴 여정은 나를 세속의 삶으로 더 깊숙이 밀어넣었다. 나는 채석현으로 이어진 황토 먼지 날리는 흙길이 싫었다. 구더기와 파리가 들끓는 길가의 분뇨 항아리들도 싫었다. 더럽고 누추한 객잔에 묵으며 파리, 모기의 성화와 거칠고 맛없는 음식을 견뎌야 하는 것은 더더욱 싫었다. 길가의 한 노점에서 벼룩 세 마리가 대자리 틈에서 튀어나오고 커다란 쥐 한 마리가 담 구멍에서 미친듯이 찍찍대는 것을 본 적도 있다. 벼룩들은 대담하게 내 몸으로 기어올랐다. 손바닥으로 치고 을러대도 전혀 두려워하지 않았다.

팔다리에 알 수 없는 부스럼이 여러 군데 났다. 참을 수 없이 가려웠다. 연랑이 매일 질경이 즙을 환부에 발라주었다.

"이것도 하늘의 뜻이겠지. 이제는 벼룩조차 나를 업신여기는군."

씁쓸히 자조했다. 연랑은 말없이 천에 즙을 묻혀 조심스레 내 피부에 발랐다. 그 손길이 대단히 부드럽고 능숙했다.

"사실 이제는 너도 나를 업신여길 수 있지 않느냐."

나는 연랑의 손을 꽉 잡고 그를 노려보며 물었다.

"왜 너는 나를 업신여기지 않지?"

연랑은 여전히 말이 없었다. 그의 눈이 돌연 반짝이더니 촉촉하게 젖었다. 나는 연랑의 깊은 한숨 소리를 들었다.

"집에 가면 나아지실 겁니다, 폐하. 집에 가면 이런 짐승 같은 모욕은 당하시지 않을 겁니다."

시골 객잔에서 보낸 밤들을 잊을 수 없다. 지치고 피곤한 길손들이 대자리 위에서 쿨쿨 잠을 잔다. 나무문 밖 시골 들판 위에는 달빛이 남실대고 수풀 속 여름 벌레는 웅웅 울어댄다. 도랑과 무논에서는 개구리 소리가 끊이지 않는다. 섭국 동부의 여름은 견딜 수 없이 더웠다. 짚과 진흙으로 지은 객잔 안은 밤이 와도 여전히 찜통처럼 무더웠다. 나는 연랑과 나란히 자곤 했다. 연랑의 짧막짧막한 잠꼬대가 선명하게 들렸다.

"돌아가자. 돌아가자. 땅을 사자. 집을 짓자."

고향인 채석현으로 돌아가는 것은 연랑의 오랜 소망이었다. 그렇다면 지금 나는 남의 귀향길에 얹혀가는 짐일 뿐이었다. 이 모든 것은 하늘의 잔혹한 안배였다. 이때 나는 그 시골 객잔의 사람들 하나하나가 나보다 더 행복하고 즐거우리라 생각했다. 설사 내가 한때 지고무상의 제왕이었을지라도.

노략질을 당한 지점은 채석현에서 남쪽으로 삼십 리 떨어진 경계 지역이었다. 해가 저물고 있었고, 연랑은 나귀를 시냇가로 데려가 물을 먹이고 나는 길가의 바위 위에 앉아 잠시 쉴 때였다. 시내 저편은 깊이를 알 수 없는 떡갈나무 숲이었는데 문득 그 숲속에서 새들이 날아올랐다. 이어서 어지러운 말발굽 소리가 다가오고 늘어진 나뭇잎 새로 쾌마 다섯 마리와 복면을 쓴 기수 다섯 명이 보였다. 그들은 번개처럼 연랑과, 행낭을 진 나귀를 향해 돌진했다.

"폐하, 어서 도망치세요! 노상강도입니다!"

나는 연랑의 다급한 비명소리를 들었다. 연랑은 필사적으로 나귀를 끌고 길가 쪽으로 달렸다. 하지만 때는 이미 늦었다. 어느새 강도들이 연랑을 에워쌌다. 노략질은 순식간이었다. 강도한 명이 칼끝으로 나귀 등의 행낭을 찍어 말에 탄 동료에게 던졌다. 연약해 보이는 두 나그네를 상대로 한 노략질이라 모든 과정이 쉽고 간단하게 진행되었다. 곧이어 강도들은 연랑에게 다가가 몇 마디 묻고는 연랑의 적삼을 찢어버렸다. 나는 연랑이 처량한 목소리로 애걸하는 소리를 들었다. 하지만 강도들은 다짜고짜 연랑의 허리띠에서 전대를 떼어냈다. 이때 나는 머릿속이 하얘진 채 그냥 바위 위에 꼼짝도 하지 않고 앉아 있었다. 이렇게 우리는 강도에게 재산을 깡그리 빼앗겨 줄지에 무일푼이 되고 말았다.

강도들은 곧 말을 몰고 떡갈나무 숲으로 달려가 들판의 저녁 안개 속으로 사라졌다. 연랑은 시냇가에 엎드려 오랫동안 꼼짝하지 않았다. 연랑의 몸이 들썩이고 있는 것을 보았다. 연랑은 울고 있었다. 놀란 나귀가 한쪽으로 달려가 묽은 똥을 질편하게 싸고서 힝힝 나지막이 울어댔다. 나는 연랑을 진흙탕에서 잡아 일으켰다. 연랑의 얼굴은 진흙과 눈물로 범벅이 되어 있었다. 죽고 싶을 만큼 비통해 보였다.

"돈도 없이 무슨 낯으로 집에 돌아가죠?"

연랑은 돌연 손을 들어 자기 뺨을 좌우로 때렸다.

"제가 죽일 놈이에요. 폐하가 아직 폐하이고 저도 아직 무슨 총관태감이라고 생각했나봐요. 왜 재물을 전부 몸에 지니고 있었을까요?"

"몸에 지니고 있지 않으면 어디에 지녔겠느냐? 나귀와 행낭, 입고 있는 옷 몇 벌밖에 없지 않느냐?"

나는 고개를 돌려 사방의 들판을 바라보았다.

"예전에는 험한 산과 물가에만 강도가 많은 줄 알았다. 설마이런 들판의 국도에도 살인강도가 있을 줄은 몰랐지."

"섭국 사람들이 가난하고 굶주린 건 알았어요. 사람이 너무 가난하면 살인강도도 될 수 있죠. 그런데 저는 왜 그걸 대비하지 못했을까요? 왜 평생 모은 재산이 강도의 손에 들어가는 걸 보고만 있었을까요?"

연랑은 얼굴을 가린 채 비통하게 울었다. 그러고서 비틀비틀 나귀에게 달려가 아무것도 남지 않은 나귀의 등을 어루만졌다.

"아무것도 안 남았어요."

연랑은 말했다.

"저는 무엇으로 부모님께 효도하고, 집과 땅을 사고, 폐하를모셔야 하지요?"

노략질을 당한 것이 내게는 그저 설상가상일 뿐이었지만 연랑에게는 치명적인 타격이었다. 나는 어떻게 연랑을 위로해야 할지 몰랐다. 그런데 문득 나귀 발굽에 깔린 서책 한 권이 눈에 띄었다. 이미 책장이 떨어지고 암녹색 나귀 똥이 묻은 상태였다. 그것은 대섭궁을 떠나기 전 다급히 행낭에 집어넣은 『논어』였다. 아마도 강도들이 금은보화를 챙기다가 내던진 듯했다. 이제 그것은 요행히 재난을 면한 내 유일한 재물이 되었다. 천천히 『논어』를 집어들었다. 앞으로의 내 서민 생애에서 그것은 전혀 실용적인 가치가 없었다. 하지만 나는 이것이 또다른 하늘의 뜻임을 알았다. 나는 『논어』를 갖고 계속 떠돌아야 하는 것이다.

저물녘의 하늘은 어둑어둑했다. 채석현의 낮고 빽빽한 민가 지붕들 위에 먹구름이 드리웠다. 곧 큰비가 쏟아질 듯했다. 거리에는 어깨에 채소와 과일 바구니를 진 장사치들이 이리저리 뛰어다녔다. 우리는 온몸에 먼지를 뒤집어쓴 채 빈털터리로 연랑의 집으로 가고 있었다. 철물 시장에 다 와서 몇 사람이 연랑을 알아보았다. 밥그릇을 든 아낙네가 처마 밑에서 나귀 등을 훑어보더니 나무젓가락으로 연랑을 가리켰고, 이내 자기들끼리 낮은 어조로 무슨 말들을 주고받았다.

"저들이 뭐라고 하는 거냐?"

나는 나귀를 끌고 걸음을 재촉하는 연랑에게 물었다. 연랑이 거북한 표정으로 답했다.

"왜 나귀 등에 아무것도 없느냐고 하는군요. 또 왜 얼굴 하얀 공자를 데리고 돌아왔느냐고요. 다들 도읍에서 무슨 일이 일어났는지 모르나봅니다."

알고 보니 연랑의 집은 시끄럽고 비좁은 대장간이었다. 웃통을 벗은 대장장이 몇몇이 불가에서 바쁘게 일하고 있었다. 대장간은 열기가 후끈후끈해서 다가가기가 어려웠다. 연랑은 분주히

담금질을 하던 구부정한 늙은 대장장이 옆으로 곧장 걸어가 털썩 무릎을 꿇었다. 늙은 대장장이는 어리둥절해했다. 오래전에 집을 떠난 아들을 못 알아보는 것이 분명했다.

"손님, 무슨 일이시오."

늙은 대장장이는 부집게를 놓고 연랑을 잡아 일으켰다.

"예리한 도검을 만들고 싶으신가?"

"아버지, 아들 연랑이에요. 연랑이 집에 돌아왔어요."

연랑은 흐느껴 울었다. 대장간 사람들이 일손을 놓고 연랑 곁으로 몰려왔다. 안쪽 방의 장막이 홱 젖혀지더니 옷섶이 반쯤 열리고 젖먹이 애기를 안은 부인이 부리나케 달려나와 기뻐하며 소리쳤다.

"연랑이 돌아왔다고? 우리 연랑이 집에 돌아왔다고?"

"그럴 리가. 내 아들 연랑은 대섭궁에서 황제를 모시고 있소. 지금 그애는 벌써 출세해서 산해진미를 먹고 비단옷을 입고 있단 말이오."

늙은 대장장이는 꿇어앉은 연랑을 뜯어보면서 말도 안 된다는 듯이 미소를 지었다.

"손님, 무슨 그런 거짓말을 하시오. 손님은 옷도 남루하고 얼굴도 운수 사나워 보이는데 어떻게 내 아들 연랑이라는 거요?"

"아버지, 저 정말 연랑이에요. 못 믿으시겠다면 제 배에 난 빨간 점을 보여드릴게요."

연랑은 웃옷을 걷어 자기 어머니에게 몸을 돌리고는 절을 하며 말했다.

"어머니, 빨간 점 아시죠. 저 정말 두 분의 아들 연랑이에요."

"에이, 배에 빨간 점 있는 사람이 어디 한둘인가."

늙은 대장장이는 여전히 고집스레 고개를 흔들었다.

"나는 못 믿겠소. 살인용 무기를 만들어달라고 하면 만들어주겠지만, 내 아들의 이름을 사칭할 거면 그냥 꺼져버리쇼!"

늙은 대장장이는 큰 도끼를 치켜들고 연랑을 향해 발길질을 하며 소리쳤다.

"꺼지라고! 내 이 도끼에 개 같은 목숨 잃지 말고!"

나는 반대편 가게 입구에 서서 길 하나를 사이에 두고 대장간에서 벌어지는 의외의 사태를 지켜보았다. 연랑은 땅바닥에 꿇어앉은 채 목이 메어 말을 잇지 못했다. 그러다가 갑자기 바지를 벗고 미친듯이 고함을 질렀다.

"아버지, 이걸 보세요. 아버지가 불에 달군 칼로 직접 내 고환을 깠잖아요. 이래야 내가 연랑인 걸 믿으시겠어요?"

이어 대장장이 부부와 연랑은 서로 부둥켜안고 처절하게 울부짖었다. 철물 시장의 모든 대장간에서 쇠 두드리는 소리가 뚝 그쳤다. 상반신을 벗었거나 목에 면 포대를 두른 대장장이들이 연랑의 집 앞에 모여 따뜻한 눈으로 부자 상봉을 지켜보았다. 연랑의 아버지는 눈물을 쏟으며 하늘을 향해 장탄식을 했다.

"다들 네가 금의환향해서 집과 땅을 사고 산소와 사당을 지을 거라고 했는데 이렇게 빈손으로 돌아오다니……"

늙은 대장장이는 흐리고 빨개진 눈을 훔치며 큰 모루 옆으로 가 다시 부집게를 집어들고 말했다.

"앞으로 어떻게 해야 하나? 뭘 지기도 들기도 힘든 폐인 같은 녀석이니 이 애비가 너를 먹여살릴 수밖에."

아무도 나를 신경쓰지 않았다. 문밖에 서서 연랑이 불러주기를 기다리는데 마침내 비가 억수같이 내리기 시작했다. 철물 시장의 황톳길에서 흙내 나는 연무가 피어오르고, 길가에 쌓인 쇠그릇과 농기구에서 후드득후드득 비 떨어지는 소리가 났다. 얼굴과 옷에 빗방울이 떨어졌다. 나는 이 처마에서 저 처마로 뛰어다녔다.

"우산을 가져와라. 어서 우산을 가져와라."

나는 습관대로 주변 사람들에게 고함을 질렀다. 사람들이 의아하다는 눈빛으로 나를 보았다. 미쳤다고 생각하는 듯했다. 결국 또 연랑이 내가 비 오는 길을 건너도록 도와주었다. 연랑의 집에는 우산이 없었으므로 급한 대로 크고 시커먼 솥뚜껑을 들고 왔다. 그렇게 나는 머리에 솥뚜껑을 이고 대장간으로 들어갔다.

대장간 사람들은 나를 유柳 공자라 불렀다. 철물 시장의 모든 사람들과 연랑의 부모까지 나의 내력에 관해 궁금해하고 이런저런 추측을 했지만 다들 연랑을 좇아 나를 유 공자라 불렀다. 나는 그들이 내가 혼약을 피해 그곳에 왔다는 연랑의 설명을 쉽게 믿을 리가 없다고 생각했다. 하지만 내 진짜 신분 역시 그 평범한 백성들이 상상할 수 있는 범주를 한참 벗어났다.

매일 아침 쇠붙이 두드리는 소리를 들으며 깨어나면 내가 어디에 있는지 혼란스러웠다. 어떨 때는 청수당의 화창이 어렴풋이 보였다. 어떨 때는 아직도 나귀 등에서 엎어지고 자빠지며 동부로 오고 있는 듯했다. 그러다 거적 위에 쌓인 낡거나 새것인 철제 농기구가 눈에 똑똑히 들어오면 그제야 운명의 밧줄이 나를 이 초라하고 신산한 서민 가정으로 끌고 온 것이 생각났다. 나무창을 사이에 두고 연랑이 뒷마당 우물가에 앉아 빨래를 하는 모습이 보였다. 나무 대야에 담긴 것은 전부 내가 갈아입은, 땀에 전 윗도리와 바지였다. 처음 며칠은 연랑의 어머니가 내 옷을 빨았다. 하지만 나중에 연랑의 어머니는 내 옷을 대야에서 내던져버렸다. 빈정대는 그녀의 새된 소리를 들으면 나는 바늘방석에 앉은 듯했다.

"내가 여기 더 있어 뭐하겠느냐?"

나는 절망과 분노의 눈초리로 연랑을 보며 말했다.

"네 욕쟁이 어미에게 모욕이나 당하라고 이 머나먼 네 집으로 나를 데려왔느냐?"

"모두 다 제가 강도에게 돈을 헌납한 탓입니다. 그 돈만 잃지 않았다면 어머니가 이토록 폐하에게 무례하지는 않았을 겁니다."

연랑은 노략질당한 일을 언급할 때면 여전히 가슴을 치고 발을 굴렀다. 연랑은 시종일관 강도 때문에 내가 난처한 지경에 빠졌다고 생각했다. 연랑의 하얗고 통통했던 얼굴은 고생스러운 여정으로 여위고 노랗게 변했고, 그 망연한 고립무원의 표정은 오래전 처음 섭궁에 들어온 여덟 살배기 환관을 기억나게 했다. 연랑은 좋은 말로 나를 달랬다.

"폐하, 제 체면을 봐서 어머니와 부딪치지 말아주세요. 어머니는 새벽부터 밤까지 일하며 제 남동생과 누이동생을 돌보세요. 아들이 궁에서 출세해 금의환향하기를 그렇게 바랐는데 땡전 한 푼 없이 돌아온데다 군식구까지 데려온 거잖아요. 그래서 화가 난 거예요. 화가 날 만도 하죠."

기장죽 한 그릇을 손에 든 채 연랑은 고통으로 얼굴이 일그러졌다. 연랑의 몸과 손이 갑자기 흔들리더니 죽그릇이 바닥에 툭 떨어져 깨졌다.

"하늘이시여, 이제 저는 어떡해야 하죠?"

연랑은 얼굴을 가리고 흐느꼈다.

"설마 다들 제가 환관일 뿐이라는 사실을 모르는 건 아니겠죠? 무능하고 남의 눈치나 보고 남자도 여자도 아닌 환관일 뿐이라는 걸 말이에요. 폐하가 재위하실 때 저는 충성을 다했고 폐하가 재난을 당한 뒤에도 저는 옆에서 모시고 있어요. 하늘이시여, 제가 더 뭘 할 수 있지요?"

연랑의 반응은 내 예상을 벗어났다. 확실히 나는 연랑을 무슨 도구로 사용하는 데 습관이 돼 있었다. 나에 대한 연랑의 충심이 일종의 습관과 품성의 산물이라는 사실을, 또한 연랑이 서민 출신의 영리한 아이일 뿐이라는 사실을 거의 잊고 있었다. 나는 연민의 심정을 느끼며 착잡한 마음으로 연랑을 주시하면서 오랫동안 그와 나눈 깊고도 형언하기 어려운 정을 떠올렸다. 그것은 여러 가지 색깔의 비단 띠와도 같았다. 신뢰와 이용, 약속의 색채가 가득 그려진 그것은 일찍이 제왕과 환관을 하나로 묶어놓았다. 그런데 그 비단 끈이 끊어질 위기에 처해 있음을 나는 똑똑히 깨달았다. 날카로운 칼에 찔린 듯 마음이 쓰라렸다.

"내가 너를 너무 괴롭혔구나. 이제 나도 너처럼 앞길이 막막한 서민일 뿐이다. 예전처럼 나를 따르며 보살피지 않아도 된다. 이제 서민으로 사는 법을 배울 때가 된 것 같다. 다시 길을 떠날 때가 됐어."

"어디로 가시려고요, 폐하?"

"곡마단을 찾아가 줄타기를 배울 것이다. 그 일을 잊었느냐?"

"아닙니다. 하지만 그건 있을 수 없는 일입니다. 천자의 몸으로 광대들 사이에 섞여드신다니요? 폐하가 정 가셔야 한다면 천주天州의 남왕이나 맹부인의 동생 맹득규孟得規에게 가셔야죠."

"왕족을 찾아갈 면목이 없다. 이것은 하늘의 뜻이야. 하늘은 내가 곤룡포를 벗고 줄을 타러 가기를 바란다. 나는 궁을 떠나는 순간 결정했다. 곡마단이 마지막 종착지가 될 것이다."

"하지만 이번에 오는 길에는 곡마단 그림자도 볼 수 없었잖아요. 곡마단은 행적이 일정치 않은데 어디에 가서 찾으시려고요?"

"남쪽으로. 서남쪽으로 갈지도 모르고. 운명이 가리키는 대로 가면 어떻게든 찾을 수 있겠지."

"정 그러시다면 제가 어찌 더 폐하를 말리겠습니까. 다시 모시고 떠날 수밖에요."

연랑은 처량하게 탄식을 하고는 방 한구석으로 가서 짐을 정리하며 말했다.

"이제 여장을 꾸리고 여비를 마련해야 합니다. 아무래도 맹부인의 동생에게 가서 돈을 꾸는 게 낫겠어요. 우리 채석현에서 제일가는 부자니까요."

"아무것도 필요 없다. 맹씨에게 돈을 꾸지 마라. 너도 나를 따라오지 마라. 나 혼자 떠나서 진정한 서민의 삶을 살 것이다. 그래도 살아갈 수 있을 것이다."

"폐하, 저를 집에 남겨두고 가신다고요?"

연랑은 놀란 눈빛으로 나를 뚫어져라 보았다.

"폐하, 제가 제대로 못 돌봐드렸다고 꾸짖으시는 건가요?"

연랑은 또 울기 시작하더니 털썩 꿇어앉아 손바닥으로 철판을 치며 말했다.

"하지만 저도 어떻게 계속 집에 머물겠어요? 제대로 된 남자라면 결혼도 하고 애도 낳아 가정을 꾸리겠죠. 돈이나 많으면 집과 땅을 사고 하인을 부리며 집에 남을 수 있을 테고요. 하지만 저는 지금 아무것도 없잖아요!"

연랑은 무릎걸음으로 다가와 내 두 다리를 부둥켜안고 눈물 젖은 얼굴을 치켜들었다.

"폐하, 저는 집에 눌러앉아 부모님께 신세 지며 살고 싶지 않습니다. 길을 떠나 객지에서 생고생을 하고 싶지도 않지만 영원히 폐하 곁에서 시중을 들고 싶었어요. 폐하가 다시 위엄을 되찾는 날이 오기를 고대하면서요. 이제 이 바람이 물거품이 되었으니 이 연랑은 죽는 길밖에 없습니다."

나는 연랑이 비틀비틀 방을 나가 열기가 피어오르는 대장간을 지나서 길 쪽으로 뛰어가는 것을 보았다. 연랑의 아버지가 뒤에서 소리쳤다.

"어딜 그렇게 뛰어가느냐? 저승에라도 가는 게냐?"

연랑이 뛰어가며 말했다.

"제가 가야 할 곳으로요!"

나는 대장장이들을 따라 대장간을 뛰쳐나가 강 언덕까지 연랑을 쫓아갔다. 연랑은 빨래를 하던 아낙네들 위로 몸을 날려 물속으로 풍덩 뛰어들었다. 물보라가 높이 튀고 언덕 위에 있던 사람들이 비명을 질렀다. 나는 연랑이 물속에서 발버둥치며 소리지르는 광경을 보았다. 대장장이들이 연달아 물에 뛰어들어 물고기를 건지듯 연랑을 건져 빨래통 속에 넣었다. 그리고서 조용히 언덕까지 빨래통을 밀어올렸다.

연랑의 아버지가 기절한 아들을 품에 안았다. 늙은 대장장이의 자줏빛 얼굴이 슬픔에 젖었다.

"불쌍한 녀석. 모든 것이 다 내가 저지른 업보인 게냐?"

늙은 대장장이는 혼잣말을 중얼거리며 연랑의 몸을 어깨에 둘러멨다. 그리고서 구경꾼들을 밀치며 대장간으로 향했다.

"뭘 보는 거야? 내 아들 그거라도 보고 싶은 거야? 보고 싶으면 바지를 벗겨보든가. 별로 희한할 것도 없으니까."

늙은 대장장이는 길을 걸으며 주먹으로 연랑의 등을 탁탁 쳤다. 연랑의 입에서 물이 줄줄 흘러내려 길을 적셨다. 옆에 있던 사람이 말했다.

"요 꼬마 환관이 살아났구먼그래."

늙은 대장장이는 계속 자기 방식대로 아들의 등을 치며 집 쪽으로 걸었다. 그러다가 내 옆에 이르자 우뚝 걸음을 멈추더니 적의에 찬 눈빛으로 나를 노려보았다.

"당신은 도대체 누구요?"

늙은 대장장이가 말했다.

"설마 내 아들이 당신 여자라도 되는 거요? 두 사람 하는 짓거리를 보면 내가 다 구역질이 난다고."

나는 죽느니 사느니 하는 연랑의 그런 여자 같은 태도를 어떻게 대해야 할지 몰랐다. 때로는 나도 우리 둘의 관계가 역겨운 면이 있다고 느꼈다. 대섭궁에서는 마땅했지만 채석현의 철물 시장에서는 전혀 어울리지 않을 뿐더러 심지어 멸시의 대상이었다. 나는 대장장이들에게 어떻게 전후 사정을 설명해야 할지 몰랐다. 그저 연랑이 죽지 않기를 바랄 뿐이었다. 연랑은 알몸으로 멍석 위에 뉘어졌다. 연랑의 어머니가 빨간 아기 턱받이로 연랑의 부끄러운 부분을 가려주었다. 연랑이 뱃속에 남은 물을 다 토하고 깨어났다. 깨어난 연랑의 첫마디는 이러했다.

"나는 너무 불쌍하고 천해. 나는 대체 뭐람."

대장간이 어지러운 틈을 타 몰래 뒤창을 통해 밖으로 빠져나왔다. 창밖은 철물 시장의 막다른 골목으로 땔감과 녹슨 농기구가 가득 쌓여 있었다. 농기구 더미 속에서 날카로운 송곳 한 자루가 눈에 띄었다. 누군가 그곳에 숨겨두었는지, 대장간에서 버렸는지는 알 수 없었지만 나는 그 송곳을 주워 허리춤에 차고 거리로 나갔다. 연랑이 하늘과 사람들을 원망하는 소리가 여전히 귓가에 메아리쳤다.

"나는 대체 뭐냐고!"

연랑은 태생적으로 불쌍하고 천했다. 그러면 연랑과 비교해 나는 또 무엇일까? 한림원의 대학사들만이 제대로 이야기해줄 수 있으려나.

나는 채석현의 거리에서 전당포를 찾아다녔다. 글자로 점을 치는 외눈박이 점쟁이가 채석현에는 전당포가 없다면서 무슨 보물을 맡기려 하느냐고 물었다. 나는 앞가슴에 건 표범 모양 옥결\*을 점쟁이에게 보여주었다. 점쟁이의 하나뿐인 눈이 번쩍했다. 그가 내 손을 부여잡고 말했다.

"공자는 이 희대의 보옥을 어디서 구했습니까?"

"대대로 전해져온 겁니다. 할아버님이 아버님께, 또 아버님이

---

\* 옥 노리개의 일종으로, 엽전처럼 둥글고 납작하며 안이 비어 있다.

내게 물려주신 물건이죠."

나는 이상할 만큼 침착하게 반문했다.

"선생은 이 보옥을 사고 싶으신가요?"

"표범 모양 옥 노리개는 보통 도읍의 왕궁에서 나오는 물건인데, 공자는 아마 궁에서 훔쳐왔나보군요."

점쟁이는 여전히 내 손을 꽉 쥔 채 외눈으로 내 반응을 살폈다.

"훔쳐왔다고요?"

나는 기가 막혀 웃었다.

"아마 그럴지도 모르죠. 훔친 물건이니 싼값에 팔지요. 이 보옥을 사시렵니까?"

"공자는 얼마에 파실 생각입니까?"

"많이 원하지는 않습니다. 내 노잣돈 정도면 됩니다."

"어디로 가십니까?"

"나도 모르겠습니다. 가면서 생각해봐야죠. 남쪽에서 온 곡마단을 찾고 있습니다. 혹시 그들이 이곳을 지나친 적이 있나요?"

"곡마단이요? 공자는 광대입니까?"

점쟁이는 내 손을 놓더니 내 주위를 한 바퀴 돌고서 미심쩍은 어조로 말했다.

"당신은 광대가 아닙니다. 어째서인지 내 눈에는 제왕의 기상이 보이는군요."

"그건 내 전생이겠죠. 내가 지금 급히 옥을 팔아 노잣돈을 마련하려는 건 안 보입니까?"

나는 점쟁이의 돈 상자를 내려다보았다. 상자 안의 돈은 많지 않았다. 하지만 길에서 며칠 쓰기에는 충분해 보였다. 그래서 나는 어려서부터 항상 몸에 지녀온 섭궁의 그 보물을 떼어 점대 더미 위에 놓았다.

"당신에게 팔지요."

나는 점쟁이에게 말했다.

"나는 이 정도 돈이면 됩니다."

점쟁이는 내가 상자 속 돈을 텅 빈 행낭에 쏟아넣는 것을 도왔다. 행낭을 지고 서둘러 그곳을 떠나려 할 때 나는 뒤에서 들려오는, 점쟁이의 놀랄 만한 소리를 들었다.

"나는 당신이 누구인지 압니다."

점쟁이가 말했다.

"당신은 쫓겨난 섭왕입니다."

나는 경악했다. 점쟁이의 신기한 식별력에 깜짝 놀랐다. 채석현에는 예로부터 기인이 많다는 속설이 과연 틀리지 않았다. 채석현이 확실히 범상치 않은 지역임을 믿지 않을 수 없었다. 채석현 출신 중에는 한 시대를 쥐고 흔든 나의 모후 맹부인과 수많은 환관, 비빈뿐만 아니라 귀신처럼 사태를 꿰뚫어보는 이런 점쟁이도 있었던 것이다. 그것은 내게 결코 달가운 일이 아니었기에 되도록 빨리 그 위험한 지역을 떠나야 했다.

채석현의 거리는 온통 뒤숭숭한 분위기였다. 행인들은 불안해했고 수레와 말은 갈팡질팡했다. 자색 옷을 입은 병정들이 현의 관아에서 밀물처럼 쏟아져나와 동북쪽 네거리로 달려갔다. 처음에 나는 무의식적으로 길가에 숨었다. 병정들이 나를 향해 달려오는 것 같았기 때문이다. 혹시 점쟁이가 내게 목숨이 위태로운 화를 불러온 것이 아닌가 싶었다. 병정들이 지나간 뒤, 누군가 미친듯이 기뻐하는 소리를 들었다.

"맹득규의 저택에 가보자고. 그곳이 멸문지화를 당할 모양이야."

그제야 마음이 놓였고 동시에 부끄러움을 느꼈다. 낯선 땅에 흘러와 노리개를 팔아 연명하는 제왕이 무엇을 더 두려워한단 말인가. 나는 대나무 삿갓을 쓰고 오후의 뜨거운 햇빛 아래를 걸어갔다. 그런데 문득 멸문의 화를 입는다는 맹득규가 나의 육친이라는 것을 깨달았다. 채석현의 맹씨 가문이 맹부인의 비호 아래 크게 융성했다고 알고 있었다. 맹씨의 저택에는 섭궁의 보물이 많았는데 모두 맹부인이 큰 배 세 척에 실어 보낸 것이었다. 처음 채석현에 와서는 부끄러워 맹씨 저택을 방문하지 않았는데 지금은 어떤 괴이하고 어두운 심정에 이끌려 그 자색 옷의 병정들을 뒤쫓았다. 단문과 서왕 소양이 어떻게 전 정권의 권력자를 단죄하는지 보고 싶었다.

맹씨 저택 앞은 경비가 삼엄했고 병정들이 거리 양쪽 출구를 막고 있었다. 할 수 없이 네거리 입구의 찻집 앞에 멈춰 서서는 차를 마시는 남자들 사이에 섞여 저택을 두리번거렸다. 멀리 높은 담장 너머에서 여자들의 처절한 울음소리가 들렸다. 붉은 대문 밖으로 칼을 쓴 사람들이 계속 밀려나왔다. 찻집 앞에 몰려 있던 손님들 중에서 누군가 박수를 치며 연방 잘됐다고 소리를 질렀다.

"이제야 속이 시원하군. 이제야 우리 채석현이 평안해지겠어."

남의 불행을 고소해하는 그 손님의 말에 놀라서 나는 한마디 묻지 않을 수 없었다.

"당신은 왜 그렇게 맹씨를 미워하는 겁니까?"

그런데 그 손님도 내 질문에 놀란 듯했다.

"공자의 질문은 참으로 이상하구려. 맹씨는 태후의 세력을 등에 업고 우리 고을을 함부로 유린했소. 매년 겨울마다 갓난아기의 뇌수로 몸보신까지 했단 말이오. 그래서 우리 채석현에서는 그자를 미워하지 않는 사람이 없소."

나는 잠시 조용히 있다가 다시 그에게 물었다.

"맹씨의 목을 베면 채석현이 정말 평안해질까요?"

"그야 누가 알겠소. 호랑이를 쫓으면 또 늑대가 나타나곤 하니까. 하지만 평범한 백성들이 뭘 어쩌겠소. 세상일이 다 그런 것을. 부자가 가난뱅이를 죽이고자 하면 가난뱅이는 방법이 없소. 그저 부자가 비명횡사하기를 바랄 뿐."

할말이 없었다. 난처해하는 스스로를 다른 손님들에게 들키지 않으려 형장으로 쫓겨가는 맹씨 가문 사람들 쪽으로 눈길을 돌렸다. 그때 나는 평생 두번째로 나의 외삼촌 맹득규를 보았다. 처음 본 것은 나와 팽씨의 혼례식에서였다. 당시 서로 몇 마디 인사말을 주고받았을 뿐이라 그가 어땠는지는 전혀 기억나지 않았다. 어쨌든 이런 상황에서 그를 다시 만날 줄은 생각지도 못했다. 나도 모르게 비애를 느꼈고 조용히 찻집 창 뒤로 몸을 피해 맹득규가 지나가는 모습을 바라보았다. 그의 눈에서는 절망과 분노의 흰빛이 번뜩였으며 얼굴은 초췌하고 암담했다. 오직 뚱뚱한 몸집만이 그가 먹었다는 갓난아기의 뇌수를 연상시켰다.

누군가가 맹득규를 향해 침을 뱉었고 맹득규의 얼굴은 금세 사람들의 침으로 흠뻑 젖었다. 나는 그가 나무 칼을 쓴 채 헛되이 머리를 돌리는 것을 보았다. 자신에게 침 뱉은 사람을 찾으려는 듯했다. 이어서 그의 무기력한 마지막 외침이 들렸다.

"우물에 빠진 사람에게 돌을 던지다니. 나는 죽지 않는다. 침을 뱉은 자는 한 놈도 용서하지 않겠다. 기다려라. 내가 돌아와

네놈들의 뇌수를 다 빨아먹어주마!"

　네거리의 소란은 차츰 가라앉았다. 손님들이 하나둘 찻집 안으로 돌아가자 점원이 그들의 찻주전자에 막 끓인 뜨거운 물을 부어주었다. 나는 여전히 창가에 서서 막 지나간 악몽 같은 현실을 되새기고 있었다. 가엾구나. 가엾은 생사의 부침浮沈이로구나. 내 탄식의 반은 형장으로 가던 맹씨 가문을 향했고 나머지 반은 의심의 여지 없이 내 속마음의 토로였다. 찻집 안의 열기와 손님들의 땀냄새가 한데 어우러졌다. 암고양이 한 마리가 죽은 쥐를 문 채 소리 없이 내 발치를 지나갔다. 시끄럽고 살기 가득한 길가 찻집에서, 뜨겁고 피비린내 나는 오후에, 나는 서둘러 찻집 안의 살기등등한 손님들 곁을 떠나려 했다. 그런데 갑자기 다리가 움직이지 않고 온몸이 마치 솜뭉치처럼 힘없이 찻집의 탁한 공기 속을 떠다니는 듯했다. 열병이 또 도진 게 아닐까 의심하며 옆의 걸상에 털썩 주저앉았다. 그리고 내 몸을 보호해달라고, 도망가는 길에 병으로 쓰러지는 일이 없게 해달라고 선왕의 영령에게 기도했다.

　난쟁이처럼 작은 점원이 기름때가 반드르르한 찻주전자를 들고 쪼르르 달려왔다. 나는 고개를 흔들었다.

　"이렇게 더운 날에 나는 이곳 손님들처럼 기름기 많은 차를 들이킬 자신이 없네."

점원은 내 얼굴을 살피더니 한 손을 내 이마 위에 올렸다.

"공자께서는 지금 열이 나는군요."

점원이 말했다.

"마침 잘됐네요. 우리 매씨梅氏 찻집의 차는 열과 오한을 치료하는 데 특효랍니다. 공자님도 우리 차를 세 주전자만 드시면 병이 깨끗이 나을 겁니다."

말주변 좋은 점원과 더 이야기하기 싫어 나는 고개를 끄덕였다. 이렇게 해서 나는 그냥 잠깐 쉬고 싶을 뿐인데도 찻값을 위해 행낭 속의 부스러기 은전을 치러야 했다. 여태껏 나는 세상 사람들과 교류한 적이 없었다. 하지만 앞으로의 여행길에서는 사람들이 파리떼처럼 내 주변에 모여들 텐데 그들을 어떻게 뚫고 나아갈 것인가. 이것은 내게 큰 난제가 되었다. 충성스러운 연랑을 대장간에 남기고 온 탓이었다.

나는 창가의 희고 네모난 탁자 위에 비몽사몽으로 엎드렸다. 한여름 무더위에 뜨거운 차를 벌컥벌컥 마셔대는 남자들이 보기 싫었다. 나는 그들이 음탕한 이야기를 하지 말기를, 액운에 빠진 맹씨 가문을 악독한 말로 비웃지 말기를, 땀냄새와 발냄새를 그만 풍겨주기를 바랐다. 하지만 그곳은 과거의 대섭궁이 아니므로 모든 것을 참아야 했다. 얼마 후 타지에서 온 손님들이 도읍의 혼란한 정국에 관해 나누는 이야기가 어렴풋이 들려왔다. 그들은 단문과 소양의 이름을 들먹이면서 최근 대섭궁에서 일어난 그들의 다툼에 대해 떠들었다. 나는 서왕 소양이 참살을 당했다는 대목에서 소스라치게 놀랐다.

"늙은이가 젊은이를 어떻게 싸워서 이겨. 단문이 번심전 앞에서 단칼에 소양의 목을 베고 당일로 황제에 등극했지."

한 손님이 이렇게 말했다. 다른 손님이 이어서 말했다.

"단문이 오랜 세월 와신상담한 건 다 그 흑표용관 때문이잖아. 토사구팽이라고 단문이 소양과 왕관을 함께 쓸 리가 있나. 이번 일은 내 예상을 벗어나지 않았어."

그가 이어 말했다.

"내가 보기에 소양은 멍텅구리야. 평생의 명성을 하루아침에 망치고 죽어서도 치욕을 못 벗게 됐다니까."

나는 허리를 펴고 손님들이 희희낙락하거나 나라를 근심하는 얼굴을 보면서 그 이야기의 진위를 가늠했다. 이윽고 그들이 나를 언급하는 것을 들었다.

"젊은 섭왕은 어떻게 됐답니까?"

점원의 물음에 도읍에서 온 상인이 답했다.

"어떻게 되긴 뭐가 어떻게 돼? 역시 목이 잘렸지. 왕궁 강물에 던져졌어."

상인은 일어나서 손끝으로 목을 긋는 시늉을 했다.

나는 또 깜짝 놀랐다. 이 순간 열이 감쪽같이 사라졌다. 바닥에 내려놓았던 행낭을 집어들고 매씨 찻집을 뛰쳐나와 성문 쪽으로 미친듯이 달려갔다. 정수리 위로 뙤약볕이 하얗게 쏟아졌다. 거리의 행인들이 새떼처럼 황황히 흩어지는 듯했다. 이 세상은 더는 내 소유가 아니었다. 세상은 뜨겁고 희뿌연 도망의 길만 내주었다.

날씨가 선선해지는 음력 칠월, 나는 해진 짚신을 신고 섭국의 중심부를 통과했다. 백주, 운주, 묵주 세 개의 주와 죽현, 연현, 향현, 우현 네 현을 지났는데 그 일대는 강줄기가 가로세로로 흐르고 산에 녹음이 우거져 경치가 맑고 수려했다. 사실 내가 그 노선을 택한 것도 문인들이 그토록 찬미해온 섭국 중부의 풍경을 실컷 감상하기 위해서였다. 나는 밤마다 객잔의 콩기름 등불 밑에서 시를 쓰고 읊으며 십여 수의 처연한 작품을 남겼고, 나중에 『비려야전悲旅夜箋』이라는 제목의 시집으로 묶었다. 그런 시적 흥취가 우습고 어처구니없기도 했지만 여행길의 밤을 보낼 방법이라고는 너덜너덜해진 『논어』를 빼면 시를 쓰며 눈물을 뿌리는 것밖에 없었다.

연현의 시골 연못가에서 수면 위에 물결치고, 흔들리고, 일그러지는 내 얼굴을 보았다. 농부처럼 까만 피부색과 여행객의 무뚝뚝한 표정을 도저히 믿을 수가 없었다. 나의 겉모습은 진짜 서민이 돼버렸다. 시험 삼아 싱긋 미소를 지었다. 물에 비친 얼굴은 괴상하고 못생겨 보였다. 그다음에는 울상을 짓고서 수면에 얼굴을 들이댔다. 그 얼굴은 순식간에 추악하게 변했고 나도 모르게 눈을 감고서 거울 같은 그 연못을 떠났다.

도중에 사람들이 계속 내게 물었다.

"당신은 어디로 가시오?"

"품주에 갑니다."

나는 말했다.

"품주에는 비단을 팔러 가시오?"

"비단이 아니라 사람을 팔러 갑니다."

나는 말했다.

"나를 팔러 갑니다."


동부의 평원에서 서부의 구릉까지, 품주로 가는 길 곳곳에서 고향을 떠나온 이재민들을 보았다. 서남부에 범람한 홍수를 피해 도망쳐왔거나 메마른 북부 산지에서 무턱대고 남쪽으로 옮겨온 사람들이었다. 새로운 정착지를 찾는 그들의 표정은 슬프고 초조해 보였다. 남녀노소가 길가의 숲이나 버려진 사당에 모여 있었다. 아이들은 미친듯이 엄마 손에서 고구마를 낚아챘고 피골이 상접한 노인들은 진흙바닥에 누워 코를 골거나 큰 소리로 다른 가족을 욕했다. 한 사내가 어깨 위의 광주리를 길 위에 엎는 것을 보았다. 광주리 속에서 축축하고 누런 솜이 나왔다. 사내는 막대기로 솜을 땅바닥에 고르게 폈다. 아마 햇빛에 말리려는 듯했다.

"이렇게 더운 날에 이런 솜이 무슨 소용이 있죠?"

나는 솜을 뛰어넘으며 무심코 사내에게 물었다.

"욕현의 홍수가 정말 그렇게 무시무시했나요?"

"모든 게 홍수에 쓸려갔어요. 꼬박 일 년을 고생했는데 겨우 이 한 광주리를 건졌어요."

사내는 느릿느릿 젖은 솜을 들추다가 힐끔 나를 보더니 갑자기 솜을 한 뭉치 집어 내 눈앞에 들이댔다.

"정말 좋은 솜이에요. 햇빛에 말리기만 하면 돼요."

사내는 솜을 억지로 내 손에 쥐어주며 고함을 쳤다.

"이 솜을 사세요. 동전 한 닢이면 돼요. 아니, 내 아이에게 주먹밥 몇 덩이만 주면 돼요. 제발 이 솜을 사줘요!"

"나한테 이 솜이 무슨 소용이 있습니까?"

나는 쓴웃음을 지으며 사내의 손을 뿌리쳤다.

"나도 당신들처럼 재난을 피해 도망치는 몸입니다."

사내는 그래도 계속 내 앞을 막았다. 가까운 숲 쪽을 잠시 바라보더니 또 한 가지 놀랄 만한 제안을 했다.

"아이를 사고 싶은 마음은 없나요?"

사내가 말했다.

"나한테 아이가 다섯이 있어요. 아들 셋에 딸 둘이죠. 동전 여덟 닢에 한 애를 팔지요. 다른 집에서는 아홉 닢을 받지만 나는 여덟 닢이면 돼요."

"아뇨. 필요 없습니다. 곡마단에 나를 팔러 가는 길인데 왜 당신 아이를 사겠습니까?"

나는 행낭을 단단히 짊어지고 줄행랑을 쳤다. 꽤 먼 곳까지 도망쳤는데도 실망한 사내의 거친 욕설이 들려왔다. 충격적인 경험이었다. 겨우 동전 여덟 닢에 자식을 넘기려는 사람이 있을 줄은 몰랐다. 섭국 전체가 이미 제정신이 아니라는 생각이 들었다. 그 사내의 광기와 절망이 가득한 수척한 얼굴이 내 기억 속에 깊이 새겨졌다.

향현의 자그마한 성은 섭국에서 줄곧 풍류로 유명한 곳이었다. 어지러운 재난의 세월에도 성의 기루에는 붉은 등이 높이 걸리고 여기저기서 악기 소리가 울렸다. 행인과 수레로 가득찬 비좁은 석판 길을 걷다보면 뜨거운 공기 속을 떠다니는 지분 냄새가 맡아졌다. 짙은 화장을 한 화류계 여자들이 건물 난간에 기대어 민간의 속요를 부르거나 깔깔 웃으며, 밑에서 두리번대는 남자들에게 추파를 던졌다. 저물녘, 향현의 거리와 골목에는 광란의 분위기가 가득했고, 뚜쟁이 짓을 하는 남자들이 길목에서 부잣집 자제들을 기다리고 있었다. 뚜쟁이 사내들은 시간이 날 때마다 기루로 돌아가서 문가에 누워 자고 있는 거지와 이재민을 쫓아냈다.

"네놈들은 잘 곳을 참 잘도 고르네."

그들의 목소리는 즐겁고 익살맞게 들렸다. 누군가 수레에서 내리면 사람 이름이 적힌 등롱을 잘 골라서 들고 위층으로 올라갔다. 그러면 잠시 후 경쾌한 노래와 우아한 춤 속에서 기생 어미의 호들갑스러운 목소리가 울렸다.

"보화寶花야, 네 손님이다!"

내가 십 리를 돌아서까지 향현으로 와서는 안 되었다는 것을 알고 있었다. 향현의 질 낮은 기루에서 섭국의 기억을 되새기는 것은 우습고도 슬픈 일이었고 시의에도 맞지 않았다. 하지만 나는 초조하게 향현의 거리를 배회했다. 싸면서도 부드럽고 아름다운 잠자리를 바랐다. 만약 내가 그 가슴 아픈 해후를 할 줄 알았다면 절대로 십 리 길을 돌아와 향현에 묵지는 않았을 것이다. 하지만 나는 하필 그랬고, 또 하필 봉교루鳳嬌樓에 들어갔다. 그것이 하늘이 내게 내린 가장 심한 벌이자 조롱이었다고 생각한다.

등뒤에서 끼익, 하고 방문 열리는 소리가 들리고 한 기녀가 연지를 바른 예쁜 얼굴을 내밀었다. 기녀는 나를 뚫어져라 바라보다가 말했다.

"폐하, 저를 몰라보시겠어요? 이리 오세요, 방으로 들어오세요. 제가 누군지 한번 보세요."

나는 그때 비명을 지르고 아래층으로 도망치려 했다. 하지만 뒤에서 기녀가 내 옷을 잡아당겼다.

"가지 마세요, 폐하. 저는 귀신이 아니에요. 이리 오세요. 대섭궁에서처럼 폐하를 모실게요. 돈은 한 푼도 필요 없어요."

혜비였다. 그녀는 정말로 내가 꿈에도 그리던 혜비였다.

"폐하가 아래층에 계실 때 알아봤어요. 도저히 믿기지 않아 속으로 이렇게 생각했죠. 만약 위로 올라오면 폐하이고 그냥 가버리면 폐하를 닮은 나그네일 뿐이라고요. 그런데 정말 올라오시더라고요. 어제 제가 꾼 꿈이 맞았어요. 폐하가 정말로 봉교루에 오셨어요."

"이건 진짜가 아니야, 악몽이야!"

나는 기녀로 전락한 혜비를 끌어안고 엉엉 울었다. 뭔가 말하고 싶었지만 바위 같은 슬픔이 꽉 막고 있는 듯 말이 나오지 않았다. 혜비는 손수건으로 계속 내 뺨의 눈물을 닦아주었다. 그녀는 울지 않았다. 혜비 입가의 보일 듯 말 듯한 미소가 나를 당혹스럽게 했다.

"폐하가 왜 우시는지 알아요."

혜비가 말했다.

"그때는 팽 왕후가 저를 대섭궁에서 몰아냈고 이번에는 단문이 폐하를 대섭궁에서 쫓아냈죠. 궁을 떠날 때 눈물을 다 흘려 말라버렸어요. 이제 와서 저를 또 마음 아프게 하시면 안 돼요."

나는 울음을 그치고 눈물이 그렁그렁한 눈으로 품속의 여자를 살폈다. 세상에 이렇게 우연한 만남이 있다니. 여전히 내가 악몽을 꾸는 게 아닌지 의심이 들었다. 그래서 혜비의 연녹색 저고리를 벗겨 등에 난, 눈에 익은 붉은 점까지 확인했다. 이때 나는 한 가지 의문이 떠올랐다.

"연주의 비구니 암자에서 불도를 닦고 있어야 하지 않느냐."

나는 혜비의 얼굴에 두 손을 대고 왼쪽으로 돌려 보았다가 또 오른쪽으로 돌려 보고는 큰 소리로 물었다.

"어떻게 여기에서 웃음과 몸을 팔고 있느냐?"

"암자에서 일주일을 묵었죠. 팔 일째 되는 날 아무래도 잠이 안 와서 도망쳐나왔어요."

"왜 도망쳤느냐? 왜 이런 곳으로 도망쳐왔느냐?"

"여기 와서 폐하께 다시 총애를 받을 날을 기다렸죠."

혜비가 돌연 내 손을 확 뿌리쳤다. 얼굴에 냉소가 번졌다.

"모두들 섭왕이 팽국으로 도망쳤다고들 해요. 팽국에 가서 구원병을 청해 돌아올 거라고요. 그러니 망국의 군주가 이런 기루에 나타날 줄 누가 상상이나 했겠어요?"

혜비는 화장대 앞으로 가서 구리거울에 얼굴을 비추며 분칠을 했다.

"저는 부끄러움도 모르는 여자예요. 하지만 궁 안팎의 세상 남녀들 중에 부끄러움을 아는 사람이 누가 있죠?"

나는 멍하니 두 손을 허공에 둔 채 무력감에 빠졌다. 혜비의 반문에 뭐라고 대답할 말이 없었다. 견디기 힘든 침묵 속에서 나는 누군가 밖에서 서성이는 소리를 들었다. 이어 뜨거운 물이 담긴 나무 대야가 문틈으로 쓱 들어왔다.

"구 아가씨, 날이 저무니 등불을 켜라."

밖에서 기생 어미인 듯한 여자가 소리를 질렀다.

"저 여자가 누구한테 말하고 있는 거지?"

내가 물었다.

"저예요. 제가 바로 구 아가씨예요."

혜비는 내키지 않은 듯 일어나 문가로 갔다. 혜비는 문밖으로 반쯤 몸을 내밀었다.

"걱정하지 마세요."

혜비가 말했다.

"남색 등롱을 내걸 거예요. 손님이 여기서 밤을 보낸다는 뜻이죠."

이 년 후 세상에 나온 『섭궁비사燮宮秘史』는 나와 혜비가 봉교루에서 만난 일을 현실과 동떨어지게 과장해서 묘사했다. 책에는 치정에 빠진 남녀의 슬픔과 기쁨의 정이 그려졌지만 그것은 그저 무료한 문인의 상상과 허구일 뿐이다. 사실 우리는 재회한 뒤 금세 냉정해졌고 서로 어렴풋이 어떤 적의를 느꼈다. 바로 그 적의 때문에 나는 창기로 전락한 혜비와 온통 뒤죽박죽인 봉교루를 인사도 없이 떠났다.

내가 봉교루에 묵은 사흘 동안, 건물 앞에는 손님을 사절하는 남색 등롱이 계속 내걸렸다. 기생 어미는 확실히 혜비의 과거 신분을 몰랐고 내가 쫓겨난 제왕이라는 사실은 더더욱 몰랐다. 기생 어미는 혜비에게서 상당한 액수의 돈을 건네받았으므로 내가 부자 상인이라는 것을 추호도 의심하지 않았다. 나는 혜비가 기루에서 가장 금기시하는 방법을 쓰고서야 다들 돈을 물 쓰듯 하는 그곳에서 내 여독을 풀어줄 수 있었음을 알았다.

문제는 결국 내게 있었다. 한바탕 운우지락을 누린 후, 나는 곁의 그 풍만하고 하얀 육체에 의구심을 품었다. 혜비의 몸에서 다른 남자의 냄새와 그림자가 느껴졌기 때문이다. 그 사실은 나를 미치도록 아프게 했다. 더구나 혜비가 사랑하는 방식도 궁에 있을 때와는 완전히 달랐다. 천하고 속된 기루의 손님들이 이 따스한 품주 여자를 바꿔놓았다는 생각이 들었다. 그 옛날 강가에서 새를 흉내내며 달리던 그 아름다운 소녀는 이제 정말로 새처럼 날아가버렸고 미미한 악취를 풍기는 타락한 몸뚱이만 남았다.

셋째 날 밤에는 달빛이 밝았고 기루가 밀집한 창밖 골목은 이미 쥐죽은듯 고요했다. 침상 위 혜비도 잠에 빠져 있었다. 나는 혜비가 손에 쥐던 빨간 손수건을 살며시 빼냈다. 그리고 향현의 여름밤 달빛 아래, 그 빨간 손수건 위에 혜비를 위한 마지막 작별의 시를 적어 그녀의 베갯머리에 놓았다. 내 평생 몇 편이나 연애시를 썼는지는 모르지만 아마도 가장 슬픈 시였을 것이다. 또한 내 평생 마지막으로 부리는 글재주가 될 듯했다.

『섭궁비사』에서는 나를 폐비가 웃음을 팔아 번 돈으로 소일하는 무능한 폐군廢君으로 묘사했다. 하지만 사실 나는 향현에서 겨우 사흘간 머무른 뒤, 품주성으로 곡마단을 찾아 떠났다.


여행길에는 늘 새들이 보였다. 새들은 내 머리 위에서 빙빙 돌거나 길가 무논에서 아직 덜 익은 알곡을 쪼아먹었다. 심지어 어떤 꾀꼬리는 대담하게 내 행낭 위에 내려앉아 태연하게 회백색 똥을 남기고 갔다. 어렸을 때는 귀뚜라미에 흠뻑 빠졌지만 청년이 되어서는 자유로이 창공을 나는 새들을 가장 좋아했다. 이십여 종의 새 이름을 알았으며, 그 새들의 울음소리를 구별하고 흉내내기도 했다. 외로운 여행길에서 나는 나처럼 홀로 길을 가는 학자나 장사꾼을 숱하게 만났지만 그들과 이야기를 나누지는 않았다. 하지만 새들과는 적막한 길에서 늘 대화를 시도했다.

"망했노라…… 망했노라……"

나는 공중의 새를 향해 외쳤다.

"망했노라…… 망했노라…… 망했노라……"

곧 새떼의 응답이 내 목소리를 덮었다.

새들을 관찰하면서 곡마단을 찾고픈 열망이 더 강해졌다. 내가 새들을 숭상하고 하늘 아래 있는 모든 생명을 멸시한다는 사실을 깨달았기 때문이다. 새와 가장 가까운 삶의 방식은 신기한 줄타기 기술이었다. 높은 공중에 밧줄이 가로걸리고 한 사람이 구름처럼 솟구쳤다가 또 구름처럼 밧줄 위를 걷는다. 줄타기꾼이야말로 진정으로 자유로운 새라고 생각했다.

품주성 근처에 이르렀을 때 주변 마을이 이상한 분위기에 휩싸여 있음을 깨달았다. 하얀 장례 깃발이 곳곳에 보였고 악사들이 내는 시끄럽고 날카로운 음악소리가 멀리 국도까지 전해졌다. 지난날 수레가 끝도 없이 이어지던 품주의 국도에 인적이 드물다는 사실도 내 우려를 부채질했다. 내가 제일 먼저 생각해낸 재앙은 전쟁이었다. 새로 등극한 단문과 서왕 소양의 다른 친족 사이에 전쟁이 벌어졌을지도 몰랐다. 그러나 내 시선 끝에 나타 난 품주성은 전혀 전쟁의 흔적이 없었다. 석양빛 아래 성의 해자 는 고요했고 잿빛 민가와 황토색 사원, 높이 솟은 구층 보탑은 무럭무럭 피어오르는 여름날의 신비한 기운에 휩싸여 있었다.

한 소년이 기다란 대나무 장대를 들고 오래된 나무들 주변을 돌고 있었다. 그 아이는 장대로 나무 위의 새집을 겨누고 있었 다. 아이가 욕을 하며 미친듯이 뛰어오르자 풀과 나뭇가지로 만 들어진 새집이 부서져 떨어졌고 이어서 또 하나가 떨어졌다. 아 이는 이번에는 장대로 새집 속을 후비기 시작했다. 새알 한 무더 기가 흙길 위에 깨져 있었다. 조금 떨어진 곳에는 깃털이 빠지고 배가 부풀어 오른 새가 죽어 널브러졌다. 소년의 괴상한 행동이 마음에 걸려, 도랑을 뛰어넘어 아이를 향해 달려갔다. 소년은 동 작을 멈추더니 두려운 눈빛으로 노려보며 나를 향해 대나무 장 대를 겨눴다.

"오지 말아요. 역병에 걸린 사람이죠?"

소년이 나를 향해 소리쳤다.

"역병이라고?"

나는 영문을 몰라 멈춰 서서 내 몸을 쓱 훑어보고 말했다.

"내가 무슨 역병에 걸렸다는 게냐? 이곳에 무슨 일이 있었는지 묻고 싶을 뿐이다. 왜 아무 이유 없이 새집을 부수는 게냐? 설마 이 세상에서 새가 가장 위대한 생명이라는 사실을 모르는 게냐?"

"나는 새들이 미워요."

소년은 계속 장대로 새집 속에 남은 것들을 끄집어냈다. 바짝 마른 고기 부스러기와 어떤 동물의 것인지 모를 새까매진 창자 한 토막이 나왔다.

"이놈들이 품주성 안의 역병을 옮겨왔단 말이에요. 우리 엄마 가 그랬어요. 이놈들이 우리 마을에 역병을 퍼뜨려서 아빠와 둘째형을 죽였다고요."

그제야 나는 품주성의 재앙이 심각한 역병이었음을 알았다. 오랫동안 소년 앞에 멍하니 섰다가 멀리 품주성을 다시 돌아보 았다. 무수한 장례 깃발의 흰 그림자가 어렴풋이 보이는 듯했다. 그제야 해자 위 하늘의 신비한 기운이 사실은 재난의 빛임을 깨 달았다.

그 시작은 성에서 열하루 동안 벌어진 전투였다. 새 섭왕과 서 왕의 아들 사이에 전투가 벌어졌고 병사 수천 명의 시체가 길에 쌓였다. 아무도 시체를 묻을 생각을 하지 않아 더운 날씨에 시체 가 썩고 악취를 풍겼다. 소년은 마침내 들었던 장대를 내던지고 는 나에 대한 경계심을 다 거둔 듯 흥미진진하게 역병에 관해 들 려주었다.

"시체가 썩고 냄새가 나니까 파리와 쥐들이 죽은 사람들 창자 속을 드나들고 새들까지 무리 지어 성 안으로 날아갔어요. 그렇게 짐승들이 배를 채우자마자 역병이 돌기 시작했죠. 이제 아시겠어요? 그렇게 역병이 돌기 시작했다고요. 품주성에서는 벌써 많은 사람이 죽었어요. 우리 마을에서도 많이 죽었고요. 그저께는 우리 아빠가 죽고 어저께는 우리 둘째형이 죽었죠. 엄마가 며칠 뒤에는 엄마랑 나도 죽을 거라고 했어요."

"왜 진작 이곳을 떠나지 않았느냐? 왜 도망가지 않았느냐?"

"도망갈 수가 없었어요."

소년은 입술을 깨물며 말했다. 아이의 눈에 문득 눈물 한 방울이 맺혔다. 아이는 고개를 숙이고 말했다.

"엄마가 도망가지 못하게 했어요. 집에 남아 상을 치러야 한다고요. 가족은 죽어도 다 같이 죽어야 한다면서요."

나는 알 수 없는 한기에 몸을 떨었다. 상을 당한 그 소년을 마지막으로 한 번 쳐다본 뒤 부랴부랴 국도로 내달렸다. 소년이 뒤에서 큰 소리로 물었다.

"어디 가세요?"

나는 그 아이에게 말하고 싶었다. 여름 내내 산을 넘고 물을 건너서 곡마단의 종적을 찾으러 품주에 왔노라고. 그 아이에게 모든 것을 말하고 싶었다. 하지만 어렵고 심오한 이야기를 어떻게 말해야 좋을지 몰랐다. 소년은 새 무덤과 몇 개의 장례 깃발 사이에 서서 재난의 땅을 떠나는 나를 부러운 눈빛으로 전송했다. 내가 그애에게 무슨 말을 할 수 있었겠는가? 마지막으로 나는 새의 울음소리를 흉내내 소년에게 특별한 작별 인사를 했다.

"망했노라…… 망했노라…… 망했노라……"


연고도 없이 다시 품주성에 다다랐지만 이제 목적지를 잃어버렸다. 꼬박 여름 한철을 들인 여정이 황당하고 어리석은 짓이 돼버렸다. 내가 갈림길에 서서 어디로 가야 할지 몰라 망연히 사방을 둘러볼 때, 품주성 쪽에서 마차 한 대가 미친듯이 달려왔다. 마부는 웃통을 벗은 남자였는데 나는 그의 기괴하고 격앙된 노랫소리를 들었다.

"살아도 좋고, 죽어도 좋고, 황토에 묻히면 더 좋다네."

마차가 질풍처럼 달리는데도 마부의 머리 위에는 쇠파리떼가 까맣게 모여 있었다. 나는 그제야 마차에 가득 실린 것이 썩은 시체라는 것을 알았다. 전사한 젊은 병사도 있고 일반 백성도 있었다. 가장 위에 있는 것은 대여섯 살 된 어린아이였다. 죽은 그 아이가 품에 청동 단검 한 자루를 꼭 껴안은 것에 눈길이 갔다.

마부는 나를 향해 휙 채찍을 휘두르고는 무슨 이유에선지 미친듯이 웃으며 말했다.

"너도 올라와라. 다 수레에 타라. 내가 전부 다 공동묘지에 데려다주마."

나는 나도 모르게 길옆으로 물러나 좌충우돌하는 그 운구차를 피했다. 마부는 아마 미치광이인 듯했다. 하늘을 향해 껄껄 웃으며 마차를 몰아 갈림길을 통과했다. 그렇게 달려가다가 갑자기 마부가 돌아서서 내게 외쳤다.

"너는 죽고 싶지 않느냐? 죽고 싶지 않다면 남쪽으로 가라. 절대 멈추지 말고 가라."

남쪽으로 가야 했다. 이제는 남쪽으로 갈 수밖에 없을 듯했다. 나의 도주 노선은 완전히 흐트러져버렸다. 청계현清溪縣으로 이어지는 길을 비틀비틀 걸었다. 머릿속은 텅 비어 줄타기꾼의 밧줄만 남았다. 그것이 내 눈앞에서 아래위로 흔들렸다. 마치 출렁이는 파도처럼, 아련한 비단 띠처럼, 칠흑 같은 밤바다의 마지막 등대처럼.

# 2

청계현의 보광쌍탑寶光雙塔 앞에서 곡마단이 공연을 하고 간 흔적을 발견했다. 땅바닥에 원숭이 똥과 등기蹬技<sup>*</sup> 공연자가 신는 낡은 붉은 장화 한 짝이 있었다. 탑을 지키는 승려에게 곡마단의 행방을 물었다. 승려의 대답은 냉담하고 터무니없었다.

"왔다가, 그냥 갔소."

내가 어디로 갔는지 묻자 승려는 말했다.

"청정한 눈으로 어찌 속된 무리의 행방을 보았겠소? 시장에나 가서 물어보시오."

---

<sup>*</sup> 누워서 발로 항아리, 사람, 탁자 등 온갖 물건을 공중에서 움직이며 균형을 잡는 기술.

나는 돌아서서 과일장수를 찾아가 돌배 몇 개를 샀다. 다행히 과일장수는 나처럼 남방의 곡예에 흠뻑 빠져 있었다. 그는 며칠 전의 훌륭했던 공연을 입에 침이 마르게 칭찬한 뒤 저울대로 남쪽을 가리키며 말했다.

"안타깝게도 그 사람들, 여기 청계현에서는 하루밖에 공연을 안 했어요. 남쪽으로 간다고들 하더군요. 태평한 세상을 찾아 천막을 친다던데 태평한 세상이 어디 있겠어요?"

과일장수는 탄식을 했다.

"요근래에는 봉국封國이 가장 태평하니 아마 봉국으로 가지 않았을까요. 수많은 사람들이 그곳으로 도망치고 있죠. 손님도 국경 수비병을 매수할 돈만 있으면 이 망할 섭국을 벗어날 수 있어요."

나는 주워온 송곳으로 돌배를 반으로 잘라 반은 입안에 넣고 반은 바닥에 버렸다. 과일장수가 의아한 눈초리로 나를 바라보았다. 내가 돌배를 먹는 방식이 심상치 않다고 느낀 듯했다.

"손님은 무슨 연유로 곡마단에 빠졌나요?"

과일장수가 물었다.

"배 드시는 품을 보니 도읍의 귀족이신 듯한데."

나는 그 물음에 답하지 않았다. 꿈을 찾아 걸어온 나의 천릿길이 너무 비극적이라는 생각을 했다. 고달픈 추적의 끝에 곡마단이 이미 국경을 넘어 봉국에 들어갔다는 소식밖에 얻지 못했다.

곡마단은 내게서 갈수록 멀어지고 있었다.

"갈 테면 가라지. 그게 뭐 대수라고."

나는 혼잣말로 중얼거렸다.

"뭐라고요?"

과일장수가 궁금해하며 물었다.

"줄타기를 좋아하십니까?"

나는 과일장수에게 말했다.

"기억해두세요. 언젠가 나는 이 세상에서 제일가는 줄타기꾼
이 될 겁니다."

나는 보광쌍탑 앞 광장으로 돌아가 날이 저물도록 사찰 돌계
단 위에 앉아 있었다. 향을 피우고 불공을 드리러 온 사람들이
차차 돌아가고 승려들이 바쁘게 향로 속 재와 불단의 남은 초를
치웠다. 이때 한 승려가 내게 와서 말했다.

"내일 아침에 다시 오시지요. 첫 참배객에게 행운이 깃든답니
다."

나는 고개를 저었다. 참배는 내게 아무 의미가 없다고 답하고
싶었다. 내가 처한 진짜 어려움은 경건한 향불로도 구할 수 없다
고, 오직 나 자신만이 나를 구할 수 있다고 말하고 싶었다.

어두운 밤이 찾아와 청계현은 서늘한 정적에 잠겼다. 청계현
의 공기는 품주 지역보다 훨씬 깨끗했고 박하와 난초 향기가 은

은히 감돌았다. 청계현 북쪽에 자리한 호수와 산들이 품주성에 창궐한 역병 균을 막아준 덕분에 그러리라 짐작했다. 어쨌든 그렇게 평화롭고 고요한 밤은 보기 드물었다. 졸음이 쏟아졌다. 사찰의 산문이 육중하게 닫히는 소리, 저녁 독송을 하는 승려의 목어 두드리는 소리가 어렴풋이 들렸다. 누런 사찰 벽에 기댄 채 잠이 들었다. 새벽에 누군가 내게 얇은 저고리를 덮어주는 듯했지만 그래도 눈을 뜨지 않았다. 너무 피곤했기 때문이다.

나의 충복 연랑이 새벽빛과 함께 내 앞에 나타났다. 깨어나자마자 나는 연랑이 내 두 다리를 안고서 꼼짝 않고 앉아 있는 것을 보았다. 연랑의 상투에 온통 밤이슬이 맺혀 있는 것도 보았다. 나는 내가 아직도 꿈나라에 있는 것이 아닐까 의심했다. 연랑이 다시 나를 따라왔고 또 나와 함께 청계현에서 하룻밤을 노숙했다는 사실이 믿어지지 않았다.

"어떻게 나를 찾았느냐?"

"저는 폐하의 냄새를 다 맡을 수 있답니다. 아무리 멀리 떨어져 계셔도 다 맡을 수 있어요. 참으로 이상하지요? 제가 개도 아닌데 말이에요."

"얼마나 걸어왔느냐?"

"폐하가 걸어오신 만큼 걸어왔지요."

나는 말없이 연랑을 끌어안았다. 연랑은 옷이 남루하고 온몸이 축축했다. 연랑을 다시 만나다니, 물에 빠진 사람이 지푸라기를 잡은 것이나 다름없었다. 이어서 우리는 헤어진 뒤 겪은 일에 관해 긴 이야기를 나눴다. 이야기를 하면서 나와 연랑의 주종 관계가 사라지고 있음을 예민하게 느꼈다. 이제 우리 둘은 생사를 함께하는 형제와도 같았다.

남쪽으로 가는 난민들로 들끓는 청계현의 객잔에서 내 인생에서 가장 중요하면서도 빛나는 결정을 내렸다. 연랑에게 내 유랑의 여정은 이제 끝났노라고, 청계현에 남아 열심히 줄타기를 수련해 납팔절에 사람들 앞에서 공연을 하겠노라고 말했다.

"둘만으로도 곡마단을 만들 수 있다. 그리고 나는 틀림없이 세상에서 가장 뛰어난 줄타기꾼이 될 것이다."

"어떻게 연습을 하시려고요?"

연랑은 한참 말없이 있다가 현실적인 문제들을 연달아 꺼내놓았다.

"가르쳐줄 사부는 어디서 찾죠? 줄타기 도구와 공터는 또 어디서 찾고요?"

"그런 건 필요 없다."

나는 객잔의 창문을 밀어 연 뒤, 마당의 멧대추나무 두 그루를 가리켰다.

"저 나무 두 그루가 보이지? 하늘이 내려주신 최고의 줄 기둥이다. 네가 엄지손가락 굵기만한 밧줄만 구해오면 내일 당장 연습을 시작할 수 있다."

"폐하가 줄타기를 하시면 저는 통나무밟기를 하겠습니다."

연랑은 결국 내게 회심의 미소를 지어 보였다.

"통나무는 어디에나 있으니, 폐하가 공중에서 줄을 타시면 저는 땅에서 통나무를 밟겠습니다."

모든 것은 그 늦여름 혹은 초가을의 어느 새벽에 시작되었다. 내 기억에 그날 청계현의 하늘은 파랗고 높았으며 태양은 붉고 큼지막했다. 객잔의 투숙객들은 처음 불어온 가을바람에 아직 단잠을 자고 있었다. 나는 왼쪽의 멧대추나무를 타고 올라가 허공의 밧줄 위에 흔들흔들 서다가 아래로 쿵 떨어졌다. 그다음에는 오른쪽 멧대추나무를 타고 올라가 밧줄 위에 서다가 역시 아래로 쿵 떨어졌다. 그러기를 반복하면서 내 마음속 깊은 곳의 외침이 얼마나 뜨겁고 비장한지 깨달았다. 나를 올려다보는 연랑의 수척한 얼굴에서 눈물이 영롱하게 빛났다. 객잔 문 앞에 여자아이가 서 있었는데 아마 주인의 딸인 듯했다. 그 아이는 처음 줄타기를 익히는 나를 졸린 눈으로 보면서 맨 처음에는 박수를 치며 깔깔 웃었다. 그런데 갑자기 엄마야, 하고 놀라 외치더니 울면서 객잔 안으로 뛰어들어갔다. 아이가 소리쳤다.

"아빠, 나와서 저 아저씨 좀 봐요. 저 아저씨 뭐하는 거예요?"

객잔 사람들은 대부분 나를 몰락한 가문의 할일 없는 자제라 생각했다. 그들이 보기에 내가 매일 쉬지 않고 하는 줄타기 연습은 일종의 괴벽에 불과했다. 그들은 창문을 통해 나와 연랑을 손가락질하면서 비웃거나 놀리고, 함부로 평을 했다. 나는 이를 보고도 못 본 척했다. 나는 공중의 밧줄 위에 있고 그들은 산송장처럼 영원히 인간세계 속에 머무른다는 것을 난 알고 있었다. 내가 공중의 밧줄 위에 섰을 때만 지상의 중생을 멸시하고 나의 새로운 세계를 주재할 자신이 생긴다는 것도 알았다. 또한 그 밧줄 위에서 인생의 마지막 꿈을 찾았다는 것도 알았다.

공중에서 내 균형 감각은 신기할 정도로 탁월했다. 스승 없이 모두 스스로 깨우쳤다. 그러다 어느 가랑비 내리는 아침, 그 긴 밧줄을 수월하게 다 건넜다. 온 세상이 내 발밑에서 소리 없이 두둥실 떠올랐다. 구월의 가을비가 내 얼굴 위에 뚝뚝 떨어지자 이미 시들어버린 지난 일들이 내 마음속에서 다시 피어났다. 나는 만면에 눈물을 흘리며 밧줄 한가운데에 서서 밧줄의 반동에 따라 위아래로 출렁거렸다. 내 몸과 영혼이 함께 솟구쳤다가 떨어져내렸다. 줄타기는 너무나 즐겁고 자유로운 기예였다. 재능을 타고났으나 삶 때문에 묻혀버렸던 아름다운 기예이기도 했다. 마침내 날 줄 아는 새가 되었다. 내 두 날개가 빗줄기를 맞으며 늠름히 펴졌다. 나는 마침내 날아올랐다.

"나를 봐라, 다들 나를 봐라!"

나는 미친듯이 기뻐하며 아래에 있는 사람들을 향해 외쳤다.

"나를 잘 봐라. 내가 누구인지 아느냐? 나는 유 공자가 아니다, 섭왕도 아니다. 나는 세상에서 제일가는 줄타기꾼이다. 나는 줄타기왕이다!"

줄타기왕이다…… 줄타기왕이다…… 줄타기왕이다…… 객잔 사람들은 일제히 웃음을 터뜨렸다. 그들은 내 희열과 격정을 함께할 마음이 전혀 없는 듯했다. 누군가 신랄하게 비웃는 소리를 들었다.

"보지 말자고. 일부러 미친 척하는 괴물이니까."

나는 그 속인들이 나를 다 이해하기는 불가능하다는 것을 알았다. 그래서 소리 높여 연랑의 이름을 불렀다.

"연랑, 보았느냐? 내 꿈이 이뤄진 것을 보았느냐?"

연랑은 줄곧 멧대추나무 아래에 서 있었다. 품에 발판과 통나무를 안고서 나를 올려다보고 있었다.

"폐하, 봤습니다. 쭉 폐하를 보고 있었습니다."

나를 가엾어하는 연랑의 표정에 나는 가슴이 쿵쿵 뛰었다.

객잔 주인 딸은 이름이 옥쇄玉鎖였고 그해에 만 여덟 살이었다. 머리를 두 갈래로 말아올리고 빨간 저고리를 주로 입었다. 걸으면 꼭 날렵하고 잘 뽐내는 새끼 여우 같았고, 홀로 문에 기대어 앉으면 봉오리를 품은 빨간 연꽃 같았다.

내가 밧줄 위에서 흔들거릴 때면 옥쇄의 날카로운 비명소리가 들리곤 했다. 소녀는 늘 돌계단에 기대어 나의 일거수일투족을 관찰했다. 아이의 웃음소리는 수줍고 조심스러운데 비명소리는 듣는 사람이 깜짝 놀랄 만큼 크고 쟁쟁했다. 주인의 부인은 깡마르고 성질이 난폭한 여인네였다. 듣자하니 계모라고들 했다. 객잔 밖에서 옥쇄의 비명소리가 들리기만 하면 당장 부엌이나 변소에서 뛰쳐나와 한 손으로 소녀의 머리칼을 잡아 쥐고 다른 손을 높이 치켜들어 소녀의 입을 손바닥으로 후려쳤다.

"귀찮아 죽겠네. 여기서 또 귀신 소리를 낸 거야?"

그러고는 소녀의 머리칼을 쥐고서 그애를 변소 쪽으로 밀어붙였다.

"내가 너 같은 게으름뱅이를 왜 키웠나 몰라. 일만 시키면 도망을 치니 말이야."

또는 이렇게 말했다.

"여기서 왜 소리를 지르고 있어? 이런 쌍스러운 잡기나 좋아하면 아예 곡마단에 팔아넘길 테야!"

높디높은 밧줄 위에서 객잔 마당을 내려다보면 소녀 옥쇄는 마치 그물에 걸려든 가엾은 아기 새 같았다. 눈물로 얼룩진 그 작은 얼굴이 초가집의 허물어진 담장 위로 자꾸 솟아오르곤 했다. 소녀는 천진하고 매료된 눈빛으로 기예를 익히는 두 이방인을 끈질기게 따라다녔다. 무슨 영문인지 나는 옥쇄를 볼 때마다 처음 섭궁에 들어왔을 때의 혜비가 떠올랐다. 그래서 그 가엾은 소녀를 점점 귀여워하게 되었다.

연랑은 나보다 훨씬 더 소녀를 귀여워했다. 나는 옥쇄를 향한 연랑의 눈빛에서 따스한 정과 아픔을 보았다.

"저는 여자들이 다 무섭지만 이 아이는 좋아요."

연랑의 목소리가 슬프게 들렸다. 연랑이 속으로 무슨 생각을 하는지 나는 헤아리기 힘들었다. 하지만 어쨌든 연랑이 나 말고 다른 사람에게 마음을 쓰는 것은 이번이 처음이었다. 게다가 상대는 여덟 살의 어린 소녀였다. 나는 언젠가 궁에서 어린 남자아이를 귀여워하는 풍조가 성행했던 일이 떠올랐다. 하지만 막상 그런 일이 연랑에게 생기니 놀라움을 금할 수가 없었다.

옥쇄도 연랑을 무척 좋아하는 듯했다. 그애는 연랑에게 통나무밟기를 가르쳐달라고 몰래 조르기 시작했다. 그래서 주인 부인이 조금만 긴장을 풀면 즉시 연랑의 손을 잡고 통나무에 올라가 연습을 했다. 그애는 머리가 똑똑하고 몸도 제비처럼 날랬다.

아이는 금세 통나무 위에서 자유로이 움직였다. 작은 얼굴이 희열로 빨개지고 작은 입은 놀라움으로 크게 벌어졌다. 옥쇄는 습관적으로 비명을 지르려 했지만 차마 소리를 내지는 못했다. 그래서 연랑의 허리띠 술을 당겨 자기 입에 쑤셔넣었다. 통나무 위를 걷는 그애의 자세는 우스우면서도 귀여워 보였고 또 즐거우면서도 불쌍해 보였다.

그날 밤 소동이 어떻게 일어나게 됐는지 나는 잘 모른다. 낮에 줄타기 연습을 하기 위해 가을 내내 일찍 자고 일찍 일어났던 나는 그날도 일찌감치 촛불을 끄고 잠이 들었다. 그래서 연랑이 옥쇄를 꾀어 잠자리에 데려왔는지, 아니면 옥쇄 스스로 연랑의 잠자리에 파고들었는지 알지 못했다. 아마도 새벽 오경쯤이었을 것이다. 나는 낮고 거친 욕설에 놀라 잠에서 깼다. 눈앞에 객잔 주인 부부가 서 있었다. 여자는 독한 청계현 사투리로 욕을 해댔고 남자는 손에 든 등불로 침상 구석을 비췄다. 노란 불빛 아래 연랑이 소녀를 품에 안고 구석에 웅크리고 있는 모습이 똑똑히 보였다. 반쯤 눈을 뜬 연랑의 창백한 얼굴에 고통과 당혹스러움이 교차했고, 연랑의 품에 안긴 소녀는 아직 곤히 자고 있었다.

"너, 뭐야?"

객잔 주인이 연랑의 얼굴에 등불을 갖다대고 경멸에 찬 목소리로 으르렁거렸다.

"다른 행상들은 다 기루에 가서 계집질을 하는데 너는 뭔데 우리 옥쇄를 희롱해? 이애는 내 딸이야. 겨우 만 여덟 살이라고! 너희들 대체 뭐하는 자들이야? 어디서 굴러온 잡종들이야?"

"아이를 건드리지 않았어요."

연랑은 고개를 숙여 자고 있는 소녀를 바라보았다.

"저는 잡종이 아니에요. 그냥 이애를 좋아할 뿐이에요. 지금 달게 자고 있으니 제발 시끄럽게 떠들지 말아주세요."

"시끄럽게 떠들지 말라고? 그래, 너는 시끄러워지는 게 무섭겠지."

객잔 주인은 코웃음을 치더니 등불을 가리려는 연랑의 손을 뿌리치고 연랑을 노려보았다. 이윽고 나는 객잔 주인이 다른 화제를 꺼내는 것을 들었다.

"이 추악한 일을 네 스스로 잘 생각해보라고."

사내가 말했다.

"자, 관아에 가서 심문을 받을 테냐, 우리끼리 조용히 해결할 테냐?"

"건드리지 않았다니까요. 정말 건드린 적이 없어요. 안아 재워줬을 뿐이에요."

연랑이 우물우물 말했다.

"그런 귀신 씻나락 까먹는 소리는 관아에 가서나 나불대라고.

내가 다른 손님들을 불러 네놈의 이 수작을 보여주면 좋겠어?"

객잔 주인은 소녀의 몸을 덮고 있던 얇은 담요를 홱 잡아당겼다. 등불 아래 옥쇄의 벌거벗은 작은 몸이 드러났다. 옥쇄도 결국 잠에서 깨어났다. 연랑의 다리에서 침상 위로 굴러떨어진 옥쇄는 놀란 목소리로 비명을 질렀다.

"난 엄마 아빠 싫어! 연랑 삼촌이 좋아!"

연랑은 소녀를 향해 두 손을 뻗다가 이내 힘없이 내려놓았다. 그러고는 슬프고 분한 눈빛으로 내게 도움을 청했다. 나는 연랑이 정말로 무슨 말 못할 일을 저질렀을지도 모른다고 생각했다. 과거에 권세를 얻은 환관들이 사적으로 처첩을 들였다는 이야기가 생각났기 때문이다. 그러니 무슨 일이 있었든 이상할 것은 아니었다.

"얼마를 원합니까?"

나는 얼굴에 교활함이 가득한 그 객잔 주인에게 물었다.

"당신들이 기루에 가서 어린 여자애의 정조를 샀다면 은자 열 냥은 쓰지 않았겠어?"

객잔 주인의 말투가 온화하면서도 외설적으로 변했다. 사내는 옆에서 계속 저주를 해대던 마누라에게 한참 귓속말을 하더니 마침내 합의금 가격을 정했다.

"둘 다 잘 아는 손님이고 하니 은자 아홉 냥으로 하자고."

사내가 말했다.

"은자 아홉 냥으로 내 딸의 정조를 샀으니 싸다고 할 수 있지."

"네, 그렇군요."

나는 연랑을 보았다. 연랑은 부끄러워 고개를 숙이고 있었다. 문득 사악한, 하지만 선의 또한 담긴 생각이 떠올랐다. 그래서 다시 객잔 주인에게 물었다.

"만약 제가 따님을 사서 데려간다고 하면 얼마를 원합니까?"

"아마 살 능력이 없을 텐데."

객잔 주인은 잠시 멍하니 있다가 억지웃음을 지으며 손가락 다섯 개를 치켜들었다.

"은자 오십 냥은 줘야지. 한 냥이라도 모자라면 안 팔 거야. 내가 저애를 지금까지 키우느라 얼마나 힘들었는데. 오십 냥에 팔아도 당신들이 이득이라고."

"알겠습니다. 은자 오십 냥을 맞춰주지요."

나는 옥쇄에게 다가가 안고 눈물을 닦아준 뒤 연랑에게 넘겼다.

"안고 있어라."

나는 연랑에게 말했다.

"이애는 우리 곡마단의 새 식구다. 앞으로 아이에게 통나무밟기를 가르쳐라. 나는 줄타기를 가르칠 테니. 이 불쌍한 아이가 장차 바른길을 갈 수 있도록 하자."

은자 오십 냥을 마련하기 위해 나와 연랑은 밤낮으로 이백 리를 달려 천주의 남왕 소우의 관저를 찾아갔다. 소우는 나의 갑작스러운 방문에 놀라고 두려워했다. 그는 간이 콩알만 하고 바깥출입을 꺼리는 번왕으로서 종일 만세력萬歲曆과 별자리 그림에 빠져 살았다. 은밀한 만남이었는데도 용한 별점쟁이 두 명을 좌우에 앉히고 결국 내 의도를 다 이해한 뒤에야 큰 짐을 내려놓은 듯이 말했다.

　"은자 오십 냥 때문에 오신 것이 맞군요. 저는 또 와신상담하며 복위를 도모하고 계신 줄 알았습니다."

　그들이 말하길 곧 천랑성天狼星과 백호성白虎星이 부딪쳐 불덩이 하나가 천주 지역에 추락하리라고 했다.

　"돈을 갖고 바로 천주를 떠나십시오. 서민으로 떨어진 섭왕으로서 아직 몸에서 불이 꺼지지 않으셨으니 당신께서 바로 그 추락하는 불덩이인 것이죠. 그러니 돈을 갖고 어서·천주를 떠나 다른 곳으로 가주십시오. 재앙을 다른 곳으로 가져가주십시오."

　천주에서 청계로 돌아가는 길에 우리는 침묵을 지켰다. 남왕 소우의 별점에 대해서는 반신반의했지만 한 가지 현실만은 의심의 여지가 없었다. 천주의 남왕 관저에서 나는 빛나는 제왕에서 무시무시한 재앙 덩어리로 전락했다. 추락하고 타올라 재난의 섭국 땅에 새로운 재난을 가져오는 존재가 되었다. 나는 세상을 피했지만 세상은 나를 피할 수 없는 것이다. 만약 이게 사실이라면 나는 평생 한을 품고 살아야 하리라.

천주에서 청계로 돌아가는 길에 구걸해 얻은 은자를 말등에 얹고 걸었다. 부끄럽지 않았고 은자를 구걸하러 다녀온 그 여정을 탄식하지도 않았다. 남부의 광활한 들판에 벼는 이미 수확을 마쳤고 머리 위 하늘은 황량하고 망망하기 그지없었다. 빗물에 잠겨 까매진 무수한 짚더미를 보았고, 목동 몇이 소를 몰고 들판의 주인 없는 무덤 위로 올라가는 것도 보았다. 불현듯 깨달았다. 인간은 모두 이 세상에서 힘든 여행을 할 운명이라는 것을. 마치 목동이 숨겨진 풀밭을 찾기 위해 황무지와 무덤 사이에서 방목을 하는 것처럼 말이다.

천주에서 청계로 돌아가는 길에 나는 처음으로 한 사람이 별 하나를 뜻한다는 것도 깨달았다. 내가 추락하는지 상승하는지는 모르겠지만 처음으로 내 온몸의 불을 느꼈다. 그 불은 내 얇은 옷과 먼지바람 사이에서 은은히 타올랐고, 내 피곤한 사지와 평온한 영혼 사이에서 활활 타올랐다.

은자에 팔린 소녀 옥쇄는 어린 잿빛 나귀를 타고 객잔을 떠났다. 아이는 가지색 새 옷에 새빨간 새 신발을 신었다. 입으로는 질경질경 쌀 경단을 씹고 있었다. 옥쇄의 얼굴은 복숭아 같았다. 내내 즐거워 웃고 소리를 질렀다. 누군가 초가집 객잔의 딸을 알아보고 물었다.

"옥쇄야, 너 어디 가니?"

옥쇄는 자랑스러운 듯 고개를 들고 말했다.

"도읍에 가요. 도읍에 가서 통나무밟기를 할 거예요."

납팔절이 되기 전의 어느 날이었다. 이상하리만큼 맑고 따뜻했다. 우리는 앞당겨 공연 여행을 떠나게 됐다. 나, 연랑 그리고 여덟 살 청계 소녀 옥쇄. 이렇게 세 명이었다. 도읍을 여행의 종착지로 정했다. 전적으로 옥쇄의 오랜 소원을 들어주기 위해서였다. 셋이서 크고 작은 나귀 두 마리에 몸을 싣고 밧줄과 통나무 두 개를 갖고서 청계현을 떠나 중부로 향했다. 훗날 천하에 이름을 떨칠 줄타기왕 곡마단의 첫 모습이었다.

# 3

줄타기왕 곡마단의 첫 공연지는 향현의 한 거리였다. 공연은 뜻밖의 성공을 거뒀다. 내가 공중의 밧줄 위에서 원숭이걸음으로 가볍게 뛰어오를 때 하늘에서 신기한 빨간 구름 하나가 흘러왔다. 구름은 내 머리 위를 천천히 돌며 제왕 출신의 광대를 수호해주는 듯했다. 거리에 모여 구경하던 사람들은 줄기차게 갈채를 보냈다. 감동을 받고 감격한 이들은 동전그릇에 돈을 던져 넣었고, 건물 위에서 나를 향해 걷고 뛰고 재주를 넘으라고 소리치는 이들도 있었다.

공기 중에 육욕과 돈냄새가 가득한 향현의 거리에서 나는 내 일생을 완전히 두 부분으로 나눴다. 제왕으로서의 삶은 이미 낙엽이 되어 대섭궁 담장 밑에서 조용히 썩고 있었지만, 절세의 광대로서의 나는 아홉 척 높이의 밧줄 위에서 세상에 등장했다. 나는 밧줄 위에 서서 무엇을 들었나? 북풍의 흐느낌과 환호, 예전의 내 백성들이 밑에서 미친듯이 기뻐하며 외치는 소리를. 그들은 내게 줄타기왕이라고, 걷고 뛰고 재주를 넘으라고 소리쳤다. 그래서 나는 실제로 걷고 뛰고 재주를 넘었다. 밧줄 위에 멈춰 섰을 때는 손끝 하나 움직이지 않았다. 나는 밧줄 위에 서서 무엇을 보았나? 나의 그림자가 향현의 석양 아래 빠르게 커지는 것, 내 영혼 깊은 곳에서 아름다운 흰 새가 날아올라 자유롭고 당당하게 사람들의 머리와 끝없는 하늘을 스쳐지나가는 것을.

나는 줄타기왕이었다.

나는 새였다.


향현은 걱정을 모르는 쾌락의 땅이었다. 전란과 천재지변이 끊이지 않던 그해 겨울에도 향현 사람들은 여전히 호화롭고 사치스러운 생활을 하며 환락을 추구했다. 언젠가 취객이 유흥가에서 지나가는 여인들을 미친듯이 쫓아다니는 것을 보았다. 또한 부잣집 자제 몇 명이 개의 항문에 길쭉한 종이 폭죽을 꽂아넣는 것도 보았다. 폭죽이 터지자 개가 돌변해 미친듯이 거리를 달리고 짖어서 사람들이 놀라 도망가게 했다. 왜 착한 개를 미친개로 만드는지, 왜 그런 일에서 즐거움을 찾는지 이해가 가지 않았다.

봉교루 앞은 여전히 수레가 끊이지 않았다. 나는 여러 차례 그 앞에서 창문의 등불과 사람 그림자를 올려다보았다. 피리소리와 낯선 여자들의 다정한 속삭임, 오입쟁이들의 거칠고 방탕한 웃음소리를 들었다. 혜비는 벌써 그 기루를 떠났다. 품주 구 아가 씨라는 이름은 건물 앞 등롱에서 지워지고 없었다. 새로운 등롱에는 탑주 이 아가씨, 기현 장 아가씨라고 적혀 있었다. 내가 기루 앞에서 배회하자, 점원이 나와서 등롱 하나를 떼다가 나를 힐끔 보고 말했다.

"이씨 아가씨는 손님이 있고 장씨 아가씨는 마침 쉬고 있는데, 공자께 장씨 아가씨를 불러드릴까요?"

"나는 공자가 아닐세. 나는 줄타기왕일세."

"광대라고요?"

점원은 내 옷차림을 유심히 보더니 킥, 하고 웃었다.

"광대면 어때요, 돈만 있으면 되지. 요즘 세상은 돈으로 여자를 사는 게 제일 수지맞는 일이죠. 그쪽도 언제 밧줄에서 굴러 떨어질지 모르잖아요. 떨어져 죽으면 놀고 싶어도 못 논다고요."

"나는 줄타기왕일세. 그런 일은 일어나지 않아."

나는 점원을 붙잡고 혜비가 어디로 갔는지 아느냐고 물었다.

"구 아가씨가 어디로 갔는지 말해주면 사례로 돈을 주겠네."

"구 아가씨는 큰돈에 도읍으로 팔려갔어요. 듣자하니 구 아가씨의 잠자리 기술이 남다르다던데요. 그거 아세요? 구 아가씨의 그 기술은 왕궁에서 비밀리에 전수받은 거라고요. 황제를 모실 때 쓰던 거죠. 구 아가씨는 기생 어미와 수익을 공평하게 못 나누니까 화가 나서 그대로 떠나버렸어요."

점원은 다가와서 내게 귓속말을 하다가 돌연 무슨 생각이 났는지 눈을 크게 뜨고 나를 뚫어져라 보았다.

"당신은 누구죠? 여기서 계속 왔다갔다하더니, 구 아가씨를 찾는 거였어요?"

나는 뭐라고 설명해야 할지 몰라 되는 대로 말해버렸다.

"나는 구 아가씨의 남자일세."

점원은 놀라면서도 호기심이 생긴 듯했다. 그러더니 헉 소리를 내며 들고 있던 등롱을 바닥에 떨어뜨렸다.

"맙소사!"

점원은 갑자기 비명을 질렀다.

"당신이 폐왕 단백인가요? 이 봉교루로 폐비 구 아가씨를 찾으러 온 거예요?"

점원은 펄쩍 뛸 듯이 기뻐하며 내 옷소매를 붙들고 문 쪽으로 끌고 가며 말했다.

"올라가서 차나 한잔 하시죠. 돈은 한 푼도 필요 없어요. 용안이나 한번 보여주세요."

내 옷소매 절반은 그때 떨어져나갔다. 점원에게 정체를 들킨 나는 두렵고 당황스러워 억세고 열정적인 그 손을 뿌리친 뒤 거리로 달아났다. 뒤에서 그 눈치 빠른 점원의 고함이 들렸다.

"돌아와요, 섭왕. 내가 구 아가씨를 찾아줄게요. 돈은 한 푼도 필요 없어요."

나는 그를 향해 남은 반쪽 소매를 흔들며 똑같이 고함쳐 답했다.

"아니, 찾지 말게. 가게 내버려둬. 영원히 찾지 않아도 되네."

그것은 정말로 내 진심이 담긴 말이었다. 아름답지만 불우했던 나의 혜비는 이제 또 한 마리의 자유로운 흰 새가 되었다. 우리는 똑같은 하늘 아래 날아올랐고 만남도 헤어짐도 잠깐 손을 흔드는 것으로 족했다. 각자 얼마나 새를 동경하고 꿈꾸었는지 이로써 증명되었다.

길은 달랐지만 이른 곳은 같았다.


봉교루 점원이 줄타기왕 곡마단의 내력을 폭로했고 그 소식은 향현 전체를 뒤흔들었다. 이튿날 사람들은 우리가 묵던 동씨董氏 사당을 포위했다. 향현의 수장 두필성杜必成을 포함해 현부縣府에서 나온 관리들도 단정히 차려입고 사당 대문 양쪽에서 우리가 나오기를 기다렸다.

옥쇄는 바깥에 모여든 사람들과 그들이 내는 시끄러운 소리에 놀라 얼어버렸다. 안에 숨어 나오려고 하지 않아서 연랑이 어쩔 수 없이 품에 안아야 했다. 그날 나는 졸린 눈을 한 채, 땅에 엎드린 사람들 앞에 섰다. 누군가 소리 높여 만세를 외치는 바람에 잠시 어찌할 바를 몰랐다. 육순이 넘은 두필성도 내 발치에 무릎을 꿇었다. 부끄러움과 호기심, 한 가닥 두려움이 뒤섞인 표정이었다.

"본현의 관리들이 눈이 있으되 눈동자가 없어 섭왕의 용안을 몰라뵀습니다."

두필성은 석판 위에 이마를 찧으며 말했다.

"청컨대 섭왕께서는 제 보잘것없는 거처에 왕림해주십시오."

"저는 섭왕이 아닙니다. 설마 제가 서민으로 떨어진 걸 모르십니까?"

"비록 그러한 재난을 당하셨다 해도 여전히 당당한 제왕의 몸이시니 이곳에 머무시는 건 본현의 행운입니다. 백성들이 벌떼처럼 몰려와 안전이 우려되오니 섭왕께서는 잠시 제 거처로 옮기셔서 소란을 피하십시오."

"그럴 필요 없습니다."

나는 한참 생각한 후 두필성의 제안을 거절했다.

"이제 저는 한낱 광대일 뿐입니다. 누가 광대 따위를 해치려하겠습니까? 그리고 저는 사람들에게 둘러싸이는 것이 무섭지 않습니다. 광대에게 구경꾼이야 많으면 많을수록 좋지요. 이렇게 많은 향현 백성들이 성원해준다면 저도 더 뛰어난 줄타기 묘기를 선보일 수 있을 듯합니다."

그날 줄타기왕 곡마단의 공연은 마치 신들린 듯했다. 구경꾼들이 거리의 공터에 개미떼처럼 들어찼다. 연랑과 옥쇄의 통나무밟기가 여러 차례 갈채를 받은 뒤 내가 밧줄 위에 학처럼 꼿꼿이 서자 또다시 우레 같은 박수소리가 쏟아졌다. 그리고 인파 속에서 애끓는 울음과 미친듯한 외침이 터져나왔다.

"섭왕이시여! 줄타기왕이시여!"

나는 내가 줄타기왕으로서 이미 인정을 받았음을 깨달았다. 무척이나 신기하고 감동적이었다.

들릴락말락한 메아리도 들었다. 그 소리는 피리새의 지칠 줄 모르는 혀에서 나왔다. 피리새는 봉교루의 처마에서 내 쪽으로 날아와, 사람의 목소리를 초월한 슬픈 울음소리를 사방에 흩뿌렸다.

"망했노라…… 망했노라…… 망했노라……"


향현의 거리에서부터 크게 명성을 떨친 나의 줄타기왕 곡마단은 이후 한 시대를 풍미했다. 훗날 『섭궁비사』는 줄타기왕 곡마단의 묘기와, 성황을 이룬 공연 장면들을 기록했다. 그런데 저자인 동양소소생東陽笑笑生은 줄타기왕 곡마단의 성공이 우연과 뜻밖의 요인 때문이었다고 여겼다. 그는 이렇게 적었다. "섭국 말기, 나라가 쇠하고 백성들의 원성이 자자하던 때, 공연단 중에서 유독 줄타기왕 곡마단이 흥했던 것은 하늘을 울릴 만한 절묘한 재주가 있어서가 아니었다. 단지 줄타기왕이 전대의 폐왕이었기 때문이다. 공연이 아니라 인물을 보려는 사람들이 구름처럼 모여들었다. 일대의 군왕이 광대로 전락했는데 누군들 그런 기인을 직접 보고 싶지 않았겠는가?"

『섭궁비사』의 이런 판단은 정확할지도 모른다. 하지만 나는 동양소소생이든 다른 할일 없는 문인이든 내 후반생의 이야기를 다 아는 사람은 아무도 없으며 내 후반생의 이야기를 다 읽고 이해할 수 있는 사람도 없다고 믿는다.

이듬해 봄, 곡마단은 광대 열여덟 명과 곡예 스무 가지를 보유한 대규모 단체로 성장했다. 섭국 역사에서 유일무이한 규모였다. 곡마단이 지나가는 곳마다 세기말의 광적인 분위기가 형성됐다. 남녀노소 할 것 없이 앞다퉈 달려와 내가 줄타기왕으로 변신했다는 소문을 확인하려 했다. 나는 그들이 보내는 환호를 이해했다. 파멸에 이른 그들의 생활에 내가 약간의 즐거움을 가져다주었다는 것을, 천재지변과 전란이 겹친 섭국의 도회지와 농촌에 내가 약간의 생기를 가져다주었다는 것을 말이다. 하지만 폐위된 군왕에 대한 사람들의 숭배는 감당할 수 없었다. 섭왕이라고 신들린 듯 연호하는 사람들 앞에 서면 흑표용관의 사기극이 얼마나 많은 이들의 눈을 가렸나 하는 생각이 들어 씁쓸했다. 한때 왕관을 썼던 그 사람은 이제 해묵은 함정에서 벗어났지만 궁궐 밖의 숱한 백성들은 여전히 그 왕관에 속고 있었다. 대형 사기극의 설계에 참여한 사람으로서 나 자신은 겨우 구해냈지만 순박하고 어리석은 그 사람들에게 나는 도저히 옳은 방향을 제시해줄 수 없었다.

순회공연도 거의 막바지에 이르렀다. 소녀 옥쇄가 꿈에도 그리던 도읍이 코앞으로 다가왔기 때문이다. 도읍에 들어가기 전, 우리는 유주酉州에 무대를 세우고 사흘 간 공연을 벌이며, 도읍에 돌아가기를 미적거렸다. 옥쇄는 며칠 동안 팽이처럼 내 주위를 뱅글뱅글 돌며 도읍과 대섭궁에 관해 갖가지 질문을 했다. 나는 뜻밖에도 해줄 말이 없어 가보면 다 알게 될 거라고만 했다. 소녀는 토라져 연랑에게 갔다. 연랑은 묵묵히 소녀를 자기 무릎 위에 앉혔다. 연랑의 눈빛에는 근심이 가득했다.

"왜 둘 다 기분이 안 좋아요? 도읍에 들어가는 게 무서워요?"

옥쇄가 물었다. 연랑이 답했다.

"응, 무서워."

"뭐가 무서워요? 도읍 사람들이 우리 공연을 안 볼까봐 무서워요?"

"아니. 우리가 모르는 일들이 무서워."

연랑의 말은 내 마음속의 두려움을 정확히 찔렀다. 유주의 대형 객잔에 머무르며 도읍에 돌아갈 날이 하루하루 가까워질수록 나는 밤잠을 못 이뤘다. 과거의 대소 신료와 황족들 앞에서 줄타기 공연을 하는 내 모습을 상상했다. 영원한 원수 단문이 정말 나를 잊었을지 상상했다. 내가 대섭궁 뒤편의 풀밭에 무대를 세우고 줄을 타면 혹시 대섭궁 성루에서 독화살이 날아오지는 않을까? 선대의 업적을 잊고 해괴한 짓만 일삼은 내 일생이 그렇게 끝장나지는 않을까? 나는 정말로 우리가 모르는 일들이 무서웠다. 하지만 줄타기왕 곡마단이 결국 도읍에 가야 한다는 사실을, 그곳이 어떤 의식의 마지막 장소임을 나는 잘 알고 있었다.

넷째 날 아침, 줄타기왕 곡마단은 천막을 거뒀다. 광대 열여덟 명은 공연 도구를 챙겨 세 대의 마차에 나눠 타고 유주를 떠나 북쪽으로 향했다. 엷은 안개가 자욱한 아침이었다. 섭국 중부의 들판은 부드러운 풀색과 새로 일군 검은 흙의 맑은 향기가 가득했다. 길가에서 괭이질을 하던 농민이, 곧 전부 사라질 그 광대들을 보았다.

"다들 어디로들 가시오?"

농민들은 말했다.

"북쪽은 전쟁중인데 어디를 가는 거요?"

"도읍에 공연하러 가요."

옥쇄가 수레 위에서 낭랑하게 답했다.

봄에 팽국이 대대적으로 섭국을 침공했다. 길고 구불구불한 국경선에서 양측은 삼십여 차례나 전투를 치렀다. 하지만 줄타 기왕 곡마단은 이미 전쟁에 이골이 난 터라 계속 북쪽으로 나아 갔다. 길 위에서는 이미 맥이 끊긴 기예에 관해 이야기를 나누기 도 하고, 가끔은 저속한 불륜이나 은밀한 부부 관계 등에 대해 떠들기도 했다. 그 사이사이 여덟 살배기 소녀 옥쇄가 끼어들어 멋모르고 깔깔 웃었다. 순회공연 길에 광대들은 언제나 그렇게 즐거웠다. 섭국에 곧 다가올 치명적인 재앙에 대해서는 아무것 도 눈치채지 못한 채.

곡마단은 음력 삼월 이렛날 아침, 도읍에 다다랐다. 『섭궁비 사』의 기록에 따르면 그날은 마침 팽국의 대군이 먼 거리를 신속 히 진군해 섭국의 도읍에 진입한 기일忌日이었다. 지금 생각해보 면 그 우연은 역사의 세심한 안배였던 것 같다.

# 4

마차 세 대가 도읍의 남문을 통과할 때, 하늘은 희부옇고 성벽 밑 도랑에서는 채소와 죽은 가축이 썩은 뒤의 그 익숙한 쉰내가 풍겼다. 도개교가 내려지고 성문도 열려 있었다. 고개 들어 성루 위의 높은 깃대를 보니 섭국의 흑표 깃발은 온데간데없고 대신 팽국의 남색 쌍응雙鷹 깃발이 걸려 있었다. 성을 지키는 병사 몇 은 성문에 기대어 꼼짝도 하지 않았다. 새벽에 도착한 우리 곡마 단을 보고도 못 본 체했다. 마차를 몰던 사내가 수레 위의 광대 들을 돌아보며 말했다.

"다들 취해서 정신이 없나봐요. 만날 저렇게 죽기 살기로 술을 마시곤 하지요. 우리는 통행세를 벌었네요."

광대 열여덟 명은 덜컹거리는 수레 위에서 밤을 지새운 터라 피곤해 죽을 지경이었다. 아무도 남문 부근의 이상한 동정에 신경쓰지 않았다. 마차를 남문의 큰 객잔 문가에 세우고 몇몇이 대문을 두드렸다. 잠긴 대문 안에서 떨리는 목소리가 들렸다.

"영업 안 해요. 다른 데 알아봐요."

문을 두드린 광대가 말했다.

"세상에 손님을 안 받는 객잔이 어디 있어요? 밤길을 달려와 피곤하니 어서 좀 들어가서 쉬게 해줘요."

객잔 문이 살짝 열리더니 그 틈으로 주인의 겁에 질리고 퉁퉁 부은 얼굴이 나타났다.

"안 좋은 때에 오셨어요. 설마 팽국인들이 성에 들어온 걸 몰라요? 저기 성루에 팽국 병사들이 빽빽이 서 있는 게 안 보여요?"

수레 위의 광대들은 졸음이 확 깨어 뒤를 돌아보았다. 남문의 성벽 위에는 과연 까만 그림자들이 가득했다. 그 공포스러운 분위기에 놀란 옥쇄가 평소처럼 빽 비명을 질렀다. 연랑은 얼른 옥쇄의 입을 막았다.

"소리 내지 마. 지금은 누구도 소리를 내면 안 돼. 팽국인들은 다 살인에 이골이 난 미치광이야."

성문 쪽에서 끼익끼익 다시 도개교를 올리는 소리가 들렸고 이어서 성문도 닫혔다. 죽음의 성문이 방금 전 우리 줄타기왕 곡마단을 위해 특별히 열린 것이었음을 돌연 깨달았다. 내 기나긴 여정이 곧 끝나리라는 예고는 아니었을까.

"봤느냐? 성문이 닫혔다. 팽국인들은 왜 우리만 도읍에 들여보냈을까?"

나는 수레 위의 연랑에게 물었다.

연랑은 옥쇄를 안고서 옥쇄가 소리를 지르지 못하게 그애의 눈을 가리고 있었다.

"우리가 광대인 걸 알았나봅니다. 팽국인들도 곡마단 구경을 좋아하는 게 아닐까요."

"아니다. 이건 죽음의 초대다."

나는 멀리 성루 위에 꽂힌 남색 쌍웅 깃발이 새벽바람에 휘날리는 것을 보았다. 죽은 지 오래된 늙은 시종 손신의 우울하고 실성한 얼굴이 눈앞에 문득 떠올랐다. 섭국의 재난이 이미 닥친 것이다. 나는 말했다.

"어린 시절, 이 재난을 예측한 사람이 있었다. 나는 그때 너무 무서웠는데 그날이 정말 오고 보니 공허하기 그지없구나. 자, 내 손을 만지고 또 내 심장박동을 들어봐라. 지금 나는 물처럼 평온하다. 나는 서민이고 줄 타는 광대다. 내 앞에 있는 것은 망국 군주의 죄업이 아니라 삶과 죽음의 선택일 뿐이다. 그래서 나는 이미 무서울 게 없다."

우리는 한 무리의 무지한 어린 양처럼 늑대 소굴에 뛰어들었고 도망갈 길은 이미 막혀버렸다. 성문이 닫힌 후, 성벽과 건물과 숲속에 숨어 있던 팽국 병사들이 거리의 민가 쪽으로 뛰쳐나왔다. 젊은 장수 하나가 말을 타고 칼을 쥔 채 거리를 미친듯이 달리며 소리치는 것을 보았다.

"팽왕의 명령이시다. 죽여라, 죽여라, 죽여라!"

팽국인들이 섭국의 도읍을 피로 씻어내는, 전대미문의 참상을 직접 목격했다. 광란의 살육이 아침부터 오후까지 이어졌다. 온 성에 남색 옷과 흰 투구의 팽국 기병들이 들끓었는데 도검은 시뻘건 피에 물들었으며 투구에는 혈흔과 기이한 모양의 살점이 가득 묻어 있었다. 죽음을 목전에 둔 자들의 비명이 성 전체에 메아리쳤고 옷과 머리가 다 엉망인 백성들이 이리저리 도망을 쳤다. 사내 몇이 혼란을 틈타 성벽을 기어오르다가 금세 화살에 맞았다. 그들은 낙석처럼 허공에서 떨어지며 절망의 비명을 내질렀다.

팽국 기병 한 무리가 남문의 큰 객잔에 들이닥치기 직전, 내머릿속은 온통 하얗기만 했다. 내 기억에 그때 연랑이 나를 짚더미 쪽으로 밀었다.

"여기 숨으시면 발견하지 못할 거예요."

그렇게 말하면서 연랑은 옥쇄도 숨기려 했다. 하지만 짚더미는 겨우 한 명만 숨을 수 있는 크기여서 옥쇄가 내 옆에 파고들

자 짚이 우수수 떨어져나갔다. 그때 나는 연랑의 마지막 한마디를 들었다.

"옥쇄야, 무서워하지 마. 너는 항아리 속에 숨겨줄게."

이윽고 연랑이 서둘러 짚을 모아 덮었고, 내 눈앞은 칠흑처럼 어두워졌다.

나는 암흑 속에 빠졌다. 말발굽 소리가 객잔 옆 마당에 가까워지는 것이 희미하게 들렸다. 그러고서 나무 위, 닭장 속, 수레 밑에 숨었던 광대들의 참혹한 비명소리가 연이어 들리고 어떤 둔기에 항아리가 산산이 부서지는 소리도 들렸다. 나는 적어도 열다섯 명의 광대가 비명횡사하는 소리를 들었다. 그들의 목소리에서 이번 재난이 얼마나 급작스러운 것이었는지, 그리고 그들이 방금 전까지 얼마나 유쾌하고 순박한 유랑 예인藝人이었는지 알 수 있었다.

연랑이 죽기 전 내질렀을 비명소리는 구분하지 못했다. 어쩌면 연랑은 아무 소리도 내지 않았는지 모른다. 어려서 궁에 들어온 후로 언제나 조용하고 부끄럼을 탔으니까. 나중에 나는 시체가 널린 마당에서 큰 항아리를 찾았다. 연랑은 그 속에 앉은 모습으로 깨진 항아리 가장자리에 머리를 축 늘어뜨리고 있었다. 가슴에 패인 세 군데 상처는 꼭 세 송이 빨간 꽃 같아서 보는 이의 가슴을 철렁하게 했다. 나는 연랑의 머리를 똑바로 세워 재난후의 하늘을 바라보게 했다. 봄날의 햇빛이 피비린내 나는 공기를 투과해 연랑의 뺨에 맺힌 몇 방울 맑은 눈물을 붉게 비췄다. 입가와 관자놀이 밑에는 여전히 한 올의 수염도 없어서 그 옛날 귀여움을 샀던 소년 환관의 특징이 온전히 남아 있었다.

항아리에 담긴 물은 피와 섞인 채 연랑의 무릎까지 고여 있었다. 나는 연랑을 끄집어내자마자 항아리 속의 또다른 희생자, 여덟 살배기 소녀 옥쇄를 발견했다. 앙증맞은 보라색 저고리는 이미 붉은색으로 물들어 있었고 품에는 아직도 작은 통나무가 꽉 안겨 있었다. 아이의 몸에서 어떠한 상처도 찾지 못했다. 하지만 벌써 숨이 멈춘 채 차갑게 식어 있었다. 연랑이 자기 몸으로 팽국 병사의 칼을 막아주다가 그만 그 불행한 소녀를 압사시킨 듯했다.

나는 결국 하늘이 내린 나의 충복, 연랑을 잃었다. 연랑은 나를 위해 죽었다. 청수당에서의 그 맹세가 정말로 현실이 된 것이다. 갓 열두 살이 된 연랑은 섭궁에 들어와 내게 말했었다. 폐하, 저는 폐하를 위해 죽을 겁니다. 여러 해가 지나 연랑은 정말로 그렇게 죽었다. 죽으면서 내가 준 유일한 선물인, 은자 오십 냥과 바꾼 청계현의 소녀 옥쇄를 데려갔다. 옥쇄는 연랑의 마지막 사랑이 아니었을까. 이 또한 하늘의 깊은 뜻이리라.

살육이 멈췄다. 팽국의 병사들은 날이 굽어버린 도검을 거두고 광장에 모여 술을 마셨다. 검은 옷의 또다른 기병들이 겨우 살아남은 도읍의 백성들을 모아 대섭궁 쪽으로 몰고 갔다. 나도 그 생존자들 틈에 끼어 대섭궁을 향해 나아갔는데 수시로 길에 널린 시신을 뛰어넘어야 했다. 사람들의 물결 속에서 누구는 나지막이 흐느껴 울었고 누구는 은밀히 팽왕 소면을 욕했다. 나는 걸어가며 두 손바닥을 살폈다. 손바닥이 검붉은 피에 물들어 아무리 비비고 지워도 소용이 없었다. 나는 그것이 이상할 만큼 집요한 타인의 피라는 것을 알았다. 연랑과 옥쇄의 피이면서 폐비 대낭, 참군 양송, 태의 양동 그리고 변경에서 죽은 모든 장병들의 피였다. 그 피들이 특별한 손금이 되어 내 손바닥에 깊이 새겨졌다. 그런데 왜 죽음의 초대는 하필 나만 빠뜨린 것일까? 갖가지 용서할 수 없는 죄악을 다 저지른 나를. 갑자기 어떤 슬픔이 엄습해와 내 마음을 움켜쥐었다. 나는 재난을 면한 그 도읍의 백성들과 한목소리로 흐느껴 울었다. 서민의 생애를 시작한 뒤 흘린 첫 눈물이었다.

몰려가던 사람들은 문득 눈앞의 하늘이 온통 붉은색인 것을 발견했다.

팽국인들이 대섭궁에 불을 질렀다. 도읍의 백성들이 궁문 앞에 다다랐을 때는 벌써 광섭문의 거대한 나무 들보에서 하늘까지 불길이 솟아올랐다. 팽국 병사들은 사람들을 기러기떼 모양으로 세우고 강제로 화재를 보게 했다. 나이든 장수가 또렷하고 우렁찬 목소리로 팽국의 승리를 선언하며 말했다.

"섭국의 백성들은 저 큰불을 보아라. 너희의 더럽고 음탕한 왕궁이 어떻게 폐허로 변하는지, 또 너희의 이 약하고 가엾은 나라가 어떻게 지고무상의 팽국에 흡수되는지 보아라!"

나는 대섭궁 안에서 들려오는 처절하고 절망적인 목소리를 어렴풋이 들었다. 하지만 불길이 미친듯이 번져 궁궐 전체가 휘황찬란한 불바다가 되면서, 전각이 불타고 무너지는 어마어마한 소리가 궁궐 사람들의 그 울음과 호소를 뒤덮었다. 그 불바다는 내가 태어나고 자란 곳이었다. 내가 또다른 생애를 살면서 온갖 즐거움과 죄악을 쌓던 곳이었다. 나는 옷소매로 코를 막아 쉴새없이 날아오는 연기를 피하면서 그곳이 다 사라지기 전에 기억을 더듬었다. 유명한 섭궁의 호화로운 전각들, 아름다운 비빈들과 천자의 수레와 용상, 희대의 보물과 기화요초, 갖가지 궁정 일화들. 하지만 내 추억은 별안간 뚝 끊겼다. 지금 내 눈앞에 보이는 것은 섭궁의 대화재였다. 오로지 불, 또 불이었다. 피리새의 그 슬픈 울음소리가 예전처럼 내 귀를 꽉 채웠다.

망했노라…… 망했노라…… 망했노라……


제6대 섭왕 단문은 섭궁의 대화재로 죽었다. 숯이 된 그의 유

해는 나중에 번심전의 폐허 속에서 발견되었다. 단문의 모습은 이미 분별하기 어려웠다. 유일한 물증은 흑표용관이었다. 진귀한 보석을 박아 만든 그 왕관은 대화재에도 불구하고 여전히 시신의 머리에 단단히 씌워져 있었다.

제6대 섭왕 단문의 재위 기간은 겨우 육 년이었다. 역대 섭왕 중에 가장 명이 짧고 또 가장 불운했던 인물이 되었다. 후대의 역사가들은 역사 현상을 분석하며 단문이 망국의 군주로서 지나친 교만과 자신감으로 그 아름다운 나라를 파멸시켰다고 인식했다.

나는 국외자가 되었다. 그해 봄에 나는 꿈에서 무수히 단문을 보았다. 아버지가 같고 어머니는 다른 나의 형제이자 천생의 원수를. 꿈속에서 우리는 평온하게 술잔을 나누었다. 흑표용관을 둘러싼 기나긴 다툼도 마침내 끝이 났고 우리는 둘 다 서로가 역사의 속임수에 놀아난 피해자임을 깨달았다.


음력 삼월 아흐레, 바람이 남은 구름을 쫓듯이 팽국의 대군이 섭국 강토 전역을 휩쓸어 열일곱 개 주와 팔십 개 현을 손아귀에 넣었다. 전설적인 인물인 팽왕 소면은 대섭궁의 폐허 위에 서서 광장에 바다처럼 모인 섭국 유민들을 향해 뜨거운 눈물을 흘렸다. 그는 친히 팽국의 쌍웅 깃발을 치켜들고 장엄하게 선포했다. 무능하고 부패한 섭국은 이미 망했다. 이제 천하는 무적의 이 신성한 쌍웅 깃발 아래에 속한다!


『섭궁비사』는 삼월 대화재로 백 명 가까운 섭국 왕족과 그 후예들이 대부분 사망했다 기록하고 있다. 유일하게 살아남은 이는 서민으로 전락한 제5대 섭왕 단백이었다. 당시 단백은 강호를 떠도는 광대 신분이었다.

동양소소생은 『섭궁비사』에서 섭국의 마지막 왕족들이 어떻게 죽었는지 아래와 같이 상세히 기록했다.

섭왕 단문. 섭궁 대화재로 사망.

평친왕 단무. 섭궁 대화재로 사망.

풍친왕 단헌. 참수되어 머리와 몸이 저택과 길거리에 따로 놓임.

수친왕 단명. 사지가 찢겨 저택의 우물에 던져짐.

동번왕 달준. 팽국과의 전투에서 사망. 후인들이 그를 위해 동왕묘를 세움.

남번왕 소우. 팽국에 투항 후 호위병에게 사살됨.

북왕 달어. 오마분시五馬分屍*를 당함. 백성들이 그의 수족을 술단지에 담가버림.

서남왕 달청. 요국姚國으로 도망치던 도중 화살에 맞아 사망.

---

*사람의 머리와 사지를 다섯 마리 말에 비끄러매 찢어 죽이는 형벌.

동북왕 달징. 금을 삼켜 자살.

승상 추령鄒令. 팽왕에게 절을 하다가 팽왕의 검에 찔려 죽음. 후인들에게 경멸을 당함.

전 승상 풍오. 담벼락에 이마를 들이받아 자살. 섭국의 일대 명신이었음.

왕후 황보씨. 목을 매어 자살.

병부상서 당수唐修. 섭국이 망한 후, 화병으로 피를 토해 사망.

예부상서 주성朱誠. 망국의 치욕을 겪고 온 가족이 독을 마시고 자살.

어전도군御前都軍 해충海忠. 시장에 시체가 버려짐. 사인불명.

## 5

나의 섭국, 아름답지만 다사다난했던 섭국은 이제 더이상 존
재하지 않는다. 그 나라는 너무나 자연스럽게, 또 너무나 무기력
하게 팽국의 판도에 편입되어 많은 철인哲人들의 예언을 현실로
만들었다.

섭국의 도읍이었던 섭경燮京은 팽국의 통치자에 의해 장주長州
로 이름이 바뀌었다. 그해 봄, 팽국의 장인들은 장주에서 대규모
공사를 벌여 괴상한 모양의 원형 주택과 패방牌坊*을 숱하게 세웠
다. 가는 곳마다 팽국 사람들의 빠르고 이해하기 힘든 사투리와
망치 소리가 들렸다. 그들은 마치 섭 왕조의 모든 흔적을 없애려

---

* 효자나 열부 등을 기념하기 위해, 혹은 미관을 위해 세운 문짝 없는 문과 사당.

는 듯했다. 장주 백성들은 이제 옷까지 팽국의 번잡하고 풍성한 복장으로 바꿔 입었다. 온 사방이 폐허인 곳에서 길을 골라 다니며 그들은 안색이 피곤하고 막막해 보였다. 백성들로서는 불안정한 생활이 여전히 계속되는 중이었다. 섭경이든 장주든 백성들은 대대손손 그곳에 살아왔고 앞으로도 조심조심 살아가야 했다.

나는 외로운 영혼처럼 대섭궁의 폐허 위를 떠돌았다. 그 폐허는 장주 백성들이 횡재를 하는 명소가 되었다. 많은 사람들이 아침부터 저녁까지 부서진 처마와 깨진 기와를 들추며 팽국인들이 빠뜨린 금은보화 줍기를 꿈꿨다. 어떤 이들이 주둥이가 학 부리 모양인 은주전자를 놓고 말다툼을 벌이다 끝내 주먹다짐을 벌이기 시작했다. 점점 더 많은 사람이 이 싸움에 말려들었으며 한 사내가 그 은주전자를 품고 폐허를 벗어나려 하자 부인과 아이들이 사내를 향해 기와 조각을 던졌다. 이때 나는 한 소년이 사람들로부터 떨어져 기와 더미 사이에 웅크린 채 열심히 뭔가를 파내는 것을 보았다. 잠시 후 소년 뒤에 다가서서 조용히 아이의 하는 양을 감상했다. 소년은 열두세 살 정도 되어 보였는데 흙먼지를 온통 뒤집어써서 얼굴이 말이 아니었다. 아이의 검은 눈동자가 경계심을 가득 담고 나를 향했다. 내가 자기 보물을 채갈까 두려운 모양이었다. 아이는 재빨리 저고리를 벗어 자기 발치의 물건들을 덮었다.

"난 네 물건이 필요 없단다. 아무것도 필요 없어."

나는 손을 뻗어 소년의 머리를 어루만졌다. 그리고 깨끗한 두 손을 펼쳐 보여 나의 결백함을 증명했다.

"꽤 오래 파던데 뭘 좀 찾았니?"

"귀뚜라미 단지요."

소년은 가랑이 밑에서 도금된 단지 하나를 꺼냈다. 아이가 두 손으로 그것을 받쳐들었을 때, 나는 그것이 어릴 적 나의 애용품임을 한눈에 알아보았다.

"또 뭘 찾았니?"

"새장이요."

소년은 저고리를 걷어 그 밑의 꽃무늬 새장 두 개를 보여주었다. 새장은 무거운 물건에 눌려 납작해진 상태였다. 하지만 나는 그 역시 옛날 청수당 안에 걸렸던 새장임을 알아보았다. 심지어 청수당을 떠나던 날, 새장 안에 빨간 부리와 녹색 깃털을 가진 비단새 한 쌍이 있던 것까지 기억났다.

나는 소년을 향해 웃고서 새장을 다시 덮어주며 말했다.

"이건 제5대 섭왕이 어릴 때 갖고 놀던 물건인데 아주 비쌀 수도 있고 한 푼도 못 받을 수도 있단다. 그냥 간직하렴."

"아저씨는 누구세요?"

소년이 의심의 눈초리로 나를 보며 물었다.

"왜 보물을 안 찾아요?"

"내가 바로 그 보물을 숨겨둔 사람이란다."

나는 조용히 소년에게 말했다.

광대 열일곱 명은 장주의 이름 없는 묘지에 묻혔다. 본래 곡물 창고였던 곳인데, 전란 후 곡물을 깡그리 도둑맞아서 수많은 거적과 거대한 초가지붕만 남았다. 누가 맨 처음 그 곡물 창고를 묘지로 썼는지는 몰랐지만 나는 그곳에 연랑, 옥쇄 그리고 다른 광대 십여 명의 시신을 묻었다. 그날 나는 남들이 하는 대로 광대 열일곱 명의 시신을 일일이 짐수레에 실었다. 그리고 어두워진 틈을 타 무거운 수레를 밀고서 팽국 보초병의 눈을 피해 곡물 창고에 도착했다. 창고 사방의 공터는 벌써 새 무덤들이 꽉 들어차 좁은 공간만 보이면 어디든 땅을 파야 했다. 비명횡사한 그 광대들은 여기저기 흩어져 협소한 무덤에 몸을 뉘었다. 같이 갔던 또다른 유족들은 벌써 장사를 마치고 봉분 위에 앉아 독한 술로 봄밤의 추위를 쫓고 있었다. 한 사람이 무척 궁금한 듯이 내게 다가와 물었다.

"웬일로 이렇게 많은 사람을 묻었소? 모두 가족이오?"

"아닙니다. 줄타기왕 곡마단의 예인들입니다. 내가 이들을 팽국인의 칼 밑에 밀어넣었으니 한 사람 한 사람 다 안장해줘야지요."

"조금 얕게 묻는 게 좋겠소."

그 사람이 잠깐 조용히 있다가 말했다.

"어쨌든 우기만 오면 시신은 다 썩을 거요. 이런 매장은 산 사람이 양심을 좀 버리는 수밖에 없지. 시신을 묻는 것은 힘도 있어야 하지만 요령도 중요하오. 술값 몇 푼만 주면 내가 도와주리다. 다 묻는 데 반 시진도 안 걸릴 거요."

"아닙니다. 나 혼자 하겠습니다."

나는 그 사람의 제안을 단호히 거절했다.

내 기억에 그날 밤은 달빛이 안 보였다. 곡물 창고 사방이 온통 칠흑처럼 어두웠다. 어둠을 틈타 몰래 시신을 묻으러 왔던 유족들은 벌써 다 돌아가고 나 혼자만 남았다. 그래도 나는 아무 두려움 없이 조금씩 파랗게 밝아오는 하늘을 지켜보았다. 가래를 쥔 두 손에서 피가 배어나왔지만 이미 마비가 되었는지 아프지 않았다. 닭이 세 번 울었을 때 나는 연랑과 옥쇄를 가장 크고 깊은 구덩이에 합장했다. 마지막으로 연랑의 청회색 얼굴과 옥쇄가 쥔 통나무 위로 축축한 흙을 덮고서 무너진 담벼락처럼 풀썩 쓰러졌다. 이제 더는 슬픈 눈으로 나를 질책할 사람이 없었다. 지난 시대와의 마지막 인연마저 끊어졌다. 연랑이 죽어서 나는 정말 혼자가 되었다.

나는 연랑과 옥쇄의 무덤 위에 누워서 거적을 이불 삼고 봉분을 베개 삼아 잠이 들었다. 아무데서나 잠드는 짐꾼이나 거지는 영원히 되지 못할 것이라 말한 적이 있었다. 하지만 그날 너무나 피곤하고 졸려서 밝아오는 새벽빛 아래 전례없이 단잠을 잤다. 나와 하늘이 가까워서였는지 새가 나오는 꿈도 숱하게 꾸었다. 꿈에서 본 새들은 다 눈처럼 하얬다. 꿈에서 본 하늘은 다 끝없이 투명했다. 내가 꿈에서 본 새들은 다 하늘을 날아다녔다.

꿈에서 새로운 세계를 보았다.

내 행낭은 다시 텅 비었다. 너덜너덜한 『논어』와 둘둘 감은 줄 타기용 밧줄만 남았다. 서로 아무 상관 없는 그 두 가지 물건이 가장 적절히 내 일생을 정리해준다는 생각이 들었다.

여러 해가 지났는데도 나는 여전히 『논어』를 정독할 마음이 없었다. 하지만 그 성현의 책을 밧줄과 함께 행낭에 챙겨넣었다. 내가 밧줄로 목을 매어 스스로 일생을 마치지만 않는다면 언젠가 『논어』를 완독할 여유가 생길지도 몰랐다. 오랫동안 보지 못한 승려 각공이 생각났다. 그의 담담하면서도 비범한 잠언과 지혜로우면서도 모든 것을 포용하는 표정이 지금 나를 향해 신성한 빛을 반짝이고 있었다.


장주의 골동품 시장에서 우연히 혜비를 다시 보게 되었다. 혜비는 머리를 산발하고 지저분한 얼굴에 수다스러운 모습이었으나 그녀가 미쳤다고 판단할 수 없었다. 사람들로 북적거리는 그

골동품 시장에 썩 잘 어울려 보였기 때문이다. 혜비는 행인들에게 정교하게 오려진 다양한 색상의 종이 한 묶음을 팔고 있었다.

"이것 좀 보세요. 진짜 좋은 물건이에요."

혜비는 불분명한 목소리로 절박하게 똑같은 말을 반복했다.

"5대 섭왕의 연애시예요. 진품이에요, 좋은 물건이에요. 사도 절대 손해가 아니에요."

멀리서 혜비를 바라보았다. 혜비의 그 독특하고 기발한 장사를 방해하지 않았다. 누군가 멈춰 서서 혜비와 가격을 흥정해주길 바랐지만 골동품 시장에 온 사람들은 사발과 솥과 대야 같은 것에만 관심을 보일 뿐, 혜비가 든 시 따위에는 눈길도 주지 않았다. 행인들이 보기에 그것은 한 푼의 값어치도 없는 쓰레기였을 것이다.

따뜻한 봄날 오후였다. 골동품 거리의 혜비를 멀리서 바라보다가 희미하게 박하와 난초와 먹냄새가 뒤섞인 익숙한 향기를 맡았다. 향기는 오후의 골동품 거리를 있는 듯 없는 듯 떠다니고 있었다. 그 향기는 팔리길 기다리는 시 원고에서 나는 것도, 박복한 운명의 그 닳디닳은 여자에게서 나는 것도 아니었다. 그것은 내 옛 삶의 마지막 추억에서 나는 향기였다.

그날은 내가 고향에서 머문 마지막 날이기도 했다. 이튿날 팽국인들은 여러 날 봉쇄했던 길을 열었고 나는 소금을 나르는 짐꾼들 사이에 끼어 그 슬픔의 성에서 도망쳤다.

음력 을해년 삼월 열아흐레의 일이었다.

# 6

나는 고죽산의 고죽사에서 남은 생을 보냈다. 고죽사는 팽국
에서도 섭국에서도 멀리 떨어진, 지난 몇 세기 동안 아무도 관할
한 적이 없는 고산 지역에 있었다. 소문으로는 내 어린 시절의 스
승인 승려 각공이 제일 먼저 그 세상 밖 낙원을 발견했다고 한다.
각공은 나보다 팔 년 먼저 그곳에 가서 농지와 채마밭을 일궜고,
이른바 고죽사도 그가 삼 년에 걸쳐 천천히 지은 절이었다.

내가 여러 곳을 전전하다 고죽산에 도착했을 때, 승려 각공은
이미 입적한 뒤였다. 그는 내게 산속의 빈 절을 남겨주었다. 잡
초가 무성한 채마밭 한 뙈기도 있었다. 그 채마밭 한가운데에는
훗날 세상 사람들에게 칭송을 받은, 일휴왕 一畦王*이라는 세 글자
가 크게 쓰인 나무 팻말이 세워져 있었다. 수풀 속에서 나는 어

린 시절 섭궁에서 글씨 연습을 할 때 쓰던 족제비털 붓을 주웠다. 그것은 승려 각공이 팔 년간 나를 기다렸음을 뜻했다.

훗날 팽국과 진국陳國, 적국狄國이 교전을 벌이는 통에 사람들이 병역을 피해 자식들을 데리고 고죽산으로 몰려왔다. 고죽산은 점점 사람들로 붐볐다. 그들은 산 밑에 집을 짓고 살았는데 날씨 좋은 아침이면 산중턱의 절에서 괴상한 승려가 소나무 두 그루 사이에 밧줄을 걸고 서 있는 모습을 볼 수 있었다. 승려는 밧줄 위에서 나는 듯이 걷거나 학처럼 조용히 멈춰 있었다.

그가 바로 나였다. 낮에는 줄을 탔고 밤에는 책을 읽었다. 숱한 밤마다 고요히 『논어』를 읽었다. 때로는 그 성현의 책이 세상 만물을 다 아우르는 듯했고, 때로는 아무것도 얻을 게 없는 듯했다.

---

* 한 뙈기 땅을 다스리는 왕이라는 뜻.

지난 두 달을 쑤퉁의 『나 제왕의 생애我的帝王生涯』를 번역하는
데 쏟아부었다. 중국 창장長江문예출판사가 출간한 이 작품의
2012년 판(초판은 2005년 상하이문예출판사에서 출판되었다)
마지막 199쪽 번역을 마친 지금, 곧바로 역자 후기라는 '군일'
(?)까지 이어서 해결할까 한다. 그런데 굳이 이 후기를 통해 쑤
퉁이 위화, 모옌과 함께 한국 독서계에서 중국 삼대 작가로 평가
받는 문호임을 거론하고 싶지는 않다. 2015년, 그가 중국의 '문
학 올림픽'이라 일컫는 마오둔문학상을 수상한 것을 강조하고
싶지도 않다. 그런 얘기는 교수도 평론가도 기자도 할 수 있다.
나는 번역가인 나만이 할 수 있는 얘기를, 쑤퉁과 『나 제왕의 생
애』의 한국에서의 탄생을 이야기하고 싶다.

2005년 여름이 아니었나 싶다. 지금보다 훨씬 젊었고, 젊어서 더 내 삶과 세상에 날이 서 있었고, 그래서 쓸데없이 늘 심신이 피로했던 나는 한 베테랑 여성 편집자의 방문을 받았다. 우리는 합정동의 어느 커피숍에서 얼굴을 마주했고 그분은 내게 두툼한 중국어 원서 한 권을 내밀었다.

"쑤퉁이라는 소설가를 아시죠? 이분의 소설집을 내고 싶어요."

나는 잠시 아연했다. 이 사람이 중국 현대문학 연구자나 아는 쑤퉁을 어떻게 알고 있을까? 그리고 1997년 위화의 『허삼관 매혈기』와 『인생』 이후 히트작이 전무한 중국소설을 무슨 배짱으로 낸다고 하는 것일까?

"저희는 곧 출판을 시작할 신생 출판사예요. 여러 종류의 책을 기획하다가 아직 국내에서는 블루오션인 중국소설에 관심을 갖게 되었고, 정보를 얻으려고 국내에 발표된 중국 현대소설 관련 학위논문까지 찾아보았어요."

그녀는 그렇게 해서 어느 석사학위 논문을 통해 쑤퉁을 알게 되었고 그 논문의 필자인 내 후배를 통해 나를 번역자로 소개받은 것이었다. 나는 그녀의 집요함에 감탄했고 결국 일을 수락했다. 내 임무는 중단편소설집인 그 두툼한 원서에서 좋은 작품을 고르고 번역해 한 권의 소설집을 꾸미는 것이었다. 그 결과물이 바로 「이혼지침서」 「등불 세 개」 「처첩성군」, 이 세 편의 중편소설로 이뤄진 『이혼지침서』였고, 이듬해 출판된 이 번역서는 내 예상을 상회하는 호응을 얻어 그 출판사가 연이어 쑤퉁의 책을 낼 수 있게 한 원동력이 되었다. 한마디로 『이혼지침서』로 인해 쑤퉁과 그의 작품 세계는 비로소 한국에서 생명을 얻었다.

그리고 나는 다시 그 편집자의 제안을 받았다.

"『나 제왕의 생애』라는 장편소설이에요. 가상 역사소설인데 재미도 있고 평가도 좋아서 기대가 큽니다. 선생님께서 또 번역을 맡아주셨으면 해요."

하지만 나는 바보 같은 결정을 했다. 보통의 번역가라면 절대로 해서는 안 될 결정을 했다. 당시 쑤퉁은 『이혼지침서』로 출판계에서 한창 주가가 오르는 중이었다. 그런데 그 후속작이면서 쑤퉁의 대표 장편소설로 알려진 『나 제왕의 생애』 번역을 나는 거절하고 말았다. 그뿐만이 아니었다. 거의 동시에 문학동네에서 의뢰한, 쑤퉁 신작 『눈물』의 번역까지 뒤도 안 돌아보고 거절했다. 그때 나의 논리는 매우 간단했다.

"똑같은 작가의 작품을 번역하고 싶지 않습니다. 그러면 너무 재미없잖아요."

다시 말하지만 그때 나는 젊었다. 번역하고 싶은 작가와 작품이 수도 없이 많았다. 눈앞에 신천지가 펼쳐져 있는데 왜 이미 개척한 땅에 계속 머물러 있어야 한단 말인가. 그래서 나는 쑤퉁을 거절하고 새로 내 가슴을 두근거리게 한 주원과 한둥의 작품을 번역했다. 그리고 망했다. 주원과 한둥은 한국 독자들에게 철저히 외면당했다. 반대로 쑤퉁의 『나 제왕의 생애』는 현재까지 한국에 출판된 쑤퉁의 모든 작품 중에서 최고의 호평을 받고 높은 판매부수를 기록했다. 하지만 나는 내 선택을 후회하지 않았다. 번역가로서의 실적을 포기하는 대신 나는 보다 많은 작가들의 펜이 되었거나, 그들을 차례차례 내 펜에 잉크로 담아 충만한 지적, 예술적 경험을 했다. 그것만으로 족했다.

그러면 나는 왜 십 년 만에 다시 들어온 『나 제왕의 생애』 재번역 의뢰를 수락했을까? 십 년의 세월 동안 한국에서 중국 현대소설의 출판과 쑤퉁의 위상은 큰 변화를 겪었다. 출판업의 부진으로 상대적으로 판매 규모가 적은 중국소설은 출간 종수가 크게 줄었으며 쑤퉁도 예전보다는 독자들의 관심이 감소해 구간들이 차례로 품절되었다. 하지만 구간들 중 『나 제왕의 생애』만은 그 문학적, 상업적 가치를 인정받아 문학동네에서 재출간하기로 결정했고 이를 위한 재번역 의뢰가 내게 들어왔다. 나는 이 의뢰를 거절할 수 없었다. 그 이유는 첫째, 십 년이 지난 지금, 나는 과거처럼 중국소설을 입맛대로 골라 번역할 수 없게 되었다. 중국소설 번역 자체가 귀한 일이 돼버렸다! 그리고 두번째 이유는 십 년 전 『나 제왕의 생애』의 번역을 거절하자마자 내가 그 원서를 꼼꼼히 읽고 크게 감동받았기 때문이다. 이 장편소설은 쑤퉁의 모든 작품들 중에서도 가장 특이하고 가장 상상력이 넘치는 수작이었다.

『나 제왕의 생애』에 등장하는 인명, 지명, 역사적 사건은 모두 상상의 산물이다. 톨킨의 『반지의 제왕』에 미칠 바는 아니지만 아마 쑤퉁은 이 소설을 기획하면서 현실에는 없었던 하나의 세계를 구상했을 것이다. 이처럼 역사의 제한을 받지 않는 자유로운 상상 공간을 만들었기에 쑤퉁은 기존의 역사소설이 감히 시도해보지 못한, 폐위된 제왕의 서민으로서의 생애를, 왕궁에서 쫓겨난 단백이 줄타기꾼이 되어 천하를 주유하는 광경을 그려낼 수 있었다. 이 부분을 중국어로 읽으며 느꼈던 처연함의 미학을 나는 도저히 잊을 수 없었다. 그래서 나는 흔쾌히, 아니 감사하며 『나 제왕의 생애』 재번역 의뢰를 수락했고 지난 두 달간 내 모든 힘을 쏟아부었다.

위의 내용은 한국에서의 쑤퉁과 『나 제왕의 생애』에 관한 작은 에피소드이지만 동시에 한국의 중국문학 번역사의 소소한 삽화다. 또한 이 번역서의 출간은 2007년에 출간된 구 번역서와 더불어 한중 번역학 연구자들의 보기 드문 연구 자료가 될 것이다. 한국에서 동일한 중국소설이 두 번 이상 재번역된 예가 극히 드물기 때문이다. 물론 『나 제왕의 생애』가 앞으로 더 많은 한국 독자들의 마음을 두드리고 사랑을 받길 가장 기대하고 있다. 진부한 바람이지만 이것 외에 역자가 더 바랄 것이 무엇이 있겠는가.

김택규

지은이 **쑤퉁**
1963년 중국 장쑤성에서 태어나 베이징 사범대학 중문과를 졸업했다. 1983년 대학 재학중 단편 「여덟번째 동상」으로 문단에 첫발을 내디딘 이후, 다양한 형식실험을 통해 자신만의 독특한 문학세계를 구축했다. 2015년 중국 최고 권위의 문학상인 마오둔문학상을 수상한 것을 비롯해 맨아시아문학상, 루쉰문학상, 장쑤문학예술상, 충칭문학상, 소설월보백화상, 상하이문학상, 타이완연합보 대륙단편소설추천상 등 다수의 문학상을 수상했다.

옮긴이 **김택규**
한국외국어대학교 중어중문학과를 졸업하고 동 대학원에서 박사학위를 받았다. 한국출판산업진흥원 중국 저작권 수출 분야 자문위원으로 출판 번역과 기획에 종사하며 한국외대와 숭실대에서 번역을 가르치고 있다. 지은 책으로 『번역가 되는 법』, 옮긴 책으로 『이중톈 중국사』 『암호해독자』 『환성』 『논어를 읽다』 『내 가족의 역사』 『단단한 과학 공부』 『죽은 불 다시 살아나』 『아큐정전』 등이 있다.

문학동네 세계문학
나 제왕의 생애

초판 인쇄 2018년 12월 11일 | 초판 발행 2018년 12월 21일

지은이 쑤퉁 | 옮긴이 김택규 | 펴낸이 염현숙

책임편집 박인숙 | 편집 이원주 이현정
디자인 고은이 이원경 | 저작권 한문숙 김지영
마케팅 정민호 정진아 함유지 김혜연 박지영 김수현 | 홍보 김희숙 김상만 이천희
제작 강신은 김동욱 임현식 | 제작처 영신사

펴낸곳 (주)문학동네
출판등록 1993년 10월 22일 제406-2003-000045호
주소 10881 경기도 파주시 회동길 210
전자우편 editor@munhak.com | 대표전화 031) 955-8888 | 팩스 031) 955-8855
문의전화 031) 955-3576(마케팅) 031) 955-2699(편집)
문학동네카페 http://cafe.naver.com/mhdn | 트위터 @munhakdongne
북클럽문학동네 http://bookclubmunhak.com

ISBN 978-89-546-5349-7 03820

www.munhak.com